FRANZISKA STEINHAUER
Spreewaldkohle

NARBENGEFLECHT Ein glühender Befürworter des schnellen Kohleausstiegs verschwindet auf seiner Laufstrecke. Die Polizei sucht mit großem Aufgebot, kann aber Patrick Stein nicht finden. Morddrohungen sollten ihn mundtot machen, die hat er aber weder angezeigt noch ernst genommen. Hat einer der Bedroher seine Ankündigung in die Tat umgesetzt? Schon am nächsten Morgen wird die Leiche des Mannes in der Schaufel eines Kohlebaggers gefunden. Während das Team um Peter Nachtigall die Ermittlungen aufnimmt, meldet Christian Blum seine Frau als vermisst. Die entschlossene Wolfsaktivistin war nach einer Diskussionsrunde nicht heimgekehrt. Ihre Leiche entdecken Jäger in einem Ansitz. Politische Morde in Cottbus und Umgebung? Oder gibt es ein privates Motiv? Die Ermittler stellen Nachforschungen in alle Richtungen an, entdecken eine private Spende-Organisation, unerfüllte Wünsche und Bedürfnisse, ins Stocken geratene Lebensentwürfe. Wird es weitere Opfer geben?

© privat

Franziska Steinhauer lebt seit mehr als 25 Jahren in Cottbus. Bei ihrem Pädagogikstudium legte sie den Schwerpunkt auf Psychologie sowie Philosophie. Ihr breites Wissen im Bereich der Kriminaltechnik erwarb sie im Rahmen eines Master-Studiums in Forensic Sciences and Engineering. Diese Kenntnisse ermöglichen es der Autorin den Lesern tiefe Einblicke in pathologisches Denken und Agieren zu gewähren. Mit besonderem Geschick werden mörderisches Handeln, Lokalkolorit und Kritik an aktuellen gesellschaftlichen Entwicklungen verknüpft. Franziska Steinhauers Romane zeichnen sich vor allem durch gut recherchierte Details und eine besonders lebendige Darstellung der jeweiligen Figuren aus. Ihre Begeisterung am Schreiben gibt sie als Dozentin an der BTU Cottbus-Senftenberg weiter.

FRANZISKA STEINHAUER
Spreewaldkohle
Nachtigalls 14. Fall

GMEINER

Dieses Werk wurde vermittelt durch die
Literarische Agentur Thomas Schlück GmbH

Immer informiert

Spannung pur – mit unserem Newsletter informieren wir Sie
regelmäßig über Wissenswertes aus unserer Bücherwelt.

Gefällt mir!

Facebook: @Gmeiner.Verlag
Instagram: @gmeinerverlag
Twitter: @GmeinerVerlag

Besuchen Sie uns im Internet:
www.gmeiner-verlag.de

© 2021 – Gmeiner-Verlag GmbH
Im Ehnried 5, 88605 Meßkirch
Telefon 0 75 75 / 20 95 - 0
info@gmeiner-verlag.de
Alle Rechte vorbehalten
1. Auflage 2021

Lektorat: Claudia Senghaas, Kirchardt
Herstellung: Mirjam Hecht
Umschlaggestaltung: U.O.R.G. Lutz Eberle, Stuttgart
unter Verwendung eines Fotos von: © MPower. / photocase.de
Druck: CPI books GmbH, Leck
Printed in Germany
ISBN 978-3-8392-2860-9

Personen und Handlung sind frei erfunden.
Ähnlichkeiten mit lebenden oder toten Personen
sind rein zufällig und nicht beabsichtigt.

1

Den Kopf frei bekommen.
Durch gleichmäßige, rhythmische Erschütterung die Gedanken neu sortieren.
Alles an seinen richtigen Platz ruckeln.
Das war jedenfalls der Plan.
Patrick Stein band die Schnürsenkel der Laufschuhe zu rutschsicheren Schleifen.
Ein schneller Blick in den bodentiefen Spiegel im Flur zeigte ihm einen nicht mehr ganz jungen Mann mit deutlicher Neigung zu Übergewicht. Die moderne Frisur mit Undercut über den Ohren und gescheiteltem, schwer zur Seite fallendem Haar ließ ihn zwar nicht schlanker, aber doch jünger wirken.
Auf jeden Fall im Spiegel!
Und von Weitem sowieso.
Er schob die Tolle zurück und lächelte sein Selbst zufrieden an.
Die wulstigen Lippen, wusste er, wirkten auf viele Frauen sinnlich, die dunklen Augen zum nicht ganz natürlich blonden Haar gaben ihm einen Touch von Besonderheit, Sinnlichkeit und geheimnisvollen Abgründen.
Entschlossen nickte er sich zu.
Trabte los.

Schon nach wenigen Schritten spürte er, wie sich der verspannte Schultergürtel lockerte, die Beine elastisch federten.
Gute Stimmung sich ausbreitete.

Es war eine kluge Entscheidung gewesen, dieses Haus am Rand der Stadt zu kaufen.

Branitz.

Direkt am Park des Fürsten Pückler.

Direkt am Wald.

Lauftrainingsstrecke unmittelbar vor der Haustür.

Perfekt.

Gerade jetzt, wo sein Leben ein wenig aus den Fugen zu geraten drohte.

Patrick Stein tauchte ein in die Kühle und Stille des Waldes.

Die Musik taktete seinen Schritt.

Überlagerte das Laufgeräusch.

Leider auch die schnellen Tritte eines anderen.

2

Doreen Stein brachte lachend Kinder und Einkäufe ins Haus.

Sah es sofort: Die Laufschuhe Patricks fehlten.

Sie schmunzelte mit dem Unverständnis derer, denen Essen nicht so wichtig war, deren Gedanken nicht ständig um irgendeine leckere Verführung kreisten, die nicht permanent von Appetit geplagt wurden.

Ihr Patrick stürzte sich immer wieder in Phasen sportlichen Aktionismus, die weder zu einer besseren Kondition noch zu einer Reduktion des Körpergewichts führten. Schon nach kurzer Zeit wurde ihm das Ganze lästig, die Sportschuhe wanderten in den Keller, die Funktionskleidung im Schrank immer weiter nach unten, bis sie dort im Dunkel getrost vergessen werden konnte.

Na ja, dachte sie, einen Versuch war es wert. Vielleicht blieb er diesmal tatsächlich dabei.

Schon wegen Eric.

Aus dem Nachbarhaus.

Dem ewigen Konkurrenten auf der Suche nach dem richtigen Lebensentwurf.

Doreen trug die beiden vollgepackten Körbe in die Küche, griff nach der Fernbedienung für den CD-Player. Sofort war das Haus mit der angenehmen, sphärischen Musik Ólafur Arnalds erfüllt.

Zuerst scheuchte sie die Kinder ins Bad.

»So, ihr beiden! Erst die Hände waschen, dann umziehen – und danach sind die Hausaufgaben dran. Luise? Für Freitag ist noch ein Referat vorzubereiten. Hast du das Material schon durchgelesen? Und üben musst du den Text auch noch!«

Das Trappeln der Kinderfüße auf der Treppe ließ vermuten, dass zumindest der erste Arbeitsauftrag in Angriff genommen wurde.

Die Mutter lauschte zufrieden dem Giggeln der Mädchen nach.

Manche Tage, dachte sie, laufen eben besser – andere deutlich schlechter. Heute klang nach einem entspannten Nachmittag, sollten die beiden sich jetzt nicht noch wegen irgendeiner Nichtigkeit in die Haare bekommen.

Fröhlich verstaute sie die Einkäufe im Kühlschrank, fütterte den ungeduldigen schwarzen Kater, der empört maunzend behauptete, während der Abwesenheit der Familie dem Hungertod nahe gewesen zu sein und stellte zwei Gläser Orangensaft für die Mädchen auf den Tisch.

Wartete.

Zuerst auf Luise und Paula.

Etwa anderthalb Stunden später, zunehmend besorgt, auf Patrick.

Noch später begann sie zu telefonieren.

Mit Martin.

Mit gemeinsamen Freunden.

Sogar mit Eric, was richtig Überwindung kostete.

Viel später mit der Polizei.

3

Der erste Stoß traf ihn völlig unerwartet.

Er strauchelte, fing sich wieder. War irritiert, warf einen vorwurfsvollen Blick auf den Weg, als habe eine Wurzel unfair nach ihm gepackt.

Ein zweiter Stoß folgte, hart, unerbittlich. Der Schmerz flutete langsam an. Breitete sich über die gesamte linke Seite aus. Die Rückenmuskulatur verkrampfte sich.

Er spürte, wie eine Flüssigkeit warm über seine Beine lief.

Tasten nah der Quelle war eher ein Automatismus.

Er betrachtete überrascht die Finger, die über die Stelle gestrichen waren.

Rötlichbräunliches Zeug. Klebrig.

Blut!

Mein Blut!, erschloss sich seinem Denken langsam.

Wie ein Sturm brausten Überlegungen, Theorien, Erklärungsversuche hinter seiner Stirn wild durcheinander.

Er verwarf sie alle.

Kam nun vollkommen aus dem Rhythmus.

Stürzte.

Der zweite, noch heftigere Schmerz erschien ihm wie eine logische Folge des ersten, wenngleich sich das dahinterstehende Denkschema dem Zugriff verweigerte.

Er war nicht einmal mehr überrascht.

Als er den Angreifer unscharf wie einen Schemen sah, der sich über seinen am Boden liegenden Körper beugte, war er sich sicher.

Vorbei und aus.

Schade, dachte er in der letzten Sekunde, bevor sich der kalte Stahl seinen Weg zwischen den Rippen hindurch in Richtung Herz bahnte, sehr schade.

4

»Du liebe Güte!« Maja Klapproth war wenig begeistert. »Der Mann hat sich vielleicht nur verlaufen. Da ist es möglicherweise etwas hoch angesetzt, wenn die Kriminalpolizei anrückt. Unser Schwerpunkt ist Mord!«, erinnerte sie den Kollegen scharf.

»Das ist alles wahr. Es erscheint aber auch möglich, dass ihm etwas zugestoßen ist. Politiker geraten schon mal in brenzlige Situationen. Vor Kurzem erst Farbbeutel gegen das Parteibüro – und nun ein verschwundenes, sehr aktives Parteimitglied. Er hat sich in letzter Zeit häufig exponiert. Alles ist denkbar.« Nachtigall war bereits aufgestanden, hatte die Jacke in der Hand und wartete ungeduldig. »Komm.«

Widerwillig schob die Kollegin ihren Stuhl zurück.

Folgte Nachtigall in den Gang hinaus.

»Ich habe schon organisiert, dass uns ein Suchtrupp bei der Familie erwartet. Möglicherweise ist der junge Mann gestürzt, liegt hilflos im Wald, hatte kein Handy dabei oder es ist kaputtgegangen. Ausschließen können wir nichts.« Er atmete tief durch. »Selbst die schlimmste Variante nicht«, ergänzte er düster.

»Jaja. Und am Ende ist er schlicht der häuslichen Enge entflohen. Soweit ich mich erinnere, ist er verheiratet und hat zwei Töchter. Möglich, dass er eine Flucht in den ewigen Sommer mit einem sexy Girl vorgezogen hat.« Klapproth zwinkerte dem Kollegen zu. »Sei ehrlich! Das ist eine viel schönere Vorstellung, als zu glauben, er läge irgendwo hilflos im Wald – oder sei tot.«

»Ja, stimmt. Mir fallen spontan viele bessere Varianten ein, als tot zu sein.« Nachtigall schlüpfte in seine Jacke. »Los!«

Klapproth schalt sich in Gedanken eine dumme Kuh. Wieder ein Fettnäpfchen erwischt. Schließlich war es nicht so lange her, dass der Kollege selbst um ein Haar gestorben wäre.

»Tut mir leid«, murmelte sie, wusste, dass er die Entschuldigung gar nicht gehört haben konnte, und beeilte sich, Nachtigall einzuholen.

Doreen Stein wirkte erstaunlich unaufgeregt.

Maja Klapproth war mehr als überrascht, hatte sie doch eine in Tränen aufgelöste, hysterische Ehefrau erwartet.

Sie versammelten sich um den Tisch, an dem die Kinder noch vor wenigen Stunden ihre Hausaufgaben erledigt hatten.

»Er hat verschiedene Laufstrecken. Und natürlich weiß ich nicht, für welche er sich heute entschieden hat. Das legt er spontan fest. Und er nimmt immer sein Handy mit.

Aus Sicherheitsgründen. Aber auch, weil er gern jederzeit erreichbar sein will. Politikerkrankheit. Allerdings hat er sich bei niemandem aus seinem Freundeskreis gemeldet und meine Anrufe nimmt er nicht an.«

»Kommt das öfter vor? Also, dass er speziell Ihre Kontaktversuche unbeantwortet lässt?«, bohrte Klapproth.

»Sie meinen, dass er nicht rangeht? Aber sicher. Ich bin ja nicht über jeden Gesprächstermin informiert. Wenn ein Anruf stört, wird man direkt auf die Mailbox weitergeleitet.«

»Das ist doch sicher ziemlich kränkend.«

»Nein, ist es nicht. Es gehört zur Normalität unseres Alltags. Ich bin nicht über jeden seiner Schritte informiert und er nicht über all meine Termine.«

»Ihr Mann ist Lokalpolitiker. Aber er hat sicher einen Brotjob?«, fragte der Cottbuser Hauptkommissar freundlich.

»Ja. Er arbeitet bei einem privaten Bankinstitut, Bühler & Partner, ist Finanzberater für viele kleine Firmen in der Umgebung.«

»Und er ist Mitglied von Bündnis 90/Die Grünen. Hat sich im letzten Wahlkampf sehr engagiert gezeigt. Vor wenigen Tagen wurden von Unbekannten Farbbeutel gegen das Parteibüro geworfen – soweit ich informiert bin, ist der Staatsschutz in die Ermittlungen einbezogen.«

Doreens Miene wurde unergründlich.

»Ja. Unschöner Vorfall. Aber vielleicht ein wenig zu hoch gehängt. Es handelte sich um Farbbeutel!«

»Frau Stein, hat Ihr Mann in der letzten Zeit Drohmails oder Briefe mit Drohungen gegen seine Person erhalten?«, fasste Nachtigall seine Frage weiter.

»Ach, na ja«, druckste die Gattin, »schon. Aber so was hat er immer gleich gelöscht. Und wer bekommt denn keine solchen Mails? Früher hatte man wenigstens noch den Anstand, mit dem eigenen Namen zu unterzeichnen. Heute schreibt dir Dudeldidu oder Spidermousy!«

»Er hat sie gelöscht? Hm. Worum ging es denn in den Mails?«

»Umweltthemen. Die Absender nahmen kein Blatt vor den Mund. Manche haben sich über die Forderungen nach einer Kohlendioxidbepreisung aufgeregt und wollten ihm die Seele aus dem Leib prügeln, falls sie sich ihr Auto nicht mehr leisten könnten, andere regten sich über das geplante Tempolimit auf, wieder andere waren der Meinung, die Politik solle endlich dafür sorgen, dass die Kinder wieder in die Schule gehen, statt auf der Straße bei Fridays for Future rumzuhängen. Es könne nicht angehen, dass man ständig über Mängel im Bildungssektor debattiere und dann akzeptiere, dass die Angebote nicht genutzt werden, weil die Gören auf der Straße rumstehen. Man wollte ein Exempel an einem Politiker der ›dreckigen Umweltbande‹ statuieren – mit einem Messer ›ökologisch aus dem Verkehr ziehen!‹« Sie schüttelte vehement den Kopf und entschied: »So was nimmt doch keiner ernst!«

»Ihr Mann hat diese Drohungen für einen Scherz gehalten?«

»Nein«, räumte Doreen zögernd ein, »das nicht. Aber es waren keine konkreten Formulierungen. Eher so was wie: Mein Auto fährt, so schnell es kann! Freie Fahrt für alle! Tempo ist Spaß, Hände weg vom Limit! Einmal stand dort: Ich werde dich töten! Gut, da haben wir einen Schreck bekommen. Aber auch diese Nachricht wurde von den altbekannten Beschimpfungen begleitet. Das hat uns schnell beruhigt. Dieser Absender verdiente es nicht, ernst genommen zu werden.« Sie atmete tief durch. »Mein Mann will die

Welt retten. Und muss sich sagen lassen, dass der Tod denjenigen findet, der gegen die Interessen der Bürger handelt. Als wäre der Versuch, das Klima zu retten, gegen die Menschen gerichtet, die und deren Kinder und Enkel in diesem Klima leben müssen. Absurd!«

»Er hat in keinem dieser Fälle Anzeige erstattet?«

»Nein. Am Ende käme eh nur raus, dass die Mails aus dem Ausland abgeschickt wurden – und man den Täter nicht verfolgen könne. Ein mulmiges Gefühl hatte er sicher, aber keine Angst.«

Sie verstummte.

»Hören Sie, wir reden über Patrick, als sei er gestorben! Wir beenden das jetzt sofort! Sie werden ihn finden, er ist gestürzt und kann nicht nach Hause kommen. Das ist passiert, basta!«

Die klare Ansage sollte die aufsteigende Panik überdecken. Nachtigall verstand diese Reaktion nur zu gut, nickte beruhigend.

»Unsere Leute suchen die Strecken ab, die Sie uns genannt haben.« Nachtigall checkte zum x-ten Mal sein Handy. »Bisher haben sie Ihren Mann nicht gefunden. Und selbstverständlich versuchen wir, sein Handy zu orten. Mehr können wir im Augenblick nicht tun. Wird er nicht gefunden, müssen wir seine Anrufe und Mailkontakte checken, die Suche nach ihm ausweiten.«

»Sie halten es für möglich, dass er uns verlassen hat?« Doreens Augen sprühten gefährliche Funken. »Das hat er nicht! Er liebt seine Familie. Das ist ausgeschlossen.«

»Wir werden ein Team bereithalten, das die Überwachung Ihrer Telefonverbindungen einleitet, sobald wir dazu einen richterlichen Beschluss haben. Kann ich bitte Ihren Briefkastenschlüssel bekommen? Ich möchte nachsehen, ob in der

Zwischenzeit etwas zugestellt wurde.« Nachtigall streckte die Hand aus.

Doreen zögerte.

»Ich weiß, dass Sie beim Nachhausekommen nachgesehen haben. Es ist nur zur Sicherheit.« Das Bund klapperte in seine Hand.

»Leer«, verkündete der Hauptkommissar wenig später.

»Sie glauben an eine Entführung? Aber hätte mir der Kidnapper das nicht eher mitteilen müssen? Also, ich meine, bevor ich merke, dass etwas nicht stimmt, und die Polizei verständige? Normalerweise wollen diese Typen doch nicht, dass man die Ermittler informiert.« Die Ehefrau des Verschwundenen klang nun leicht hysterisch.

»Da haben Sie sicher recht. Aber wir müssen von allen möglichen Szenarien ausgehen.« Nachtigall legte Frau Stein die Hand auf den Unterarm, wollte beruhigen, doch die Frau schüttelte sie ab, trat sogar einen Schritt zurück, als fürchte sie eine weitere Berührung.

»Mein Mann wartet darauf, gefunden zu werden. Er ist gestürzt oder hat sich im Wald verlaufen. Ihm ist nichts zugestoßen«, stellte sie unterkühlt klar. »Es gibt keinen Grund, irgendwelche Schreckensszenarien zu entwerfen.«

Nur Stunden später hatte sich die Angst bei den Steins fest eingenistet.

»Das kann nicht sein! Das ist vollkommen ausgeschlossen.«

Nachtigall konnte hören, dass die Tränen nur knapp unter der zur Schau gestellten ruhigen Oberfläche nach oben drängten.

»Wie ist das möglich, dass so viele Polizeikräfte meinen Mann nicht finden können?«

»Unsere Leute sind alle von Ihnen genannten Laufstrecken abgegangen. Sein Handy wurde entdeckt – Ihr Mann aber nicht. Das Mobiltelefon ist bei den Kollegen der Technik, wir werden versuchen, alle Daten wiederherzustellen. Dann sehen wir, welche Nachrichten er verschickt und bekommen hat. Möglicherweise eine Verabredung? Hunde sind unterwegs. Frau Stein, wir sind im Hintergrund sehr aktiv, auch wenn Sie im Moment nicht diesen Eindruck ...«

»Mein Mann ist durchaus risikobewusst. Er läuft auf dem Weg – nicht durchs Unterholz. Gebrochene Arme und Beine stützten nicht das von ihm vorgesehene Image des dynamischen Machers, der alle Probleme bewältigen kann. Gleitschirmfliegen, Ultraleichtfliegerausflüge – nein, niemals. Gelegentlich spielt er mit den Kindern aus der Siedlung Fußball. Das ist es dann aber auch schon.«

»Es ist also nicht vorstellbar, dass er querfeldein ...«, begann Klapproth und wurde giftig unterbrochen.

»Hören Sie mir eigentlich zu? Niemals würde mein Mann freiwillig durchs Unterholz joggen!«

Doreen Stein warf dem Hauptkommissar einen bitteren Blick zu. »Ich weiß, was Sie denken. Ein geheimes Treffen, ein Bett im Kornfeld, sexuelle Glückseligkeit mit einer anderen. Aber das ist undenkbar! Niemals hätte Patrick sich auf so etwas eingelassen. Auf einem Feld, teilweise oder völlig nackt, unter offenem Himmel, im Dreck, neben Regenwurm, Zecke und Co. ... sehen Sie, es ist ein Unterschied, ob ich die Natur schütze oder mich in ihr bewege. Und zu viel Natur auf einmal ist nichts für meinen Mann! Krabbeltiere an den Körperöffnungen – nein. Niemals!«

»Was aber, wenn jemand um Hilfe gerufen hat?«, fragte Nachtigall nachdenklich. »Dann wäre er der Stimme nachgegangen, nicht wahr?«

Doreen tackerte ein Lächeln hinter den Ohren fest und begleitete die beiden Beamten zur Tür.

Grußlos schob sie die lästigen Frager in den Vorgarten.

Nachtigall zuckte mit den Schultern. »Das meint sie nicht persönlich«, murmelte er. »Ist eine schwierige Situation.«

Er griff nach dem Handy.

»Hallo, Silke. Heute können wir nichts mehr tun. Sollte Herr Stein bis morgen nicht auftauchen, läuft das volle Programm an. Familiärer Hintergrund, Gerüchteküche, berufliche Probleme, Kontobewegungen, EC- oder Kreditkartennutzung der letzten Stunden – das übliche Prozedere. Wir können nicht sicher sein, ob die Angaben zum Joggen stimmen. Hoffen wir, dass die Hunde morgen einen Politiker mit gebrochenem Bein finden, der es nicht bis zum nächsten Haus geschafft hat. Wenn nicht ...«

Als er beim Einsteigen einen letzten Blick zum Haus zurückwarf, erkannte er Doreen Stein, die am Küchentisch saß und den Kopf auf die Arme gelegt hatte.

»Meinst du, sie weint?«, erkundigte er sich leise bei seiner Kollegin.

Maja Klapproth sah lange durchs Fenster, fixierte die Frau, so, als wolle sie eine bisher unbekannte Spezies näher bestimmen: Zwei, vier, sechs oder doch acht Beine? Aasfresser, Jäger oder Vegetarier? Giftig oder ungefährlich?

»Nein.« Das klang sehr entschieden. Überzeugt.

»Nein? Wieso bist du dir so sicher?«

»Weil ich nicht erkennen kann, dass ihre Schultern beim Schluchzen beben.«

5

Die Sonne blendete.

Schon um diese Zeit.

Schichtbeginn.

Timothy befreite die Sonnenbrille aus der Frisur und schob sie auf der Nase zurecht.

Nicht, dass ihn die Sonne gestört hätte.

Im Gegenteil.

Es war eine durchaus verlockende Vorstellung, sich auszuklinken, die Augen zu schließen und die warmen Strahlen auf dem Gesicht zu genießen.

Aber er hatte ja Dienst.

Krankheitsvertretung. Jürgen hatte Magen-Darm. Mist!

Nix mit seliger Träumerei.

Timothy seufzte genervt.

Es war ein anstrengender und verantwortungsvoller Job in langweiliger, öder Umgebung. Die Augen fanden, ob nun mit oder ohne Brille, keine anregenden Eindrücke, die sie als Beschäftigung ans Hirn hätten weiterleiten können.

Immerhin, dachte er, als ein Alarm ertönte und der Führer der Brücke sich meldete, irgendwas hatte sich verklemmt.

Wahrscheinlich nur ein Stubben.

Die hatten oft bizarre Formen und konnten einem ziemlich Arbeit machen.

Missmutig hielt er mit dem Jeep auf die großen Schaufelräder zu.

Seine Gedanken beschäftigten sich nicht mit dem anstehenden Problem, die Augen wanderten gewohnheitsmäßig das Flöz entlang.

Wo war es denn nun? Von allein rausgefallen? Unwahrscheinlich!

Dann entdeckte er das Unfassbare.

Impulse, ähnlich einem Feuerwerk in seinem Denken, wurden ausgelöst, die gesamte Maschinerie setzte sich mit spürbarem Ruck in Gang.

Über dem Band, das den Abraum transportierte.

Aus der Schaufel ragte ein menschlicher Arm!

Seltsam verdreht. Finger – soweit er es erkennen konnte – vollzählig. Zumindest an der Hand, die er sehen konnte. Über die andere war ihm eine Aussage zu treffen unmöglich, die war wohl tiefer in der Schaufel verklemmt. Hastig schob er die Sonnenbrille auf den Kopf zurück und nahm das kleine Fernglas zu Hilfe. Ächzte leise. Tippte auf eine der Kurzwahltasten.

»Ja, äh, Timothy hier. Ich weiß jetzt, was da in der Schaufel klemmt. Sieht aus, als bräuchten wir die Polizei vor Ort. Ich glaube, da steckt ein Körper im Eimer.«

Gestresst und kurzatmig wartete er auf die Antwort.

»Ja, klar. Ich bleibe hier stehen und warte auf die Leute. Und – ja! Ich passe auf, dass niemand aus Versehen in den Gefahrenbereich gerät und dort gedankenlos rumstapft. Logisch. Eine Leiche ist genug, ja, sehe ich genauso.«

Nachdenklich hob er den Kopf.

Wie war der Leichnam da wohl reingeraten? Von alleine?

War jemand hier rumgekraxelt, abgerutscht und tödlich verunglückt? Oder hatten sie eine historische Leiche ausgegraben? Lag hier in der Erde über einer Kohleschicht seit den Zeiten der Dinosaurier?

Nun gut, vielleicht nicht ganz so lange. Er schmunzelte,

ertappte sich dabei und zog die Mundwinkel eilig in die Waagerechte. Dort oben lag ein toter Mensch.

Solch eine Entdeckung war kein Grund für Amüsement.

Die Beamten wurden von einem firmeneigenen Fahrzeug an den Fundort gebracht.

Aus Sicherheitsgründen. Das Terrain war gefährlich – Unkundige sollten sich hier besser nicht auf gut Glück bewegen.

Schon von Weitem erkannte Timothy den Ermittler. Einen Kollegen, der selbst im Sitzen so groß war, hatte er nicht.

Und seinem Gesichtsausdruck nach zu urteilen, war der Mann besorgt. Das war selbst auf die Entfernung deutlich zu sehen. Hm, überlegte Timothy, möglicherweise war aus der Stadt jemand abgängig, und nun musste man befürchten, ihn gefunden zu haben. Vielleicht so ein pubertierender Pickeltyp, der sein Glück in der Weite der realen Welt suchen wollte, dem das weltweite Netz nicht mehr ausreiche.

»Tja«, murmelte er betroffen, »die Realität hält ungeahnte Gefahren bereit. Sterben wolltest du sicher nicht.«

Der Wagen kam mit einem heftigen Ruck zum Stehen.

»Guten Morgen«, eine Frau kletterte aus dem Fond. »Mein Name ist Klapproth, dies ist mein Kollege Nachtigall. Kriminalpolizei Cottbus.«

»Sie haben den Leichnam gefunden?«, erkundigte sich der Ermittler mitfühlend, musterte dabei das blasse Gesicht Timothys kritisch. »Ist Ihnen nicht gut?«

»Mein Name ist Timothy Weiler. Nun, ja, das war schon ein Schreck. Wenn Sie genau hinsehen, erkennen Sie einen Arm und eine Hand. Könnte also durchaus möglich sein, dass der Körper tiefer in der Schaufel liegt. Hochgeklettert bin ich nicht – wegen der Spuren und so. Aber wenn Sie möchten, können wir ihn runterlassen. Wir sollten versuchen, den Arbeitsbereich der Förderbrücke zügig zu verlassen. Hier ist es nicht ganz ungefährlich.«

Timothy unterstrich gestenreich, welche Gefahren er konkret meinte.

Wies auf seinen Helm und die Ermittler setzten ihren Kopfschutz widerspruchslos auf.

»Vielleicht erklären Sie uns zuerst, wie man da hineingeraten kann, während wir auf das Team des Erkennungsdienstes warten. Es wird doch Tag und Nacht an dieser Brücke gearbeitet. Es gibt sicher Überwachungskameras und solche Dinge. Eigentlich hätte ich gedacht, es sei unmöglich, unbemerkt so nah an die Maschinen heranzukommen.« Nachtigall sah an der beeindruckend hohen Wand aus Kohle und Erde, Lehm und Sand hinauf. Erkannte die Hand, von der Herr Weiler gesprochen hatte. Gehörten diese Finger zu dem vermissten Familienvater? Das wäre ein schwerer Schock für die Familie. Bei dem Gedanken daran, dass er die Nachricht überbringen müsste, kroch eine unangenehme Gänsehaut über seine Arme und den Nacken. Und wahrscheinlich war der Tote nicht von allein in die Schaufel geraten, mindestens eine weitere Person wäre involviert, Mord also nicht ausgeschlossen. Nachtigall seufzte.

Timothy zuckte mit den Schultern. »Ehrlich gesagt, kann ich mir nicht vorstellen, wie das zugegangen sein soll. Natürlich kann man diesen Bereich des Tagebaus nicht ohne Probleme erreichen, die Schaufel trägt in Schichten das Material ab. Sie müsste ihn also förmlich aus dem Erdreich gekratzt haben. Und wie sollte er dort hingeraten sein? Ne, das erscheint alles nur wie blühende Fantasie.« Er runzelte die Stirn. »Ist ja so, dass die Kohle hier nicht an der Oberfläche liegt. Es sind mehrere Schichten Erde darüber. Die werden abgebaggert und als Abraum gelagert. Das erledigt der eine Bagger, dieser hier zum Beispiel. Die Kohle selbst können wir erst mehrere Schichten tiefer abbauen.« Er zeigte dabei auf die Wände des tiefen Kraters, wo die Veränderung der Farbe deutlich zu sehen war. Von Braun zu fast Schwarz.

»Wieso sind Sie hier?«, fragte Klapproth und musterte Timothy eindringlich.

»Nun, manchmal verklemmt sich was, dann kommen wir und sehen nach, was es ist. Große Dinge zum Beispiel aus Metall könnten die Förderbrücke beschädigen. Manchmal finden wir Stubben in den Schaufeln. Eigentlich gehen Leute übers Gelände und suchen es nach solchen Dingen ab, bevor der Bagger an die Stelle weiterrückt, aber manchmal wird eben einer übersehen.«

»Während der Nachtschicht ist bestimmt der ganze Bereich gut ausgeleuchtet?«, mutmaßte Klapproth.

»Ja, klar. Aber Sie wissen sicher, dass es immer wieder Leuten gelingt auf unser Gelände vorzudringen. Zum Beispiel Demonstranten, die den Bagger besetzen. Ihre Kollegen haben dann immer alle Hände voll zu tun, bis wir wieder arbeiten können. Es ist eben unmöglich alle Ecken des Geländes im Auge zu behalten. Wenn Sie meinen, dass jemand einen Toten waagerecht im Flöz verstecken könnte, muss ich sagen, dass so was nicht möglich ist. Darüber habe ich beim Warten auch nachgedacht – aber nein, der Buddler bliebe nicht unbemerkt. Außerdem trägt diese Maschine den Abraum ab, also das, was über dem Flöz liegt. Und tatsächlich fällt man nicht einfach so in den Baggerbereich. Das passiert nicht.« Timothy legte den Kopf in den Nacken, sah zu der Hand hinauf. »Also ehrlich, für mich sieht die frisch aus. Nicht, dass ich jetzt Ahnung von solchen Dingen hätte, bewahre, aber ich denke, wenn hier was liegt, dann verwest es. Und eigentlich ist es sowieso vollkommen unmöglich!«

»Hm«, meinte Nachtigall. »Aber dennoch ragt hier ein Arm aus der Schaufel. Irgendwie hat es also funktioniert.«

Timothy Weiler nickte bedächtig. »Wenn Sie mich fragen, entweder sollte der Körper rasch gefunden werden oder derjenige, der ihn loswerden wollte, stammt nicht von hier. Jedes Kind weiß, dass Alarm ausgelöst wird, wenn ein Fremdkörper in der Schaufel steckt. Das lernt man schon in der Schule.«

»Wir sollten ihn runterlassen, damit wir einen Blick auf den Körper werfen können«, meinte Klapproth ungeduldig, zog die Augen schmal. »So kommen wir nicht einen Schritt weiter. Es ist zwar völlig ausgeschlossen und unmöglich, dass dort jemand liegt, Tatsache bleibt, dass es dennoch so ist. Wir müssen klären, wer derjenige ist. Runter mit der Schaufel.«

»Jaja«, maulte eine Stimme hinter ihr, und sie fuhr erschrocken herum. »Wir sind ja da und werden uns mit der Bergung beeilen, damit ihr einen Blick auf die Leiche werfen könnt.« Peddersen gab seinen Leuten ein Zeichen.

Das Tatortfahrzeug des Erkennungsdienstes war von einem der LEAG-Jeeps eskortiert worden, dessen Fahrer sich mit Timothy kurz verständigte, umkehrte und wegfuhr.

»Er meinte, zwei Begleitfahrzeuge seien wohl nicht notwendig. Und wir sollten uns beeilen, jeder Ausfall kostet.«

»Guten Morgen erst mal«, brummte Nachtigall. »Wir müssen nicht nur klären, um wen es sich handelt. Spannend ist, wie er in die Schaufeln gelangen konnte. Sollte es sich um den Vermissten handeln, wissen wir, dass dieser Ort fernab aller genannten Joggingstrecken liegt.«

»Wir können sicher schnell die ersten Antworten geben. Fotos, dann Spuren und Fotos, dann die Bergung.« Peddersen gab Anweisungen, und sein Team machte sich an die Arbeit.

»Lassen Sie um Himmels willen die Helme auf!« Timothy war sehr beunruhigt. »Auch wenn es für Sie nicht so aussieht: Es ist gefährlich.«

»Yupp!« Damit war Peddersen verschwunden.

»Längere Arbeitsausfälle sind in den Abläufen nicht vorgesehen. Leichenfunde natürlich auch nicht. Ich muss mal eben mit dem Schichtleiter sprechen.« Weiler trat zur Seite und begann aufgeregt zu telefonieren.

Einige Zeit später lag der Leichnam in einer Transportvorrichtung, wurde in einen Sarg gelegt.

Klapproth und Nachtigall hatten keine Probleme, Patrick Stein zu erkennen, trotz des dunklen Staubs, des Sandes und der Erde, die an ihm hafteten.

»Er ist es, kein Zweifel.« Klapproth drehte sich zu Timothy Weiler um, der seinen Hals gereckt hatte, damit er einen Blick auf den Toten werfen konnte. »Damit ist eine unserer Fragen geklärt. Die Kollegen sind noch nicht fertig, aber wir müssen die Angehörigen informieren. Bitte geben Sie keine Informationen an die Presse oder andere Neugierige weiter. Wir sind nicht daran interessiert, dem Täter mitzuteilen, dass wir sein Opfer bereits gefunden haben.«

»Ja, logisch!«

Er ließ die beiden in seinen Jeep einsteigen, klemmte sich hinter das Lenkrad. »Hey, macht keinen Blödsinn!«, rief er Peddersen und seinen Leuten zu. »Ich bin gleich zurück.«

Wortlos brachte er die beiden Ermittler zu ihrem Wagen zurück.

Stirnrunzelnd sah er ihnen nach, kehrte dann zu der Fundstelle zurück.

»Das war doch dieser Politiker«, murmelte er, als er neben dem Fahrzeug der Spurensicherung hielt, »dieser Kohleausstiegsbefürworter. Klar doch!«

6

Nachtigall atmete tief durch, drückte dann vorsichtig auf die Klingel, als könne er so das schrille Geräusch im Haus abmildern.

Wieder würde er eine Nachricht überbringen, die Trauer, Entsetzen und Tränen über eine ganze Familie schwappte.

Maja Klapproth beobachtete sein Mienenspiel voller Interesse. Schüttelte fast unmerklich den Kopf. Ihrer Meinung nach ließ der Kollege all die beruflichen Dinge viel zu nah an sich heran. Inzwischen wusste sie allerdings, dass er das anders sah. Er nannte es »empathisches Denken«.

Sie warteten.

Wortlos.

Regungslos.

Beiden stand das Bild des Toten in der Schaufel deutlich vor Augen. Wollte so gar nicht zu der Idylle des Gartens vor der Tür passen.

Aus dem Haus war Kinderlachen zu hören.

»Nein, das ist natürlich nicht der Weihnachtsmann«, wusste die ältere der Schwestern, »der kommt doch nicht im Sommer!«

»Na und?«, gab die andere schlagfertig zurück, »Mama hat gesagt, nach Ostern beginnt die Vorweihnachtszeit!« Offensichtlich war sie nicht leicht zu beirren.

»Kinder, hört auf zu zanken. Es hat geklingelt! Macht mal die Tür auf!«, rief die Mutter aus dem Obergeschoss.

»Jaha!«, antworteten die Schwestern unisono.

»Was wollen Sie denn schon wieder hier?«, erkundigte

sich die Kleine überrascht, was ihr einen rüden Stoß der großen Schwester einbrachte.

»Wir möchten mit eurer Mama sprechen. Lasst ihr uns bitte rein?«

Die Schwestern nickten unsicher.

Während die Kleine die Treppe nach oben polterte und »Mama! Mama! Das sind die beiden von gestern!«, rief, bot die Ältere den Besuchern einen Platz am Küchentisch an.

»Ich sehe mal nach, wo sie ist. Vielleicht hat sie uns nicht gehört.«

»Deine Schwester wird sie finden. Ich gehe nicht davon aus, dass sie sich vor uns versteckt.« Klapproths Ton war schroff, ihre Miene abweisend.

Über ihren Köpfen patschten Schritte durch Räume.

»Mama?«

»Fällt heute die Schule aus?«, erkundigte sich Klapproth bei der Großen, die sich wieder zu den Gästen umwandte.

»Wie heißt du eigentlich?«

»Das sind gleich zwei Fragen auf einmal«, stellte das Mädchen fest. »Meine Mutter meint, es sei klüger, erst die Antwort auf die erste abzuwarten, bevor man die zweite stellt. Sonst verwirrt man den Gefragten.«

»Okay, dann möchte ich zuerst deinen Namen wissen.« Altkluges Gör, dachte Maja gereizt, versuchte, sich den Ärger nicht anmerken zu lassen.

»Luise. Meine Schwester heißt Paula. Und wir dürfen heute zu Hause bleiben. Mama hat in der Schule angerufen.« Luise warf einen sehnsüchtigen Blick Richtung Treppe.

»Schon gut, Luise. Das weiß Herr Nachtigall sicher schon.« Frau Stein umklammerte das Geländer, die Knöchel traten weiß hervor.

»Woher?«

»Herr Nachtigall sucht nach Papa. Ihr wisst ja, dass er nicht hier ist. Und du gehst bitte rauf zu Paula. Ihr dürft euch ein Video ansehen, es läuft schon. Und keinen Streit!«

Wütend stampfte Luise davon, maulte hörbar: »Immer, wenn es interessant wird!«

Im Blick von Doreen Stein lag ängstliche Gewissheit, gepaart mit der Hoffnung, sie könne sich irren.

»Sie haben ihn gefunden?«, erkundigte sie sich leise im Näherkommen, schwankte erkennbar.

»Ja. Heute Morgen. Es tut uns sehr leid, aber ...«

Doreen hob abwehrend die Hände gegen den Sprecher.

»Schon gut. Wo?«, hauchte sie.

»Im Tagebau ... Er lag in der Schaufel eines Baggers, der die Erdschicht entfernt. Die Todesursache ist noch unbekannt.«

Doreen fiel auf einen der Stühle. Zitterte. Am ganzen Körper.

»In einer Schaufel? Aber dann muss mindestens eine weitere Person involviert gewesen sein. Sie glauben doch nicht, mein Mann habe sich da allein reingelegt.«

»Nein, das glauben wir nicht. Das ist auch technisch gar nicht möglich – ganz abgesehen davon, dass es unwahrscheinlich ist«, stellte Klapproth klar. »Wir gehen von einem Unfall oder einem Tötungsdelikt aus.«

Doreen nickte langsam, so vorsichtig, als habe sie Angst, der Kopf könne sich sonst vom Körper lösen.

»Wir benötigen ein paar Angaben von Ihnen, damit wir ...«, begann Nachtigall, wurde von der Witwe unterbrochen.

»Ja. Natürlich. Logisch. Sie wollen sofort mit den Ermittlungen beginnen. Am besten fragen Sie im Büro nach seinen letzten beruflichen Terminen und im Parteibüro ebenfalls. Und«, sie zögerte auffällig, »bei seiner Mutter. Mag sein, dass er ihr bei seinem letzten Besuch erzählt hat, er fühle sich bedroht oder Ähnliches.«

»Wie erreichen wir seine Mutter?«

»Sie wohnt in einem Seniorenstift. Ich suche Ihnen die Nummer raus.« Sie griff nach ihrem Handy, präsentierte nach kurzem Scrollen den Eintrag im Adressbuch. »Ich habe sie bei mir gespeichert. Patrick hatte die Nummer nie parat, wenn er sie brauchte. Irgendwie hat er den Kontakt wohl immer versehentlich am Ende des Telefonats gelöscht. Muss was Psychopathologisches gewesen sein. Offensichtlich wollte er sein Handy vor zu viel Nähe mit seiner Mutter schützen.« Tränen schwappten über den Lidrand, kullerten über die schmalen Wangen. Hektisch fischte Doreen nach einem Taschentuch, wischte energisch über ihr Gesicht. »Wenigstens kann keine Schminke verlaufen. Sieht ja grässlich aus, wenn Mascara sich über und über verteilt. Aber soweit war ich heute noch gar nicht gekommen.«

Nachtigall zuckte bei diesem Kommentar merklich zusammen, was die Witwe offensichtlich nicht bemerkte.

»Gibt es Freunde, die etwas wissen könnten?« Klapproth übernahm wieder.

»Vielleicht bei der Partei.«

»Der Staatsschutz ist an den Ermittlungen beteiligt. Bei den Kollegen, die in dem Fall nachforschen, fragen wir nach.«

»Die Leute sind nervös. Gereizt. Das Thema Kohleausstieg treibt ganze Familien um. Manche glauben, diese Entscheidung treibe sie in den persönlichen Ruin, und die Grünen mit ihren Forderungen nach immer schnellerem und früherem Ausstieg trügen die Schuld daran. Patrick hat versucht, den Menschen zu erklären, dass es eine Umkehr im

Denken und Handeln eines Jeden geben muss, damit der Klimawandel aufgehalten werden kann. Aber es ist schwierig. Es gibt ja auch eine Partei, die vehement leugnet, dass der Mensch mit den Veränderungen etwas zu tun hat. Wenn sich nicht einmal die Politiker einig sind, sehen die Menschen nicht ein, dass sie eine Neuorientierung privat und beruflich hinnehmen sollen. Seit dem Mord an Dr. Lübke sind alle besorgt. Es spricht nur keiner gern darüber.«

»Aber hier in der Region wurde Ihr Mann für den Kohleausstieg persönlich verantwortlich gemacht?«

»Nun ja ... Wenn man so will, war er wohl das Gesicht der Energiewende in der Region.« Sie schwieg abrupt. Ihre bebenden Finger strichen über die Haare, flatterten um die Lippen, fuhren durchs Gesicht. »Wie soll ich das bloß den Mädchen erklären?«

»Können wir jemanden anrufen, der zu Ihnen kommt? Sie sollten jetzt besser nicht allein sein.« Nachtigall warf Frau Stein einen besorgten Blick zu. »Wir haben ein sehr kompetentes Krisenインterventions-Team.«

Klapproth machte dem Kollegen ein Zeichen und verließ das Haus, um zu telefonieren.

Frau Stein fixierte die Augen des Cottbuser Hauptkommissars kalt. »Wir brauchen niemanden. Wir kommen klar«, behauptete sie mit wankender Stimme trotzig und warf den Kopf zurück.

»Möglicherweise wäre es eine gute Idee, die Mädchen zu Bekannten oder Freunden zu bringen, bevor das Team des Erkennungsdienstes hier herumstöbert. Für Kinder kann so etwas sehr verstörend sein.«

»Was will denn der Erkennungsdienst ... ach so, Laptop, Kalender, Notizen. Das Handy haben Ihre Kollegen ja schon, alles andere finden Ihre Leute in seinem Arbeitszimmer.«

»Sein Adressbuch würde ich gern sofort mitnehmen, ebenso den Kalender.«

Doreen deutete auf eine Kommode. »Dort drinnen, oberste Schublade, linke Ecke. Alles andere ist in seinem Arbeitszimmer. Patrick war sehr ordentlich, fast schon zwanghaft. Es wird alles dort liegen, wo Ihr Team es vermutet.«

Nachtigall hielt einen lang gestreckten Wochenkalender und ein schmales schwarzes Büchlein hoch.

Die Witwe nickte.

Klapproth kehrte zu Nachtigall zurück.

»Sein Bruder Eric van Worten wohnt nur zwei Häuser weiter! Warum haben Sie das weder gestern Abend noch heute auch nur einmal erwähnt?«, fragte sie in aggressivem Ton, der ihr einen mahnenden Blick des Kollegen eintrug.

Doreen schüttelte stumm den Kopf. Abwehrend.

»Vielleicht hat er etwas bemerkt. Einen Verfolger zum Beispiel«, schob Nachtigall sanfter nach.

»Und warum Eric van Worten und nicht Eric Stein?«, wollte Klapproth wissen.

»Eric! Van Worten ist sein Pseudonym. Er ist Lyriker. Und bemerkt hat er sicher nichts. Eric hat einen Vogel und gut! Mehr muss man dazu nicht sagen.«

Die Ermittler warfen sich in stillem Einverständnis einen kurzen Blick zu.

Es wäre wohl besser, die Witwe nicht weiter zu behelligen.

»Unsere Nummern haben Sie. Sollten Sie Hilfe benötigen oder Ihnen etwas Wichtiges einfallen, melden Sie sich bitte sofort bei uns. Wir brechen jetzt auf.«

»Können Sie mir bitte die Mädchen schicken? Besser, sie erfahren gleich von mir, was passiert ist, als später von irgendwelchen mitfühlenden Nachbarn, die die Fakten nur aus den Nachrichten kennen.«

»Ich warte im Auto«, erklärte Maja entschieden und nahm dem Kollegen Kalender und Adressbuch ab. »Kinder sind nicht mein Ding!«

Nachtigall ging über die Treppe ins Obergeschoss.

Hinter einer der Türen hörte er laute Stimmen. Ah, das Video!, fiel ihm wieder ein. Er klopfte sanft an, öffnete die Tür einen Spaltbreit.

Vier fragende Augen tobten über sein Gesicht.

»Wir dürfen das ansehen! Mama hat es erlaubt!«

»Ja. Ich habe das gehört. Aber nun möchte eure Mutter, dass ich euch zu ihr hinunterschicke. Sie möchte etwas Wichtiges mit euch besprechen. Man kann doch sicher irgendwo auf Pause schalten?«

Als er leise das Haus verließ, hörte er Frau Stein sagen: »So, meine beiden, wir haben etwas zu besprechen. Ihr müsst mir gut zuhören …«

Er beneidete die Mutter nicht um diese Aufgabe, huschte nach draußen, zog die Tür geräuschlos hinter sich zu.

7

Eric trällerte fröhlich.
 Er war schon immer ein großer Fan von Queen.
 Eigentlich seit dem Moment, in dem er zum ersten Mal Musik bewusst gehört hatte.
 Deshalb lief bei ihm grundsätzlich den ganzen Tag über gute Musik seiner Lieblingsband – nicht dieses seichte Gedudel, auf das seine Schwägerin so stand. Klar, sphärisch war seltsam entspannend. Aber die Musik von Queen war eine mit Anspruch! Einem echten Anliegen! Musik ohne Text war seiner Meinung nach eben nur Musik. Die Aussage Interpretationssache. Wie schon bei den klassischen Stücken, Sinfonien, Fugen, Tänzen. Der Hörer brauchte eine schriftliche Begleitanalyse, um sie herauszufiltern.
 Queen dagegen: deutlich, kraftvoll, unmissverständlich.
 So wie Erics eigene Texte.
 Freddy sah das genauso.
 Er wippte im Rhythmus mit, machte einen sehr zufriedenen Eindruck.
 Eric schnippelte Gemüse und Obst fürs zweite Frühstück.
 Eine Tradition, die ihnen beiden gefiel. Und gesund war das Ganze auch.
 Als er am Fenster vorbeikam, spiegelte sich sein Gesicht in der Scheibe, und er zuckte unwillkürlich zurück.
 Ja, dieses Gesicht war gewöhnungsbedürftig.
 Schon in der Schule hatte es ihm nur Probleme und Hänseleien eingebracht. Prügel auf dem Heimweg waren normal.
 Heute würde man sagen er sei gemobbt worden.

Die eine Hälfte des Gesichts hatte nichts mit der anderen gemein. Während die rechte ganz passabel aussah, war die linke gröber, sprang hervor. Das Auge auf dieser Seite war glubschig, quoll dem Betrachter entgegen, weit aufgerissen, als sei das Oberlid zu kurz, um es zu bedecken. Und die Pupille war fehlfarben. Also zumindest dann, wenn man davon ausging, dass zwei Augen in einem Gesicht dieselbe Farbe haben sollten. Das normale Auge war blau, das glubschige fast orange und es starrte selbst Eric aus spiegelnden Flächen an wie das Auge eines Fremden, das sich in sein Leben biss und darin herumspionierte, sich an seinen Fehlern ergötzte und triumphierte, wenn etwas gründlich misslang. Früher hatte er versucht, es mit einer Tolle zu verdecken. Doch das war sinnlos. Er spürte sein Starren zu jeder Zeit, durch die Locken, durch eine tiefgezogene Mütze, durch eine Augenklappe. Es war ein Alien in seinem Körper.

Schnell sah er zur Seite.

Diesem Blick konnte niemand lange standhalten.

Nur Freddy hatte kein Problem damit.

Als es klingelte, warfen sie sich einen schnellen Blick zu, Eric legte seinen Zeigefinger über die Lippen, Freddy nickte verstehend, und so beschlossen die beiden, dass sie nicht zu Hause waren. Störungen um diese heilige Zeit des Tages waren unerwünscht.

Wenn man etwas Wichtiges von ihnen wollte, würde der Klingler sich später noch einmal herbemühen müssen.

Nach schnellem Seitenblick, der ihr gegenseitiges Einverständnis besiegelte, schnitt Eric ein Stück Birne klein.

Damit war die Angelegenheit beendet.

Waren die beiden überzeugt.

Doch unerwartet fiel ein spektakulärer Schatten auf den Tisch!

Erschrocken wandten Eric und Freddy sich zur Terrasse um.

Erstarrten!

Dort stand ein riesiger schwarzer Mann!

8

Fabian Klapproth, Majas Bruder, besprach mit seinem Freund und Betreuer die letzten Details ihres Ausflugs.

»Und was genau ist dieser Drehpunkt Göritz?«

»Eine Art Wendepunkt für die großen Bagger in der Kohle. Um diesen Punkt herum drehten sich die riesigen Kohleförderanlagen. Im Grunde ist es ein Industriedenkmal. Es wird als Restaurant betrieben, man kann die Räume für Feierlichkeiten oder Vorträge mieten.«

»Wie heute Abend! Ich bin schon sehr gespannt. Es werden Welten aufeinanderprallen – und erfahrungsgemäß geht das nicht ohne Beschädigungen auf allen Seiten ab.« Fabian rieb sich erwartungsfroh die Hände. »Menschengucken! Wunderbar!«

»Ein Informations- und Diskussionsabend zum Thema ›Wölfe in der Lausitz‹. Verspricht knisternd zu werden. Aber du musst mir versprechen, dass wir gehen, bevor der ganze Saal explodiert. Sonst fahren wir besser nicht hin.« Das klang ehrlich besorgt.

Fabian war kein Freund solcher Festlegungen. »Ich sitze im Rollstuhl! Mein Bewegungsradius ist eingeschränkt. Und jetzt soll ich schon im Vorfeld der Informationsveranstaltung meine ohnehin sehr überschaubare Freiheit beschneiden und sagen, okay, wenn die Lautstärke Punkt 6 auf deiner Skala überschreitet, gehen wir auf jeden Fall? Dann kriege ich nicht mit, was sie besprechen, nachdem sie sich abgekühlt haben!«

»Wenn wir in eine Wirtshausschlägerei geraten, haben wir beide schlechte Karten«, mahnte der andere, grinste aber breit. »Wir schau'n mal, wie sich das Ganze entwickelt.«

»Die wollen sicher Druck machen, um den Wolf abschießen zu dürfen. In der Lausitzer Rundschau war neulich ein toller Artikel zu dem Themenkomplex.«

»Ja, genau. Da hat man in einem Artikel mal wichtige Details zusammengefasst. Und dabei wurde eben auch deutlich, dass die Wölfe durch potente Zäune gut von den Herden ferngehalten werden können. Man muss sie halt nur aufbauen! Und die Zahlung der Entschädigungen funktioniert auch reibungslos, wenn doch mal einer in eine Herde eindringen kann. Im Grunde verstehe ich die Aufregung gar nicht.«

Fabian griff zu seinem Handy. »Na, daran wird der heutige Abend etwas ändern. Wir müssen nur gut zuhören, dann begreifen wir besser, worum sich der ganze Wolfs-Zoff dreht. Muss aber die große Schwester informieren. Wenn sie uns nicht zu Hause antrifft, wird sie gleich wieder nervös. Im schlimmsten Fall telefoniert sie hinter uns her!«

9

Freddy ruckte aufgeregt mit dem Kopf, als der Riese gegen die Scheibe klopfte.

Totstellen war zwecklos.

Misstrauisch trat Eric an die gläserne Wand.

Der große Mann drückte einen Ausweis von außen dagegen, wartete geduldig, bis der andere alles entziffert hatte.

Zögernd schob Eric die Tür auf. »Was zum Henker will die Kriminalpolizei von uns?«

»Wir«, damit deutete Nachtigall auf die Kollegin, die urplötzlich hinter ihm aufgetaucht war, »möchten Ihnen ein paar Fragen zu Patrick Stein, Ihrem Nachbarn, stellen.«

Eric ließ die beiden eintreten.

»Aha. Ich denke, der ist verschwunden, oder?«

»Sie pflegen einen gutnachbarschaftlichen Kontakt?«, bohrte Nachtigall tiefer.

»Wie es halt mit Nachbarn so ist. Man kennt sich, und auch wieder nicht. Hinter die Stirn der anderen kann man nun mal nicht gucken – also muss man glauben, was man hört.«

»Er war Ihnen suspekt«, konstatierte Klapproth und versuchte, nonverbalen Kontakt zu Freddy aufzunehmen. Doch der war mindestens ebenso zurückhaltend wie sein Mitbewohner. »Brüder sind eben auch nur andere oder gar vollkommen fremde Menschen.«

Eric sah erstaunt auf. »Genau. Die meisten Leute verstehen das nicht. Nur, weil man zufällig verwandt ist, muss man sich doch nicht automatisch sympathisch sein! Wir haben uns unsere familiäre Beziehung schließlich nicht ausgesucht. Wurden nicht gefragt, hatten kein Mitspracherecht.« Er kniff die Augen zusammen, ein frettchenhafter Ausdruck flog über sein Gesicht. »Ha! Sie haben auch eine schwierige Geschwisterbeziehung!«

»Dennoch war das Verhältnis zu ihm und seiner Familie entspannt?« Nachtigall ließ nicht locker.

Eric wand sich sichtbar. Brachte eine Armlänge Abstand zwischen sich und die Arbeitsplatte, um genug Raum zu gewinnen.

»Nein, das so zu behaupten, wäre ein großer Fehler. Lyriker. Ein Mann, der sonderbare Texte schreibt. Doreen konnte mich vom ersten Blick an nicht leiden – die Kinder halten mich für einen harmlosen Spinner und bleiben auf Distanz, weil man bei Typen wie mir ja nie genau weiß …« Er lachte bitter. »Die halten mich für gaga.«

»War Patrick gestern Abend bei Ihnen?«

»Gestern nicht.«

»Wissen Sie das genau?« Klapproth behielt fasziniert Freddy im Blick.

»Ja. Selbstverständlich bin ich mir in diesem Punkt sicher, ich mag sonderbar sein, aber nicht dement. Ich dachte, wir könnten uns ein bisschen unterhalten. Politik, Alltag. Patrick war, äh ist kein Freund meiner Arbeit, nur ein genetischer Bruder. Schicksal eben. Freddy und ich haben eine ganze Weile auf ihn gewartet. Irgendwann war klar, dass er Laufen gegangen sein musste. Na, und viel später rief Doreen an, fragte nach, ob er bei mir sei, ich ihn gesprochen hätte. Knapp und unfreundlich. Wie immer eben.« Er hob die geöffneten Handflächen in Richtung Decke.

»Gern bekommen Sie nicht Besuch«, stellte Maja Klapproth trocken fest.

»Wir bleiben lieber unter uns, Freddy und ich. Wir sind uns selbst genug.«

»Gab es jemanden, mit dem Patrick enger befreundet war?«

»Das hoffe ich sehr für ihn! Jeder Mensch braucht einen Artgenossen, einen Seelenverwandten, mit dem er sich offen über alles austauschen kann. Doreen kam dafür nicht in Betracht, und ich bin für manche Themengebiete ein zu unerfahrener Gesprächspartner oder gar Ratgeber. Er muss eine Vertrauensperson gehabt haben.«

»Wie bei Ihnen und Freddy?«

»Ähnlich! Ja. Besonders dann, wenn man mit Doreen verheiratet ist.«

»Aber einen Namen haben Sie nicht für uns?«

Bedauernd hob Eric die Schulter.

»Haben Sie ihn noch nicht gefunden? Patrick ist keiner, der Unordnung in seinem Leben dulden kann. Es wäre absolut untypisch für ihn, einfach durchzubrennen.«

»Es entspräche nicht seinem Charakter? Soll ich das so verstehen, dass er Konflikten nicht ausweicht, sondern die Situation klärt?«, wollte Nachtigall wissen.

»Ja. So in der Art.«

Sprachlosigkeit zog ein.

Dehnte sich zu gefühlter Unendlichkeit.

»Okay«, seufzte Eric schließlich, als fürchte er, auf Dauer ohne Stimme zu bleiben. »Er hätte wenigstens mich eingeweiht, wenn er plante, die Familie zu verlassen. Um genau so eine Situation wie diese zu vermeiden!«, erklärte er unnötig laut, was ihm einen missmutigen Seitenblick von Freddy eintrug. »Er ist kein Freund von Unklarheiten. Seine Tage sind eng getaktet, perfekt durchstrukturiert. Er funktioniert wie ein Uhrwerk, nennt es Disziplin im Alltag. In Wahrheit verbirgt er dahinter nur seine Panik vor Überraschungen,

Dingen, auf die man eine spontane, gute Antwort geben muss. So was war ihm von jeher verhasst.«

»Wussten Sie von den Morddrohungen?«, wechselte Klapproth ansatzlos das Thema.

»Ja. Drohmails und so ein krudes Zeug. Er hat mir davon erzählt.«

»Diese Drohungen – ob nun per Mail oder Post – haben ihn doch sicher verunsichert.« Nachtigall warf Maja einen warnenden Blick zu, der immerhin bewirkte, dass sie die Antwort des Bruders abwartete.

»Nun, wen würde so etwas nicht beschäftigen? Aber wirklich besorgt war Patrick nicht deswegen. Er meinte, er sei schließlich kein Einzelfall. Viele Politiker bekämen solche Mails. Er wollte sich nicht einmal an die Polizei wenden! Das verschaffe dem Absender nur eine Bühne, die er nicht verdiene.« Man konnte deutlich sehen, dass Eric diese Auffassung nicht teilte. Eine ungesunde Röte breitete sich über Hals und Wangen aus.

»Hat er Ihnen gegenüber mal geäußert, wen er als Absender vermutet?« Nachtigall zögerte einen Moment und schob schließlich eine »Kurzfassung« seiner Frage nach. »Hat der ›Feind‹ einen Namen?«

»Direkt nicht. Sie wissen ja, die Absender sind lauter Fakenames. Heute schreibt keiner mehr Heinz Schulz, Hopfenweg unter solch einen Text.«

»Ja, das ist sicher wahr. Aber er wird doch eine Vermutung gehabt haben.« Nachtigall zeigte sich hartleibig.

»Aktivisten einer selbst ernannten Umweltschutzorganisation, denen die Sache mit dem Kohleausstieg zu lange dauert, Autofahrer, die seiner Partei die CO_2-Bepreisung übel nehmen, Menschen, die ohne Scham in Urlaub fliegen wollen, eine Kreuzfahrt genießen möchten – ohne ständig mit der Nase in den eigenen CO_2-Abdruck gestoßen zu werden. Es gibt Menschen, die ihr Auto nicht gegen ein Fahrrad tauschen wollen. Einige können es auch gar nicht. Wir leben in einer politisch gewollten Mobilitätsgesellschaft. Daran haben wir uns gewöhnt. Nun soll sich an der Art der Mobilität vieles ändern. Das wird nicht von jetzt auf gleich gelingen, manche möchten ihren alten Trott gern beibehalten, andere freuen sich über invasive Maßnahmen zum Klimaschutz.« Eric räusperte sich, zuckte mit den Schultern. »Und wir haben noch immer keine Klarheit über die Maßnahmen, die im Rahmen des Ausstiegs getroffen werden sollen. Wer bekommt wie viel Geld und wofür? Das verunsichert die Menschen. Viele befürchten, die finanzielle Förderung des Ausstiegs würde nur in den Kassen der großen Konzerne verschwinden, die sich damit gesundstoßen. Die Angst grassiert, der kleine Mann sei am Ende mal wieder der Dumme. Unzufriedene gibt es auf allen Seiten.« Eric musterte den Cottbuser Hauptkommissar nachdenklich. »Mein Bruder wurde entführt?«

»Nein.« Der Cottbuser Hauptkommissar atmete tief durch. »Es tut uns sehr leid, aber wir haben vor wenigen Stunden seine Leiche aus dem Tagebau geborgen.« Nachtigall wartete still, bis diese Nachricht das Denken des jungen Mannes erreicht hatte. Setzte dann nach. »Wir müssen von einem Tötungsdelikt ausgehen.«

»Tot?« Eric schüttelte den Kopf. »Doch nicht Patrick. Sterben gehörte sicher nicht zu seiner aktuellen Planung der Woche!«

10

»Fahren wir zum Büro der Partei. Vielleicht kann uns dort jemand mehr über das Opfer erzählen als nur: Er war ordentlich, gewissenhaft und bestens organisiert.« Nachtigall konnte man den Ärger deutlich anhören. »Ist doch ziemlich traurig, wenn nach dem Tod eines Menschen nur solche Aussagen getroffen werden können. Unpersönlich, seltsam losgelöst von Persönlichkeit und gelebtem Alltag. Wenn ich sterbe, würde ich mir jedenfalls wünschen, dass man mehr über mich zu sagen weiß als: Er war ein guter Ermittler.«

Maja nickte. »Ich verstehe, was du meinst. Patrick Stein wird reduziert auf sein politisches Engagement und seine beruflichen Angelegenheiten. Vom privaten Patrick haben weder seine Frau noch sein Bruder ein Wort erwähnt. Bisher ist er ziemlich konturlos.«

»Nun, das werden wir jetzt ändern!«

»Ach, Mist!« Maja zuckte erschrocken zusammen, hieb sich mit der Faust auf den Oberschenkel. »Beinahe hätte ich den Termin bei den Kollegen versäumt. Wenn du mich bitte am Büro absetzen würdest … Mit ein bisschen Glück ist die Sache nach diesem Gespräch endlich vom Tisch.«

»Deine Zeugenaussage in dem Doppelmord am Gräbendorfer See? Gut. Dann setze ich dich ab und fahre zum Parteibüro.«

Maja rutschte auf dem Besucherstuhl hin und her.

Wenn du nicht die Kontrolle verlieren möchtest, wirst

du dich am Riemen reißen müssen, meldete sich ihre innere Stimme mahnend. Dennoch wurden ihre Hände feucht.

Sie wischte die Innenflächen an ihrer Jeans ab.

Sinnlos.

Energische Schritte näherten sich über den Gang.

Majas Puls beschleunigte sich, ihre Atemfrequenz stieg.

Das ist lächerlich, wusste ihr Denken.

Abschalten ließ sich das Reaktionsmuster dennoch nicht.

Sie saß schlicht auf der falschen Seite des Tisches!

Ein hartes Klopfen an der Tür, die unmittelbar danach aufgerissen wurde.

»Hallo, Maja. Schön, dass du es geschafft hast zu kommen. Immerhin steckt ihr ja auch gerade in einer brenzligen Mordermittlung.«

Der junge Kollege nickte ihr zu.

Einen Handschlag wollte er nicht, würde also auch ihre schweißigen Hände nicht bemerken. Offensichtlich war der Kollege ihr gegenüber nicht misstrauisch oder verzichtete generell auf wichtige Informationen über seine geladenen Gesprächspartner. Feuchte Hände und schneller Puls … sollten einen Ermittler interessieren.

»Ich will dir nicht sinnlos deine Zeit rauben. Es geht um ein paar Fragen am Rande der Ermittlung, die wir als beantwortet abhaken möchten.«

Maja nickte zurückhaltend. »Mich beschäftigt die Sache auch«, räumte sie ein.

»Kann ich mir vorstellen. Passiert nicht alle Tage, dass man als Ermittler so unmittelbar in einen Fall verwickelt wird.«

Mitgefühl schwang unter den Worten Jannik Peters hörbar mit.

»Nun, wir wissen, dass der Täter die beiden Opfer als

Paar auf dem Dach dieses schwimmenden Hauses arrangiert hatte. Floating House, heißen diese Hausboote korrekt. Die beiden Getöteten kannten sich nicht. Wir haben intensiv nach zufälligen oder anderen Verbindungen gesucht, aber keine gefunden. Beide waren alleinstehend, ohne jeden familiären Anhang mit überschaubarem Freundeskreis. Beider Aktionsradius war beschränkt. Er wohnte in Berlin, trieb Sport in einem Studio. Sie lebte in Senftenberg und besuchte gern die Bühne dort und häufig auch das Staatstheater in Cottbus. Die Tatsache, dass ein Foto von Blumen in einer Vase am Tatort gefunden wurde, verbindet allerdings den Täter mit dir! Denn die Vase war leer, die Blumen hatte jemand auf deinen Fußabtreter gelegt.«

»Ja. Mit einem Zettel dran, auf dem Maja stand. Das wissen wir doch alles schon! Ganz besondere Blumen, sehr spezielle Züchtungen, nehme ich an. Konntet ihr nicht herausfinden, wo er die gekauft hat? Solch besondere Blüten bekommt man sicher nicht in jedem Blumenladen.«

»Leider konnten wir das Geschäft bisher nicht ermitteln. Tatsache ist, dass der Täter sie ja gar nicht in Cottbus gekauft haben muss. Vielleicht in Berlin? Wir sind dran. Interessanter ist die Frage, woher der Täter deinen Vornamen kannte. Auf dem Klingelschild steht er nicht.«

»Tja, ich weiß es nicht! Im Haus habe ich bisher nur Kontakt zu meinem Bruder. Die unregelmäßigen Arbeitszeiten fördern nicht gerade Beziehungen zur Nachbarschaft.« Maja merkte ein Auflodern der Aggressivität, die sie eigentlich unterdrücken wollte, atmete tief durch. Unauffällig. Schließlich ging ihre tatsächliche emotionale Beteiligung an diesem Fall den Kollegen nichts an. »Der Täter hat mich durch das Ablegen der Blumen in seinen Doppelmord involviert. Das war absichtsvolles Handeln. Entweder kennt er mich tatsächlich oder hat zufällig meinen Namen gehört, weil er Zeuge eines Gesprächs zwischen mir und Fabian war. Darüber haben wir ebenfalls schon gesprochen.«

»Ja, das haben wir geklärt. Es gibt allerdings eine weitere interessante Möglichkeit: Es könnte sich um jemanden aus deiner Kölner Zeit handeln.«

Maja seufzte tief. Das war ja zu erwarten, dachte sie. Irgendein Idiot, der sich für ihre Ermittlungen rächen wollte. »Habt ihr jemanden feststellen können, der vielleicht so einen Plan haben würde?«

»Ja. Tatsächlich gibt es nach unseren Recherchen mindestens fünf Verurteilte, die dir gedroht haben, dich dein Leben lang zu verfolgen, sich grausam an dir zu rächen und so weiter.«

»Die habt ihr sicher überprüft. Alle konnten ein Alibi präsentieren. Und nun soll ich gründlich nachdenken?«

»So ungefähr – ja.«

Maja verzog das Gesicht. »Hausaufgaben für die Kollegin? Als ob ich nicht selbst ohnehin die ganze Zeit darüber nachdächte! Das ist doch die erste Frage, die man sich stellt: Hat das Ganze wirklich mit mir zu tun? Bin ich nur zufällig verwickelt worden, weil ich neu in der Stadt bin? Eine Zugezogene?« Sie stand so schwungvoll auf, dass sie den Stuhl umriss. »Wäre mir jemand eingefallen, wüsstest du davon. Und ja, mein Bruder fühlt sich beobachtet, seit wir umgezogen sind. Aber auch er hat keine Idee, wer es sein könnte – oder ob der Überwacher überhaupt existiert. Er hält es für möglich, dass er ein Hirngespinst ist, nur ein diffuses Gefühl. So. Und jetzt gehe ich zurück zu unserem eigenen Fall.«

Damit stakste sie steif davon.

Zurück blieben ein ratloser Kollege und ein umgestürzter Stuhl.

Peter Nachtigall parkte ein Stück entfernt vom Parteibüro auf dem Parkplatz vor der Kammerbühne.

Er brauchte frische Luft.

Bis zur Breitscheidstraße war es nicht weit. Und außerdem regte Laufen das Denken an.

Konnte auf keinen Fall schaden, dachte er zufrieden.

»Guten Morgen«, begrüßte ihn die junge Frau, hielt ihm die Tür auf, lud ihn mit einer Geste ein, hineinzukommen. »Ich bin Kati Brauner. Kann ich Ihnen behilflich sein?«

»Ja, mein Name ist Peter Nachtigall, Kriminalpolizei Cottbus. Ich hätte gern ein paar Informationen über die Drohmails, die Ihr Parteifreund Patrick Stein bekommen hat.« Der Ausweis wurde kurz in Augenschein genommen. Das strahlende Lächeln vertrocknete zusehends.

»Kommen Sie bitte mit.«

Nachtigall folgte dem wippenden Pferdeschwanz.

»Warum kommen Sie ausgerechnet jetzt? Es wäre besser gewesen, Sie hätten Ihren Besuch mit Patrick abgesprochen. Er ist nämlich heute nicht hier, es ist mir unangenehm, Sie an seinem Rechner stöbern zu lassen, ganz ohne seine Zustimmung. Und vielleicht auch ohne sein Wissen? Brauchen Sie für so etwas nicht einen Beschluss?«

Der Cottbuser Hauptkommissar seufzte innerlich. Er hatte eigentlich nicht mit dem Tod ins Haus fallen wollen, kämpfte selbst noch gegen das Bild an, das ihm lebhaft vor Augen stand. Die Hand des Familienvaters, die unheilvoll über den Rand der Schaufel … Als winke er weitere Katastrophen heran. Und Zeugen waren nach einer solchen Eröffnung häufig zu sehr aufgewühlt, um noch sachdienliche Hinweise geben zu können. Aber nun blieb ihm keine andere Wahl.

»Es tut mir leid, aber wir wurden eingeschaltet, weil Herr Stein wahrscheinlich einem Tötungsdelikt zum Opfer gefallen ist. Alle Hinweise sind von größter Bedeutung.«

»Patrick?«, fragte Kati schrill. »Tötungsdelikt? Sie sprechen von Mord?«

»Wir ermitteln in alle Richtungen. Ich kann mir vorstellen, dass das für Sie ein großer Schock ist. Vielleicht setzen Sie sich einen Moment«, murmelte Nachtigall und schob die junge Frau vorsichtig in Richtung Besucherecke, platzierte sie auf einer giftgrünen Couch.

»Tötungsdelikt. Mord?«, wiederholte die junge Frau leise. »Ausgerechnet Patrick? Das kann ich nicht glauben.«

»Wir wissen noch nicht, wie er gestorben ist, können zum jetzigen Zeitpunkt nichts ausschließen. Er ist gestern Nachmittag zum Laufen aufgebrochen. Wussten Sie, dass er das geplant hatte?« Der sanfte Ton schien Kati etwas zu beruhigen.

»Ja. Alle wussten das. Er legte die Termine fest – und jeder wusste, dass er die Sache mit dem sportlichen Engagement sehr ernst nahm. Noch.«

»Er hielt nicht lange durch? Das kenne ich aus eigener Erfahrung.«

»Die Ziele waren zu hochgesteckt. Sie wissen schon: nicht operationalisiert. Man kann niemals aus dem Nichts heraus ein toller Läufer werden. Das muss sich entwickeln. Es war der sechste Anlauf, seit ich ihn kenne. Und das sind nun immerhin schon vier Jahre.«

»Lief er immer zur selben Zeit, eine gewohnte Strecke?«

»Nein. Das funktioniert in dieser Kombination aus seinem Job und politischem Engagement nicht. Aber was hat das mit seiner Ermordung zu tun?«

»Nun, er brach zum Laufen auf, kehrte aber nicht zurück.

Ist es denkbar, dass er nach dem Training noch ein Treffen hatte?«

Kati schwankte ein wenig beim Aufstehen, hielt sich tapfer aufrecht und ging langsam auf den Schreibtisch zu. »Es gibt einen Kalender. Moment … Nein, hier ist kein Eintrag für gestern. Ich checke den Computer.«

»Nein, bitte starten sie ihn nicht! Die Kollegen nehmen ihn später mit. Ich brauche nur das Kennwort, damit die Kollegen barrierefreien Zugang haben. Ein Team des Erkennungsdienstes ist auf dem Weg. Wir werden ebenfalls einige der Akten mitnehmen müssen.«

»Gut. Ich hoffe, Patrick hat alle wichtigen Dinge in der Cloud abgelegt. Sonst wird die Arbeit für uns schwierig.«

Kati setzte sich wieder. Weinte leise. Nestelte ein Taschentuch aus einer Packung, knisterte diese zurück in die Gesäßtasche der Jeans.

»Hatte Patrick eine besondere Beziehung zum Tagebau? Also abgesehen von der Diskussion über die Schließungen.«

»Patrick? Ich glaube nicht. Er hat mal eine Führung mitgemacht, wusste über alle Belange der Arbeit dort bestens Bescheid, kannte die aktuellen Diskussionen, die Ängste und Besorgnisse der Menschen, die dort arbeiten. Aber an der Frage der Abschaltung gibt es nichts zu rütteln. Die kommt. Wichtig war ihm das soziale Abfedern.« Sie schnäuzte kräftig in ihr Papiertuch, wischte ein paar Tränen von den Wangen.

»Die Drohmails bezogen sich auf dieses Thema, nicht wahr?«

»Ja. Manche. Es wird dauern, bis alle begreifen, dass gehandelt werden muss, wir keine Minute mehr zu verschenken haben. Selbst Frau Merkel hat den Klimaschutz als Aufgabe zur Lebensrettung der Menschen beschrieben.«

»War er wütend, wenn er solche Mails bekam? Manche enthielten nach Aussagen seiner Frau Morddrohungen.«

»Patrick hat das schon ernst genommen, glaube ich. Wütend oder etwa besorgt war er nicht, aber oft enttäuscht. Warum begreifen die Leute nicht, dass es Einschnitte geben muss? Es ist doch inzwischen gut zu erkennen, dass das Klima sich dramatisch ändert. Gerade in der Lausitz! Seit Jahren leiden wir unter anhaltender Dürre. Daraus resultieren Ernteausfälle und Waldsterben. Wie kann man da Schadstoffausstoß auf die Formel Freie Fahrt für freie Bürger reduzieren?«

»Was für ein Mensch war Patrick Stein?«

»Ordentlich, zielstrebig, aber auch hartnäckig und in manchen Fragen unbeugsam.«

»Hm.«

»Das wissen Sie schon?« Kati schniefte, putzte wieder die Nase. »Er war ein liebevoller Vater. Wenn eines der Mädchen anrief, ließ er alles andere los, widmete sich voll dem Problem des Kindes. Sei es ein verloren gegangenes Spielzeug, ein aufgeschlagenes Knie, ein kaputtes Fahrrad. Seine Frau ist ziemlich streng mit den beiden, aber er war freundlich, zugewandt. Ich denke, sie konnten mit ihm wirklich über alles reden.« Kati schluchzte leise auf. Setzte hinzu: »Natürlich war das Training nicht nur aus gesundheitlichen Gründen für ihn wichtig, er versuchte, seine verblassende Jugend zu erhalten. Sein Gewicht sollte reduziert werden, der Körper gestrafft. Die nahende Midlife-Crisis. Er war durchaus ein echter Kumpel, eine gewisse Arroganz musste man allerdings abkönnen.«

»Er war ein sympathischer Typ?«

»Ja. Einer, auf den hundertprozentig Verlass war. Kein dummer Draufgänger, kein Angeber. Und für #metoo wäre er überhaupt nicht in Betracht gekommen. Er liebte seine Familie. Eigentlich fehlte bloß der Bobtail zum perfekten Bild.« Es entstand eine kurze Pause, dann setzte Kati patzig hinzu: »Aber Doreen steht eher auf Katzen.«

Nachtigall spürte, wie sich eine gewisse Erleichterung in seinem Denken Platz machte. Stein war also doch nicht nur ein funktionierendes Rad gewesen, sondern ein netter Vater mit dezidierten politischen Ansichten und einem fixierten Lebensentwurf.

»Haben Sie bei seinem Arbeitgeber nachgefragt? Wissen die überhaupt schon Bescheid? Ich weiß, dass er sich gestern noch auf ein wichtiges Kundengespräch vorbereiten wollte.«

Das Türsignal bezeugte die Ankunft einer weiteren Person.

»Das ist sicher Fritz.« Nach kräftigem Schnäuzen rief sie laut: »Wir sind hier in Patricks Büro!«

Wenig später wand sich ein Kopf um den Türrahmen.

Kahl geschoren, die Nase gepierct, der Hals offensichtlich bis weit unter das T-Shirt-Bündchen tätowiert.

»Hey! Wer ist denn der Besucher?«

»Kriminalpolizei.«

»Oha.«

»Darf ich vorstellen: Friederike Schultheiß, genannt Fritz, neben Patrick unser zweites bekanntes Gesicht. – Herr Nachtigall, Kriminalpolizei Cottbus.« Kati sprang aus dem Polster auf. »Patrick ist tot!«

»Ach – hat sich nun doch einer getraut? Glückwunsch!«

11

Silke Dreier erwartete die Kollegen im Büro.

Doch offenbar hatten die beiden ihre Ermittlungen im Umfeld des Opfers ausgeweitet, vergessen, sich bei ihr zu melden, damit sie Dr. März davon in Kenntnis setzen konnte.

Der stand nämlich ungeduldig seit einer gefühlten Ewigkeit in Silkes Büro.

»Was hatten Sie gesagt, machen die Kollegen gerade?«

»Wahrscheinlich befragen sie Zeugen. Frau Klapproth hat obendrein einen Termin bei den Kollegen wegen dieses Doppelmordes am Gräbendorfer See. Wenn sich die beiden problemlos melden könnten, hätten sie das ganz gewiss getan. Also sprechen sie gerade mit jemandem.«

»Frau Dreier, ich stelle mir eine funktionierende Kommunikation zwischen meinen Ermittlern anders vor.«

»Es ist nicht immer planbar.« Silke blieb diplomatisch.

Endlich hörte sie Schritte auf dem Gang.

»Da kommt Frau Klapproth. Herr Nachtigall wird sicher auch sofort hier sein.«

Als Maja eintrat, wurde sekundenschnell klar, dass sie mehr als zornig war.

»Dieser Jannik! Was stellt der sich vor, wer er ist! Ich kann doch nicht seiner Ermittlung wegen unsere eigene zum Stocken bringen. Arroganter Pinsel!«, schimpfte sie und hätte sicher einen derben, bildhaften Fluch angehängt, wäre nicht gerade in diesem Moment Dr. März in ihr Blickfeld geraten. »Oh, Dr. März. Kontrollbesuch bei der Kripo?«, entfuhr ihr unbedacht.

»Wenn Sie es so sehen wollen!«

»Na, wir sind alle am Fall dran. Peter ist zum Parteibüro gefahren. Ich musste eine Zeugenaussage beim Kollegen Peters machen. Silke hat in der Zwischenzeit die Hintergrundinformationen zu Patrick Stein zusammengetragen. Alles läuft«, formulierte Maja kurz, aber unmissverständlich giftig im Vortrag.

»Und bei mir häufen sich Anrufe zu diesem Fall. Bis heute Nachmittag brauchen wir Ergebnisse, die sich auf einer Pressekonferenz präsentieren lassen. Nach dem Mord an Walter Lübke sind die Leute sensibilisiert.«

»Das ist uns sehr bewusst. Und wir wissen inzwischen von Drohbriefen und entsprechenden Mails an das Opfer. Peter hat sicher Material und Computer bei der Partei zur Untersuchung mitnehmen lassen. Die Technik wird sich darum kümmern.«

Die Tür schwang auf und Nachtigall drängte in den nun überfüllten Raum.

»Oh, Dr. März. Warten Sie schon lange?«

»Lange genug! Wie also ist der Stand der Dinge?«

»Natürlich war man bei der Partei entsetzt. Aber alle wussten von den Drohungen, die das Opfer bekommen hat. Die Festplatte wird ausgewertet, die Briefe waren ursprünglich in Ordnern abgeheftet und gesammelt worden, wurden aber von ihm selbst vor einigen Monaten im Aktenvernichter geschreddert. Einige wurden an seine private Adresse geschickt, die hat er in der Regel sofort nach Erhalt vernichtet – nach Angaben der Ehefrau war er nicht wirklich beunruhigt«, fasste Nachtigall zusammen. »Sein Bruder hatte auch diesen Eindruck, die Mutter konnten wir noch nicht befragen. Eine Streife hat ihr die Todesnachricht überbracht. Die Kollegen meinen, sie sei sehr gefasst gewesen.

Beinahe so, als habe sie damit gerechnet, dass ihm so was zustoßen könne.«

»Gut. Lassen Sie sich von Frau Dreier zum Hintergrund des Opfers briefen. Um 16 Uhr ist Pressekonferenz, und ich will Sie beide mit am Tisch haben. Dieser Todesfall beschäftigt die Menschen.«

»Wir wissen noch gar nicht, wie er zu Tode gekommen ist. Bisher fehlen uns Informationen zum Tatgeschehen – und wir können nicht ausschließen, dass er einen Unfall … Dr. Pankratz ist mit ihm beschäftigt?«, fragte Nachtigall nach. »Wir können ja nicht überall von Mord reden – und uns später korrigieren müssen. Oder umgekehrt.«

»Kümmern Sie sich um all diese Fragen – ab 16 Uhr wird man uns löchern.« Damit verließ der Staatsanwalt das Team, zog die Tür betont geräuschlos ins Schloss.

»So, nun wissen wir Bescheid.« Nachtigall grinste schief, zwinkerte den beiden anderen zu. »Was haben wir?«

»Ich habe die Konten überprüft. Das Haus in Branitz ist solide finanziert. Man hatte eigenes Kapital, der ergänzende Kredit von der Bank wird regelmäßig bedient, die Tilgung ist variabel, und so wird das geliehene Kapital schneller als erwartet zurückgezahlt, das Konto bleibt dennoch gut gefüllt. Patrick Stein hat eine größere Erbschaft gemacht, nachdem sein Vater verstorben und die Mutter zum Verkauf des Hauses bereit war. Die Brüder und die Mutter teilten den Erlös untereinander auf. Jeder ein Drittel, alles ruhig, alles fair. Das Opfer legte das Geld bei der Hausbank an, kaufte Gold, wählte risikoarme Anlagen für das Kapital. Er ist immer auf Nummer sicher gegangen. Es gab nie eine Anzeige gegen ihn. Das ist schon überraschend, wo man bei Politikern gern auf Verdacht von Steuerhinterziehung fantasiert, illegalen Nebeneinkünften, zu hohen Honoraren bei Vorträgen et cetera. Er war kein notorischer Raser, kein ewiger Falschparker. Unauffällig.«

»Passt zu dem, was man uns bisher über den Mann erzählt hat.« Klapproth kramte ihr Notizbuch aus der Jackentasche. »Zuverlässig, ordentlich, gut organisiert.«

»Da kann ich etwas ergänzen«, meinte Nachtigall. »Nach Aussage der Mitarbeiterin im Parteibüro war er ein sympathischer Mann, etwas arrogant, um seine jugendliche Ausstrahlung und die Gesundheit bemüht, ein liebender Vater und Ehemann. Einer, zu dem man immer vollstes Vertrauen haben konnte.«

»Oh weh, du hast eine junge Dame befragt? Deren Blick auf die Realität in Männerkörpern ist oft emotional vernebelt.«

»Maja! Nicht alle werden beim Anblick von Männern kritiklos«, beschwerte sich Silke. »Mein Denken bleibt klar.«

»Genau«, beendete Nachtigall entschlossen die Diskussion. »Wir sollten eine Friederike Schultheiß zu einem Gespräch herbitten. Ihr Kommentar zum Tode des Kollegen war überraschend. Endlich habe sich jemand getraut … Es interessiert mich sehr, wie sie das konkret gemeint hat.« Er nickte Silke zu, die eifrig mitschrieb.

»Klar. Ich bestelle sie ein. Soll sie heute noch …?«

Nachtigalls Handy störte.

Er warf einen Blick aufs Display. »Rechtsmedizin«, informierte er das Team knapp.

12

Dr. Pankratz schüttelte den Kopf.

So heftig, dass die OP-Haube verrutschte und sich das Licht der Lampe in seiner makellosen Glatze spiegelte.

Der zweite Obduzent unterdrückte hastig ein Lachen.

Seiner Meinung nach war die Haube auf der Glatze ohnehin sinnlos. Aber er wusste, es gab Dinge, die man besser nicht ansprach.

»Ungewöhnlich ist dieser Angriff durchaus … Psychisch kranke Menschen in den meisten Fällen. Sie haben krude Vorstellungen, hängen irrealen Theorien an, fühlen sich vom Opfer verfolgt, übergangen, ausgebootet. Sie sehen sich zum Beispiel als Rächer oder Befreier der gesamten Gesellschaft, suchen das Licht der Öffentlichkeit, möchten im Blitzlichtgewitter stehen, ihren Namen in der Zeitung auf der Titelseite lesen. Manche lassen sich direkt am Tatort überwältigen und verhaften. Aber hier? Patrick Stein. Der Täter lauerte ihm beim Joggen auf – also keine öffentliche, pressewirksame Aktion mit Täterfotos oder unscharfen Handyvideos und verstörten, weinenden Zeugen, keine große Bühne. Täter und Opfer waren unter sich. Die nun einsetzende Aufmerksamkeit wird der Tat gelten, nicht dem Täter.« Er sah auf, deutete auf eine Serie von Aufnahmen, die die Stichkanäle abbildeten. »Hier die sichtbaren Zeichen des Überfalls. Das war wohl der erste Stich. Als der gesetzt wurde, stand das Opfer noch.« Er trat an den Edelstahltisch zurück. »Die Wunde ist deutlich doppelt und doppelschwänzig. Der Täter hat zweimal diese Stelle angegriffen. Ich schätze, weil das Opfer nicht sofort zu Boden ging. Die weiteren Verletzungen wurden Stein beigebracht, als er bereits lag. Dabei sind mehrere Details bemerkenswert. Nachdem er vornübergefallen war, lag der Körper bei den weiteren Angriffen auf dem Rücken. Entweder schaffte das Opfer es selbst, sich umzudrehen oder der Täter hat das übernommen. Stein sollte unbedingt erkennen, wer ihn tötete? Keiner der Stiche war sofort tödlich. Möglicherweise war dem Täter die Anordnung der lebenswichtigen Organe nicht geläufig, er konnte die verletzbaren Bereiche nicht genau lokalisieren, entweder das Opfer bewegte sich heftig oder er verfehlte sie mit Absicht. Todesursache ist wahrscheinlich inneres und äußeres Verbluten. Hypovolämischer Schock.«

Nachtigall nickte fast unsichtbar.

Klapproth wirkte überrascht. »Könnte es sein, dass dem Angreifer gar nicht auffiel, dass sein Opfer nach dem Überfall nicht tot war? Er sich vom Tatort entfernte im festen Glauben, den Mann getötet zu haben?«

»Eher nicht«, überlegte Nachtigall laut. »Wir haben ihn schließlich nicht an dem Ort gefunden, an dem er angegriffen wurde, sondern in der Schaufel eines Kohlebaggers. Jemand hat ihn dorthin transportiert. Und er hat einen ziemlichen Aufwand betrieben, um uns den Toten so finden zu lassen, wie er geplant hat. Sehr unwahrscheinlich, dass zwei Personen unabhängig voneinander agiert haben sollen. Das würde ja bedeuten: Ein Spaziergänger, der zufällig einen Groll auf Patrick Stein hatte, stieß zufällig auf den Leichnam des Ermordeten und beschloss, ihn an einen anderen Ort zu transportieren und dort zu präsentieren. Der Gedanke daran, die Polizei zu verständigen, kam ihm zu keiner Zeit.«

»Okay. Klingt nicht sehr wahrscheinlich«, räumte Klapproth ein. »Zumal er dann auch noch zufällig einen Freund haben musste, der ihm beim Transport behilflich ist.«

»Na, dann wollen wir mal«, entschied der Rechtsmediziner und setzte das Skalpell unter dem Kinn an, zog einen tiefen Schnitt bis zum Schambein. »So!«

Nachtigall wusste genau, was nun folgen würde.
Und dennoch.
Nach all den Jahren konnte er es nicht unterdrücken.
Übelkeit stieg in ihm auf.
Da half es auch nicht, dass er sich immer wieder in Erinnerung rief, dass diese Untersuchung ihnen wichtige Informationen würde bieten können.
Wie durch Watte hörte er die Stimme des Rechtsmediziners.
»Männliches Opfer, Größe 182 cm, Gewicht 101 kg. Die äußere Inspektion hat zahlreiche Stichwunden ergeben, deren Kanäle stets in unmittelbarer Nähe lebenswichtiger Organe liegen. Um genauere Aussagen zu machen, präparieren wir einen der Stichkanäle.«
Nach und nach wanderte ein Organ nach dem anderen in eine eigene Schale, wurde gewogen und untersucht.
Dann trat Dr. Pankratz hinter den Kopf und setzte einen Schnitt entlang des Haaransatzes.
Der Assistent hatte eine Art Stütze unter den Schulterbereich geschoben, der Kopf fiel leicht nach hinten. Mit einer schwungvollen Geste klappte Dr. Pankratz den Skalp nach vorn über das Gesicht und griff nach einer speziellen Säge.
Damit trennte er den oberen Bereich des Schädels ab, legte das Hirn frei.
Nachtigall versuchte, nicht hinzusehen.
Besonders nicht, als das Organ in Scheiben geschnitten wurde.

Endlich waren sie fertig.

»So – und jetzt eine Zusammenfassung. Auffällig sind die blutleeren Organe. Deren Gewebe ist blass. Das haben wir bei Verbluten zu erwarten. Ansonsten war er gesund. Das hätte sich aber in der nächsten Zeit ändern können. Das Herz ist leicht verfettet, die Leber auch, Pankreas ist vergrößert. Er hatte viszerale Fettablagerungen. Mit gesunder Lebensführung hätte er dem Diabetes noch entgehen können, aber ich sehe bereits deutliche Zeichen von Schädigungen durch Hochdruck an den Gefäßen. Er wurde beim Laufen erstochen, also war er offensichtlich dabei mit Sport gegenzusteuern. Das Hirn ist unauffällig, lateral findet sich ein leichtes Aneurysma. Das hat ihm wahrscheinlich keine Probleme gemacht. Vielleicht wäre es dabei geblieben. Fazit: Er war gesund.«

»Toxikologie?«

»Wird gemacht. Ich glaube aber nicht, dass wir Drogen oder deren Abbauprodukte finden werden. Einstiche negativ, Atemwege frei, unauffällige Lunge. Er war kein Raucher.« Der Rechtsmediziner wies auf eine Wanne, die das Blut aus dem Bauchraum aufgenommen hatte. »Das ist wenig. Etwa zwei Liter. Bei einem Mann dieser Statur könnt ihr davon ausgehen, dass er etwa vier Liter am Ort des Angriffs verloren hat. Wurde er direkt nach der Tat in einem Fahrzeug transportiert, wird dort ebenfalls viel Blut gefunden werden können.«

»Du meinst, Hunde könnten den Ort des Überfalls finden? Sie haben ihn letzte Nacht auch nicht erschnüffelt.«

»Sie sollten nach einem Verletzten suchen. Nun sollen Hunde Zersetzung wahrnehmen. Einen Versuch wäre es wert.«

»Du meinst, jemand wollte, dass das Opfer langsam verblutet. Was, wenn kurz nach der Tat ein unbeteiligter Spaziergänger vorbeigekommen wäre. Hätte dann ein Rettungsteam …? Vielleicht war er noch eine ganze Weile ansprechbar.«

»Nein. Die Stiche haben zu massiven Blutungen geführt. Arteriellen Blutungen, venösen Blutungen. Gerade arterielle Blutungen leeren den Körper ziemlich schnell. Bei den vielen Verletzungen wäre er nach etwa 20 Minuten tot. Keine Chance für ein Rettungsteam.«

»Für mich stellen sich bei diesem Szenario viele Fragen«, begann Nachtigall gedehnt. »Eine wäre: Was hat der Täter gemacht, während sein Opfer langsam starb? Lief er weg? Hat er ihm eine Rede gehalten, um die Tat zu begründen?«

»Und: Wir reden zwar der Einfachheit halber vom Täter, es könnte aber auch eine kräftige Frau solche Verletzungen setzen. Vielleicht waren es zwei Beteiligte, die den Toten zum Tagebau gebracht haben«, ergänzte Dr. Pankratz.

Klapproth schüttelte ungeduldig mit dem Kopf. »Nur, damit ich es richtig verstehe: Das Opfer geht laufen. Irgendwo wartet der bewaffnete Täter.« Ihr Blick begegnete den Augen des Rechtsmediziners. »Okay, oder die bewaffnete Täterin. Woher demjenigen die Laufstrecke bekannt war, müssen wir noch ermitteln. Angeblich hat sich das Opfer immer spontan für einen Weg entschieden. An einer geeigneten Stelle kommt das Messer zum Einsatz. Der Täter oder ein weibliches Pendant sticht zu. Nachdem das Opfer zu Boden gegangen ist, folgen weitere Attacken gegen den Körper. Das Opfer will er/sie nicht zurücklassen, es lebt noch, könnte möglicherweise den Namen des Angreifers nennen. Lieber kein Risiko eingehen. Oder kannten sich die beiden gar nicht persönlich? Dann gab es kein privates Motiv, sondern eher einen abstrakten Mordauftrag.«

»So was wie das Klima retten? Den Weltfrieden sichern? In der Art?«, hakte Nachtigall nach. »Ein Mord für alle

Gleichgesinnten? Ein moralischer Auftrag, diesen Menschen zu töten. Es war dem Täter gleichgültig, dass er nah an sein Opfer herantreten musste. Man war Aug' in Aug' – beim Angriff wie beim Sterben.« Er konnte nicht vermeiden, dass er eine Gänsehaut bekam, die sich über den gesamten Körper zog.

Klapproth nickte.

»Dann geht es bei dieser Tat um ein Fanal gegen ein für den Täter falsches Ziel. Die Identität des Opfers ist in Wahrheit unwichtig, es geht um das, wofür sie steht. Und wenn es so ist, fühlte der Angreifer sich im Recht. Für ihn war es legitim, diesen Mann zu töten.«

»Das gilt allerdings auch für ein starkes privates Motiv«, gab Nachtigall zu bedenken.

»Sieht für euch nach schwierigen Ermittlungen aus.« Dr. Pankratz klopfte den beiden auf die Kittel.

»Wir müssen los«, mahnte Klapproth. »Dr. März war vorhin schon sehr gereizt. Wir sollten ihn nicht zusätzlich durch Unpünktlichkeit provozieren.«

»Wenn ihr nicht wissen wollt, was ich sonst noch entdeckt habe, könnt ihr ja jetzt gehen.« Der Rechtsmediziner wies auf den Gang zur Tür.

Die beiden Ermittler warfen ihm einen verwunderten Blick zu.

»Wenn du das so formulierst, hast du eine faustdicke Überraschung für uns.«

Er lud sie zu einem Blick durchs Mikroskop ein.

»Ist es das, was ich glaube?«

»Ja. Sicher. Spermien. Sie leben noch – sexuelle Aktivität also kurz vor seinem Tod. Wenn es nötig wird, können wir sicher aus der Probe auch weitere DNA isolieren.«

»Aha. Wir müssen …«

»Wenn ihr euch beeilt, schafft ihr es locker rechtzeitig zur Pressekonferenz«, ermunterte der sehr zufriedene Dr. Pankratz die Davonstürmenden.

»Tja. Es menschelt manchmal auch bei Verstorbenen. Haben wir alle Proben?«

Der Sektionsassistent nickte.

»Gut, dann machen Sie ihn fertig. Bei diesen Fällen aus Cottbus ist immer eins sicher: Es wird eine weitere Leiche geben.«

13

Silke Dreier sah überrascht auf.

Die junge Frau war ausgesprochen auffällig in Habitus und Styling.

Selbstbewusstsein pur.

»Sie haben mich einbestellt. Um was genau mit mir zu besprechen?«

»Sie haben heute erfahren, dass Ihr Parteifreund Patrick Stein getötet wurde.«

»Ja. So was kommt vor. Manche Menschen greifen zu

drastischeren Ausdrucksformen, wenn sie ihrem Ärger oder ihrer Enttäuschung Luft machen wollen. Politiker exponieren sich.«

»Sie glauben, es gehört als Berufsrisiko zum Job?«, fragte Dreier ungläubig. »Das ist nicht Ihr Ernst!«

Friederike Schultheiß lächelte spöttisch.

»Ach, bei der Polizei arbeiten und dann die Augen vor der Realität fest zukneifen. Das lob ich mir!« Die Zeugin strich beinahe kosend über die rasierte Glatze.

»Sie haben heute gesagt, endlich habe sich einer getraut. Das bezog sich auf die Tötung Ihres Parteifreundes.«

»Parteikollegens«, korrigierte die Zeugin. »Freunde sind wir nie gewesen.«

»Was an ihm war denn so unerträglich?«

»Sein Auftreten, sein ganzes Benehmen. Er war nicht der Nabel der Welt – aber er glaubte, er sei genau das.«

»Wie drückte sich das aus? Schiere Arroganz?«

»Nein. Viel schlimmer!« Friederike Schultheiß pfriemelte ihr Handy aus der Jacke. »Ich habe ein Video von einer der ersten Wahlkampfveranstaltungen zur Landtagswahl. Sehen Sie mal, was da abgeht, als Patrick auf die Bühne kommt.« Sie startete die Wiedergabe.

Ein voller Saal, große Kulisse, hoher Begeisterungspegel bei den Gästen. Transparente wurden geschwenkt, es ging um Klimaschutz und Kohleausstieg.

Patrick Stein wurde vom Moderator angekündigt, der Jubel schwoll deutlich an. Der junge Politiker stürmte dynamisch über die Stufen auf die Bühne, frenetischer Beifall, Bravorufe. Er stellte sich nicht hinter das Rednerpult, sondern agierte frei, die gesamte Bühne nutzend. Sprach ohne Manuskript, hatte nur einen Stichwortzettel in der Hand.

»Man erwartet eigentlich, dass er gleich anfängt zu singen, oder?«, fragte Frau Schultheiß wütend. »Er steht nur für sich, nicht für die Ziele der Partei! So, sehen Sie das?«

Die Kamera schwenkte über das Publikum. Junge Frauen mit begeistertem Strahlen jubelten dem Mann auf der Bühne zu. Hochrote Wangen, leuchtende Augen. Und eine entrollte ein Transparent, auf dem stand: Patrick, ich will ein Kind von dir!

»Sehen Sie dieses Plakat? Die spinnt doch! Das ist kein Popkonzert! Die glaubt wohl, das sei eine Fortpflanzungsshow.«

»Nun, es ist sicher sehr ungewöhnlich. Vielleicht ein Witz.« Dreier klang ratlos.

»Nein. Er bekommt auch solche Briefe ins Parteibüro. Einmal hatte er einen auf dem Schreibtisch vergessen, ich fand ihn, als ich beim Gehen überall das Licht löschte. Ich will ein Kind von dir, stand da. In Blockbuchstaben so hoch wie die der Titelseite der Boulevardpresse. Patrick ist verheiratet, hat zwei Kinder – und wer weiß, vielleicht scheut er sich nicht, den Wünschen seiner weiblichen Fans nachzugeben.«

»Sie sind für unbedingte Treue in der Ehe?«

»Nur, weil ich nicht aussehe wie ein Normalohausmäuschen heißt das nicht, dass ich rumhurende Männer cool finde. Eine offene Beziehung, von beiden gewollt und gelebt, okay. Aber ich weiß, dass Doreen an solch einer Ehe kein Interesse hätte. Sie steht eher auf Familienidyll.«

»Gibt es denn Hinweise darauf, dass Herr Stein auf solche Briefe oder Transparente reagierte? Treffen mit der Dame im Backstagebereich? Oder sind Sie nur aus Verdacht so sauer auf ihn?«

Schweigen vermehrte sich zwischen ihnen wie ein giftiger Geruch.

»Okay, dann sage ich es Ihnen jetzt. Doreen muss das

nicht erfahren, oder? Es würde ihr Glück zerstören – und nach Patricks Tod wäre das doch vollkommen sinnlos!«

»Sie wissen, dass ich Ihnen diese Art von Geheimhaltung nicht versprechen kann. Aber der ermittelnde Hauptkommissar ist nicht an der Bloßstellung von Opfern oder Betroffenen interessiert«, versicherte Dreier.

»Ach, im Grunde kann es mir ja auch egal sein!«, fauchte die Zeugin. »Mein Cousin ist Opfer von Patricks Sexgier geworden. Seine Frau ist die, die das Transparent hochhält. Und Patrick hat eine Wohnung zwei Häuser vom Parteibüro entfernt. Gelegentlich geht er mit Bewunderinnen auch in ein Hotel. Mein Cousin ist ihm nachgeschlichen. Nun, was er sah und von den Nachbarn hörte, entspricht genau dem, was Sie jetzt denken.«

»Die junge Frau traf sich mit ihm, wollte sich von einem fremden Mann schwängern lassen. Erste Frage: Warum? Ist Ihr Cousin nicht zeugungsfähig? Zweite Frage: Hat es denn geklappt? Wurde sie schwanger? Und zum Schluss: Existiert die Ehe noch oder haben die beiden sich getrennt?«

Als Friederike Schultheiß mit dem Finger an ihrem Ohr entlangstrich, klirrten die vielen Ohrringe leise.

»Die Ehe meines Cousins war beim Abbiegen von der Hauptstraße in eine Sackgasse geraten. Sex fand wohl nur selten oder gar nicht mehr statt. Und ja. Seine Frau wurde schwanger. Und zur letzten Frage: Gucken Sie in den Computer. Mein Cousin heißt Michael Schubert.«

»Können Sie mir bitte das Video schicken?« Silke nannte ihre Mailadresse.

»Ich habe noch mehr solcher Veranstaltungsaufzeichnungen. Wenn Sie wollen, schicke ich Ihnen alle.«

Während die Zeugin die Videos mit ihr teilte, checkte die Ermittlerin den Namen des Cousins im System.

»Oh. Ich habe ihn gefunden. Er sitzt ein. Ach ... wegen Mordversuchs zum Nachteil seiner Ehefrau!«

14

Als sie den großen, inzwischen überfüllten Raum betraten, erkannten Klapproth und Nachtigall, wie recht Dr. März gehabt hatte.

Der Tod des jungen Politikers war das Thema schlechthin.

»Na, das wird eine zähe Angelegenheit. Ab sofort können wir jeden Morgen Kommentare zu unserer Arbeit auf Seite eins finden! Sozusagen als Ansporn«, nörgelte Nachtigall bei einem raschen Blick über die vielen Köpfe, die dicht gedrängt versammelt waren. Gemurmel erfüllte den Raum wie Grollen.

Dr. März flüsterte: »Sie sind ziemlich spät dran! Und sehen Sie sich das an! Alle erwarten, dass wir eine rechte Organisation ausmachen und dort einen Einzeltäter festnehmen können. Haben Sie dafür einen Anhalt gefunden?«

Die beiden Ermittler schüttelten den Kopf.

»Aha. Haben Sie überhaupt einen Anhalt für irgendetwas?«

»Nun, Drohmails und Briefe mit entsprechendem Inhalt. Absender unbekannt – Computer und Laptop sind in der Technik. Beim Arbeitgeber waren wir noch gar nicht, bei der Mutter auch nicht. Unser Tag hat auch nur 24 Stunden«, gab Klapproth patzig zurück.

»Wie meiner!«, konterte der Staatsanwalt. »Und ich muss auch noch unangenehme Anrufe entgegennehmen und Gemüter besänftigen.«

Als sie sich hinter dem Tisch mit Mikrofonen versammelt hatten, wurde das Raunen im Raum dunkler, lauter, bedrohlicher.

»Guten Tag, meine Damen und Herren«, begann Dr. März. »Wir wissen, dass die Öffentlichkeit großes Interesse an diesem Fall hat, deshalb werden wir Ihnen einige Ergebnisse der Ermittlungen vorstellen. Aus ermittlungstaktischen Gründen legen wir nicht alles offen, dafür haben Sie bitte Verständnis. Herr Hauptkommissar Nachtigall hat den Fall übernommen und wird Ihnen nun einen kurzen Abriss geben.«

Das Brodeln unter den Versammelten nahm zu.

»Wir wurden gestern Abend von der Familie darüber informiert, dass Herr Stein vom Lauftraining nicht zurückgekehrt sei. Nach dem Anschlag auf das Büro der Partei konnten wir nicht ausschließen, dass nun gezielt einer der Politiker in Gefahr geraten war. Erste Recherchen ergaben keinen Anhalt für das Vorliegen eines Verbrechens, aber auch keine, die eines hätten ausschließen können. Sein Handy wurde gefunden, er selbst jedoch nicht. Eine erste Suche mit Hunden verlief ergebnislos. In den frühen Morgenstunden wurde im Tagebau eine männliche Leiche entdeckt. Es handelt sich bei dem Toten um Patrick Stein. Weitere Untersuchungen lassen auf ein Tötungsdelikt schließen. Wir gehen, derzeitiger Stand, von Mord aus.«

»Befragungen im Umfeld haben zu Informationen über Drohmails geführt, die das Opfer offensichtlich bekommen hat. Wir ermitteln in alle Richtungen«, ergänzte Klapproth.

»Eine Frage: Heißt das, dass Sie auch in Richtung politisch Andersdenkender nachforschen?«, fragte eine sonore Stimme aus dem Hintergrund.

»Wer möchte das wissen?«

»Der Bunte Abend, Klaus Glosky.«

»Herr Glosky, wenn wir Mails mit politisch begründeten Morddrohungen finden, ermitteln wir selbstverständlich auch in dieser Richtung. Mit politisch Andersdenkenden hat das nichts zu tun. Wir suchen einen Mörder.«

»Ach ja? Sie wissen schon, dass mehr als 60 Prozent gerade im Osten glauben, ihre Meinung nicht mehr äußern zu können! Und man gehört automatisch zum Kreis der Verdächtigen, wenn man eine andere politische Auffassung hat als das Opfer«, polterte der Journalist weiter.

»Nun«, mischte sich ein anderer ein. »Patrick Stein war das Gesicht für den schnellen Kohleausstieg. Könnte es sein, dass er dieser Auffassung wegen getötet wurde? Peter Plow vom Morgenspiegel.«

»Stopp!« Dr. März hatte nicht vor, diese Pressekonferenz entgleiten zu lassen. »Bisher haben wir ein Mordopfer zu beklagen, das in der Öffentlichkeit stand. Wir werden nach politischen wie privaten Motiven suchen. Und – nur um das klarzustellen, die Meinungsfreiheit hat einen hohen Stellenwert in unserer Gesellschaft. Man darf sich zu allem äußern, sei man kompetent oder nicht. Zuständig für die Grenzen ist das Gericht.«

»Und die Sache mit der Ölmühle?«

»Die gehört nicht hierher. Wenn Sie eine private Meinung haben, darf man Ihnen nicht verbieten, sie zu äußern, solange Sie die Form wahren. Reaktionen Einzelner auf Ihre Auffassung können unterschiedlich ausfallen. Mancher Kunde meidet dann vielleicht Ihren Laden, Ihre Produkte. Auch das ist ihm erlaubt. Ihre Meinung ist Ihre Sache, sie ist nicht allgemeingültig – Widerspruch oder veränderte Kaufentscheidungen als Folge müssen Sie ertragen.« Dr. März blieb ruhig, versuchte auf diese Weise, die Aggressivität aus den Fragen zu nehmen. »Morden dürfen Sie nicht!«

»Noch mal Glosky. Wenn nun alle, die zum Kohleausstieg eine andere Meinung haben als Stein unter Generalverdacht geraten, ist das ein Angriff auf das Recht der freien Rede.«

»Herr Glosky!« Nachtigall war wirklich wütend und machte keinen Hehl daraus. »Niemand gerät unter Generalverdacht. Es geht um die Drohungen Einzelner, deren Namen ermittelt werden und die sich dann für ihre Worte rechtfertigen müssen. Weder eine Partei noch eine Organisation wird generell in den Fokus rücken. Wir suchen einen Mörder, vergessen Sie das nicht. Für alle gilt, dass man nicht einfach morden darf, nur weil der andere nicht der gleichen Meinung ist!«

Als die Pressekonferenz nach einer Stunde endete, die Journalisten grummelnd den Raum verließen, war Nachtigall noch immer voller Zorn.

Klapproth legte ihm beruhigend ihre Hand auf den Arm. »Ey, cool down, würde mein Bruder sagen. Wir finden den Täter, der bestimmt nichts mit dem Kohleausstieg zu tun hat.«

»Wie willst du das wissen? Gelegentlich wird für deutlich weniger als die eigene berufliche Zukunft oder die der eigenen Kinder getötet. Viele Menschen scheuen Veränderung, sie möchten, dass alles so bleibt, wie es ist. Gut, mehr Rente wäre schön. Billige Reiseangebote auch. Benzin sollte nicht teurer werden, die Miete auf Jahre hinaus nicht steigen. Aber sonst?«

Maja lachte leise.

»Du würdest dich gut mit Fabian verstehen. Auch ein Misanthrop. Heute ist er zu einer Diskussionsrunde zum Thema ›Wölfe in der Lausitz‹ gefahren. Hinter Casel, im Drehpunkt Göritz. Was ist der Drehpunkt Göritz überhaupt?«

»Heute ein Restaurant. Hat nur an einigen Tagen der Woche geöffnet, glaube ich. Es gibt einen großen Raum, der gern für Feiern, Vereinsabende oder andere Zusammenkünfte genutzt wird. Der Wolf polarisiert wie die Kohle. Da wird es sicher heiß hergehen.« Nachtigall klang besorgt. »Er wird doch so vernünftig sein aufzubrechen, wenn die Sache eskaliert?«

»Ja. Das haben die beiden Männer fest vereinbart. Und entscheiden über den richtigen Zeitpunkt zum Aufbruch darf nicht Fabian. Auch diesen Punkt haben die beiden ausverhandelt. Er hat versprochen, sich an diese Abmachung zu halten.« Sie schmunzelte. »Das Zusammenleben mit ihm ist leichter nach dem Umzug. In Köln war er immer angespannt, jetzt lacht er sogar gelegentlich.«

»Cottbus tut gut! Prima! Und wir fahren jetzt zur Mutter des Opfers. Mal sehen, kurz vor 18 Uhr. Ich rufe sicherheitshalber an, nicht, dass sie uns nicht mehr reinlässt, weil Damen um diese Zeit keinen Besuch mehr empfangen dürfen«, grinste der Kollege.

15

Der Drehpunkt Göritz war für eine Diskussion zwischen Wolfsfreunden und Wolfsgegnern ein geradezu idealer Ort.

Hinter Casel lag das Gebäude etwa zwei Kilometer von der Landstraße entfernt mitten im dichten Wald. Schon, wenn man aus dem Auto stieg, meinte man, die glühenden Augen der Tiere aus dem Dickicht zu spüren. Ihre Neugier, ihre Wildheit.

Für die einen eine faszinierende Vorstellung, für die anderen ein permanenter Schrecken.

Fabian sah sich überrascht um. »Irgendwie hatte ich etwas anderes erwartet.«

»Moderner?«

»Na, ja. Es war schon schwer genug das Restaurant zu finden. Unser Navi hat uns zweimal an der Abfahrt vorbeigeleitet. Es ist seltsam unspektakulär.«

»Das Spannende findet man hinter den Mauern, hat man mir erzählt. Ein bisschen unheimlich ist es hier aber schon.«

»Eine Diskussion über den Wolf. Seine Hierseins- und Daseinsberechtigung, die der Mensch schon lange in Frage stellt. Der Räuber hat sich zurückgekämpft, möchte seinen Platz in der Nahrungskette wieder einnehmen, den der Mensch ihm neidet. Immerhin ist er ein wildes Tier, wir sind hin- und hergerissen. Er ist einer der gefährlichsten Bewohner dieser Wälder.«

»Einer der gefährlichsten?«

»Ja. Nach der gemeinen Zecke oder dieser neuen Art Hyalomma. Diese Tiere verletzen Menschen, übertragen gefährliche Krankheiten – und die Wahrscheinlichkeit auf eine von diesen Zecken zu treffen, ist viel größer, als auch nur einmal im Leben einem wilden Wolf zu begegnen. Und ein bissiger Fuchs ist eine nicht zu unterschätzende Gefahr, das gereizte Wildschwein ein in Einzelfällen todbringender Gegner.«

»Na dann. Mischen wir uns unters Volk! Hier draußen schwebt man wohl in Lebensgefahr.« Fabian lachte leise. Der Abend fing ja gut an!

Technik von gestern erwartete den Besucher im Eingangsbereich und konnte bestaunt werden. Der Führerstand einer Diesellok und gegenüber der einer E-Lok. Die bebilderte Historie dieses seltsamen Ortes hing an den Wänden, und wer wollte, konnte sich mit der Funktion der Gerätschaften zumindest theoretisch vertraut machen. Vor den Aufnahmen stauten sich die Besucher, fachsimpelten über die Relikte und ihre arbeitsreiche Vergangenheit.

Im Saal hinter der Gaststube standen Tische im Carreé, Getränke und Gläser warteten. Nach und nach sammelten sich interessierte Bürger, Landwirte, Wolfsfreunde und Gegner der Räuber im Eingangsbereich.

»Na, wo bleibt sie denn?«, höhnte ein kräftiger Mann, der in Jägerkluft gekommen war, um seine Funktion im System Wald unübersehbar zu machen. »Erst die große Ankündigung, und dann läuft sie am Ende gar nicht auf, die große Aktivistin mit ihrer Entourage.«

»Ist doch noch Zeit, Herbert. Die kommen sicher alle zusammen in einem Wagen. Schon aus Umweltschutzgründen.«

»Ne! Du wieder! Weißt du, Heinz, so langsam fragt man sich, auf welcher Seite du eigentlich stehst. In meinen Ohren klingst du schon wie diese Greta! Vergiss bloß nicht, wer hier deine Freunde sind«, gab Herbert aggressiv zurück, merkte gar nicht, dass seine Worte wie eine Drohung klangen. Vielleicht war es ihm auch gleichgültig.

»Sei unbesorgt«, schlug Heinz einen beruhigenden Ton an. »Aber miteinander reden muss man doch. Sonst ist das Ganze hier nur vertane Zeit. Immer die gleichen Vorurteile zu formulieren, ist sinnlos, beide Seiten müssen sich bewegen, denke ich.«

»Ach, red keinen Quatsch. Diese Wolfsfans sind ausschließlich an immer mehr Wölfen in der Region interessiert! Die wollen sich nicht bewegen, nicht einen Millimeter. So isses nämlich!« Für Herbert war das Gespräch damit erstmal beendet.

Constanze Blum stand unbeachtet ein wenig abseits, hörte das gereizte Gerede der Viehzüchter bis nach draußen.

»Die da drinnen laufen sich warm«, informierte sie ihre Mitstreiter aus der Aktivistengruppe.

»War ja klar. Aber deren Argumente kennen wir eh.« Klaus sah auf die Uhr. »Wo bleibt denn unser aller oberster Arten- und Umweltschützer? Wird langsam Zeit. Soll ich ihn mal suchen? Hat sich vielleicht verfahren.«

»Brauchst du nicht. Guck, ich denke, er fährt gerade vor. Na, dann los!« Constanze hielt auf den Eingang zu.

Klaus war, wie eigentlich immer, sehr beeindruckt.

Diese schlaksige, große Frau, die eher verschüchtert denn mutig aussah, stürzte sich energisch in jedes noch so feindselige Getümmel, war stets gut vorbereitet und sorgte in der Regel für einen bleibenden Eindruck bei den Diskussionsteilnehmern beider Seiten.

Seine Augen wanderten zu der dunklen Limousine.

Etwas ungeschickt schälte sich ein Mann im Anzug aus dem Beifahrersitz, ein Köfferchen wurde ihm zugereicht.

Der Blick des Neuankömmlings in die Umgebung fragte offen, was er hier, am offensichtlichen Ende der Welt, zu suchen hatte und warum eigentlich stets ihn ein solch widriges Schicksal traf.

Rasch schloss Klaus zu Constanze auf. »Er ist es nicht«, erklärte er im Laufschritt. »Eine wissenschaftliche Koryphäe wahrscheinlich.«

»Nun, das haben wir doch nicht anders erwartet. Wenn er gut informiert ist und sich nicht kirre machen lässt, ist es vielleicht sogar ein Vorteil für uns.« Constanze war nicht aus dem Konzept zu bringen. »Das wird schon!«

Sie stieß die Tür auf.

Laute, gereizte Stimmen, wie eine Wand.

»Guten Abend, meine Damen und Herren! Wie schön, dass Sie so zahlreich und pünktlich erschienen sind. Am besten versammeln wir uns gleich um die Tische, damit wir zügig beginnen können«, rief sie entschlossen über die Versammelten hinweg.

Gemurmel.

Schlurfende Schritte über den gefliesten Boden.

Der Wissenschaftler stieß zu den Versammelten, nickte freundlich lächelnd in die Runde, als erwarte er keine harte Diskussion.

»Herzlich willkommen!«, tönte er zart.

Constanze konnte gerade noch ein lautes Stöhnen unterdrücken. »Kompetenz hört sich für mich deutlich anders an«, flüsterte sie Klaus zu.

»Wir wissen ganz genau, was ihr uns jetzt vorsetzen wollt: Der liebe Wolf ist zurück, aber die bösen Viehzüchter begreifen nicht, was für eine wunderbare Bereicherung dieser Zuwanderer darstellt. Außerdem wollen die Jäger sich doch eh nur mit einem echten Gegner messen, deshalb wollen sie Jagd auf

Wölfe machen. Bären und Löwen können wir nicht auch noch einwandern lassen, nur weil der Jäger ein echtes Gegenüber braucht!«, rief Joachim laut über die Köpfe hinweg.

»Lassen Sie uns zuerst feststellen, auf der Basis welcher Zahlen wir überhaupt diskutieren.« Der Wissenschaftler, der sich mit Dr. Jens Blau, Professor an der BTU Cottbus, Bereich Ökologie, sein Schwerpunkt sei Wölfe und Biologisch-Ökologische Lebensgemeinschaften, vorgestellt hatte, schob einen Stick in einen winzigen Beamer und richtete das Bild so aus, dass es gut zu sehen war.

»Hier sehen Sie, wo sich die Rudel in Brandenburg befinden und wie groß die einzelnen Gruppen sind.« Ein roter Laserpunkt lief über die Darstellung. »Tatsächlich leben 41 Rudel und einige Einzeltiere im Land, jedes Rudel umfasst durchschnittlich acht Tiere, Elterntiere plus Nachkommen aus den vergangenen zwei Jahren. Das letzte Monitoring für Deutschland 18/19 ergab 105 Rudel, 25 Wolfspaare und 13 Einzelwölfe, die allerdings weitgehend ortsgebunden waren.«

»Die Größe des Rudels ist gar nicht entscheidend. Es sind Einzeltiere, die über unsere Herden herfallen. Dabei vernichten sie geleistete Arbeit und Kapital«, brüllte Horst mit hochrotem Gesicht. »Ich habe zehn meiner Kälber an dieses Untier verloren.«

»Meine gesamte Schafherde wurde vernichtet. 40 Tiere!«, steuerte ein anderer bei.

»Einzeltiere durchstreifen oft große Gebiete, legen weite Strecken zurück. Von einer Fähe wissen wir, dass sie bis an die Stadtgrenze von Cottbus gekommen ist. Mehrfach. Offensichtlich war sie auf der Suche nach einem guten Ort, um eine Familie zu gründen. Und noch ein paar Zahlen: Insgesamt gibt es circa 1.300 Tiere deutschlandweit. Wobei gilt:

Erhaltungszustand einer Population wird erst ab 1.000 Tieren erreicht. Von diesem stabilen Wert sind wir noch weit entfernt.«

Gemurmelter Widerstand regte sich unter den Versammelten.

Dr. Blau hob besänftigend die Hand.

»Ja, ich weiß. Ihr Jagdverband glaubt, es seien deutlich mehr Tiere über die wir sprechen müssen. Allerdings ist es schlicht nicht integer die Jungtiere des aktuellen Jahres mitzuzählen und dem Bestand zuzuordnen! Sie und ich wissen sehr genau, dass die Welpensterblichkeit hoch ist. In manchen Jahren liegt sie bei 50 Prozent!«

»Sie sind Killer!«, rief eine tiefe Stimme aus dem Hintergrund.

»Ich habe auch zu diesem Vorwurf Zahlen. Insgesamt haben 2018 639 Angriffe auf Nutztiere stattgefunden – tote oder verletzte Tiere: 2067 Tiere.«

Constanze spürte, wie der Ärger in ihr zu brodeln begann. Klaus warf ihr einen warnenden Blick zu.

Sie nickte widerwillig, wusste, dass er recht hatte. Es war noch zu früh. Erst mussten die üblichen Sprüche und Diskussionsfallen vom Tisch. Dann gab es plötzlich Raum für neue Erkenntnisse – und vielleicht ein Umdenken.

Sie beherrschte sich also mühsam.

Hörte, wie Dr. Blau in die Diskussionsfalle tappte, das richtige Stichwort lieferte. »Wenn die Verluste auf einen Wolfsriss zurückzuführen sind, wurden Sie alle vollumfänglich entschädigt.«

»Haben Sie jemals eine Herde toter Tiere gesehen?«

»Wissen Sie eigentlich, wie es aussieht, wenn der Wolf in einer Herde gewütet hat?«

»Wir hängen an unseren Tieren. Aber selbst die Zäune halten den Wolf nicht ab. Er ist eine Bestie!«

»Und überhaupt! Was heißt denn hier Entschädigung? Ich habe bis heute keinen Cent von der zugesicherten Summe gesehen!«

»Genau! Der Wolf gehört nicht in eine landwirtschaftlich geprägte Gesellschaft, er passt nicht hierher!«

Constanze warf Klaus einen raschen Blick zu.
Er nickte.
Constanze stand auf.
Es wurde sofort unheimlich still.

16

»Warum hast du Dr. März nichts von dem Sperma erzählt?«

»Nun, ich möchte erstmal abwarten, keine falschen Erwartungen auf schnelle und einfache Ermittlungsergebnisse schüren. Wir wissen nicht, ob uns dieser Fund zu irgendetwas führt. Immerhin haben wir damit einen völlig neuen Ansatz, jenseits von Kohle, Tempolimit oder Fahrverboten.

Aber mehr ist es eben nicht.« Nachtigall blinkte, bog an der Stadtbibliothek auf die Bahnhofstraße ab. Reihte sich in den dichten Feierabendverkehr ein.

Sie zuckelten in Richtung Bahnhofsberg.

»So alt kann die Mutter von Patrick und Eric doch eigentlich gar nicht sein«, überlegte Klapproth. »So um die 60 – vielleicht eher Mitte. Warum wohnt sie denn in einem Seniorenstift?«

»Vielleicht hat sie körperliche Einschränkungen, kann den Alltag nicht allein bewältigen. Eine Demenz wäre auch möglich oder eine neurologische Erkrankung.«

»Frau Stein hat gar nichts erwähnt. Das ist doch sonderbar. Wenn sie uns gesagt hätte, seine Mutter ist krank und wohnt in einem Seniorenstift ... hm«, grantelte die Ermittlerin.

»Wir werden es ja gleich sehen.«

Nachtigall steuerte den Wagen am Klinikum vorbei, bog rechts ab.

»Übrigens, vorne, an der nächsten Kreuzung, der Europakreuzung, steht eine Blitzersäule, die sich als sehr einnahmeträchtig erwiesen hat. Zum Ärger vieler Autofahrer.« Er zwinkerte Klapproth zu. Als kompromisslose Radlerin war sie nur im Dienst gefährdet, von der Säule erwischt zu werden.

»Okay! Ein Seniorenstift hatte ich mir eigentlich anders vorgestellt.« Klapproth war von dem würfelförmigen Gebäudekomplex überrascht. »Sieht fast ein bisschen wie bei mir aus.«

»Hier gibt es Wohnungen in verschiedenen Größen, Haushaltsleistungen kannst du dazubuchen, die kosten dann natürlich auch extra. Jeder wohnt für sich und ist dennoch nicht allein. Gefällt mir«, meinte Nachtigall beeindruckt.

Frau Stein öffnete ihre Tür in moderner, farbenfroher Sportkleidung, wirkte weder krank noch hilfsbedürftig. Eher genervt.

Sie erwies sich als extrem fitte Frau Ende 50. Die weißgrau melierten Haare trug sie praktisch kurz, eine Brille mit leuchtend rotem Gestell betonte den jugendlichen Eindruck, den sie erreichen wollte, perfekt. Ihr Gesicht war dezent geschminkt, die Lider blau bestäubt, tiefschwarze Wimperntusche, die Lippen rot nachgezogen.

»Ich weiß bereits, dass Patrick ermordet wurde. Ihre Kollegen waren heute Morgen hier«, erwiderte sie ungehalten auf die Vorstellung der beiden Besucher.

»Unser aufrichtiges Beileid.« Nachtigall musterte die durchtrainierte Frau überrascht. Auch sie wirkte gefasst wie die Ehefrau des Opfers, irgendwie so, als habe sie nicht vor, sich durch den Tod des Sohnes die Alltagsplanung durcheinanderbringen zu lassen.

»Danke. Vielleicht kommen wir schnell zum Punkt? Meine Nordic Walking-Gruppe läuft sonst ohne mich los!« Sie schob die grellrote Brille gerade, wuschelte durch die Haare, stülpte eine stahlblaue Mütze über die moderne Frisur. Offensichtlich hatte sie weder vor, die Polizei ins Wohnzimmer zu bitten, geschweige denn, den Ermittlern einen Sitzplatz anzubieten.

»Ihr Sohn hat Sie vor wenigen Tagen besucht. Hat er bedrückt oder besorgt auf Sie gewirkt?«, startete Nachtigall die Befragung ansatzlos, wie gewünscht.

»Nein. Ich denke, Sie fragen wegen dieser Mails. Das hat ihn nicht wirklich beunruhigt. Er war deutlich weniger um sich als um die Mädchen besorgt. Jederzeit von seiner Stärke überzeugt, ging er davon aus, sich in jeder Situation erfolgreich zur Wehr setzen zu können.« Die Mutter schwieg, dachte offensichtlich über etwas nach. Gedehnt setzte sie hinzu: »Anders als sonst war er aber doch. Er war innerlich aufgeregt – in einem positiven Sinn. Als freue er sich über – oder auch vielleicht auf – etwas besonders Schönes. Ein bisschen wie Kinder vor Weihnachten.«

Klapproth konnte nicht verhindern, dass ihr die schwanzwedelnden Spermatozoen plötzlich deutlich vor Augen standen.

Sie begegnete dem Blick des Kollegen, wusste intuitiv, dass es ihm genauso erging, bekämpfte mit großer Anstrengung ein anzügliches Grinsen.

»Würden Sie die Ehe Ihres Sohnes als glücklich bezeichnen?«

»Im Zweifel würde ich fast glauben, Eric und Freddy sind glücklicher, wobei das bei den beiden zwangsläufig eine sehr asymmetrische Beziehung ist. Patrick und seine Frau taten immer so, als seien sie gleichberechtigt. Doreen zwang ihn aber in Wahrheit in ein Raster mit sehr engen Feldern. Er nahm es hin, der Mädchen wegen. Sein einziger erfolgreicher Ausbruch war der Weg in die Politik. Nicht meine Partei – aber er konnte dort Ideen umsetzen, Planungen entwickeln … War ganz nach seinem Geschmack.«

»Ihr Sohn wurde ermordet. Nach unseren ersten Erkenntnissen beim Laufen. Wer könnte ihm an seiner Strecke aufgelauert haben?«

»Oh, jetzt überschätzen Sie unser Verhältnis. Ich weiß nicht, wo Patrick gern lief, weiß nichts über Feinde, habe ihn nie davon sprechen hören, er fürchte sich etwa vor irgendjemandem. Nein. Wie gesagt, das Gegenteil war der Fall.«

»Wir ermitteln in alle Richtungen. Können Sie sich vorstellen, dass Patrick eine nebeneheliche Beziehung geführt hat? Vielleicht gar die Beziehung zu Doreen gegen eine zu einer anderen Frau aufgeben wollte?«, tastete sich Nachtigall an das heikle Thema heran.

»Ehebruch? Nun ja …« Die Mutter wiegte den Kopf langsam von links nach rechts und wieder zurück. »Tja, wenn Sie so fragen: eigentlich nicht. Auf der anderen Seite, wenn er den richtigen Partner gefunden hätte, eine entschlossene, starke Persönlichkeit, dann wäre so was durchaus denkbar.«

Energisch öffnete Frau Stein die Tür.

Für sie war das Gespräch beendet. »Vielen Dank für Ihren Besuch!«

»Eine Frage habe ich noch: Warum wohnen Sie hier? Sind Sie nicht viel zu jung und fit dafür?«, erkundigte sich Klapproth.

»Ja, sicher. Deshalb lebe ich völlig unabhängig. Wenn ich allein sein möchte, bin ich in meiner Wohnung ganz für mich, keiner nervt, keiner stört, auf Klingeln muss ich nicht öffnen. Brauche ich Gesellschaft, schließe ich mich irgendwelchen Gruppen an. Und wenn ich keine Lust auf Fensterputzen habe, lasse ich jemanden kommen und bezahle den Service, sollte ich krank sein, kann ich mir Mahlzeiten bringen lassen, ansonsten koche ich, was mir schmeckt. Ich bin völlig ungebunden, kann aber nutzen, was mir beliebt. Fast in der Innenstadt! Ein paar Straßen weiter ist das Kino, das Theater um die Ecke, Restaurants, Cafés. Ich genieße es!«

Damit schob sie die Besucher auf den Flur, angelte ihren Schlüssel aus der Schublade, griff nach den Walking-Stöcken und zog die Tür hinter sich zu.

»Auf Wiedersehen!« Damit rannte sie an den Ermittlern vorbei und verschwand im Treppenhaus.

»Hey Mädels! Schön, dass ihr auf mich gewartet habt!« Hörten sie die dunkle Stimme Frau Steins durchs Treppenhaus.

»Na, schließlich wird einem nicht jeden Tag der Sohn ermordet. Da bekommt man schon mal ungebetenen

Besuch«, gab eine andere Stimme verständnisvoll und gut gelaunt zurück.

»Dement«, mutmaßte Klapproth und spürte Zorn in sich aufsteigen. »Bestimmt hat sie nicht richtig verstanden, dass ihr Sohn tatsächlich tot ist. Wenn wir das nächste Mal kommen, wird sie sich anders verhalten. Und die Sportgruppe macht auch noch mit. Als sei er nur im Stau stecken geblieben und käme ein bisschen zu spät zum Abendessen.« Es ist falsch, dachte sie, irgendjemand sollte doch den Tod dieses Mannes bedauern!

17

»So, nachdem wir gehört haben, was in solchen Runden jedes Mal vorgetragen wird, schlage ich vor, dass wir uns mit grundlegend anderen Ansätzen befassen!«, forderte Constanze selbstbewusst.

»Hört, hört!«

»Ja. Zum Beispiel damit: Die zahlenmäßig größten Verluste gab es auf einem Biohof der Lebenshilfe. Fast 200 Tiere. Manche wurden nicht direkt Opfer der Hatz, sondern mussten getötet werden, weil sie sich in der ausbrechenden Panik schwer verletzt hatten. Gnadentod. Tot sind sie alle. Und der finanzielle Schaden ist immens. Etwa 17.000 Euro.«

»Genau! Da kannste mal sehen …«

Der Sprecher wurde von den anderen Teilnehmern ruhiggezischt, setzte sich irritiert. Sah von einem zum anderen.

»Still!«, mahnte der unmittelbare Sitznachbar vorsichtshalber.

»Tja – keine Ahnung, wovon ich rede? Die beiden ›Täter‹ wurden gefasst. Sie lagen zufrieden inmitten ihrer Beutetiere, voller Federn und Blut. Und: Es waren keine Wölfe! Zwei Berner Sennenhunde aus der Nachbarschaft. Es gab keinen Aufschrei, was mich nun wirklich verwundert. Keine Forderung nach einem Verbot privater Hundehaltung. Und das liegt nur daran, dass Berner Sennenhunde uns als sympathische Rettungshunde bekannt sind, ähnlich der Bernhardiner, die mit Fässchen um den Hals in den Bergregionen zum Einsatz kommen. Aber auch diese Hunde haben einen Jagdtrieb. Den beiden Sennenhunden war die Hatz aber diesmal nicht genug. Sie wollten erlegen, töten. Die schreienden, fliehenden Tiere heizten den Trieb weiter an. Deshalb kam es zu diesem Gemetzel.«

»Es sind Wölfe, die unsere Herden angreifen«, beharrte einer der Viehzüchter.

»Ihr haltet eure Schafe und Rinder auf Weiden. Der Wolf dringt ein, die Hatz beginnt. Die Tiere können sich nicht in Sicherheit bringen, rennen und blöken oder muhen, bleiben in Bewegung. Das setzt den Reiz für den Wolf immer wieder neu. Er hört auf, wenn Ruhe eingekehrt ist.«

»Oh, sehr schlau. Wir sollen auf Zäune verzichten?«, höhnte eine Stimme aus dem Hintergrund.

»Nein! Aber es gibt neue Zahlen zu Verlusten durch

Wölfe, wenn die Vorsichtsmaßnahmen sinnvoll umgesetzt werden. Sind die Zäune höher und führt man Strom hindurch, kommt der Wolf erst gar nicht zum Jagen vorbei.«

»Ach, das ist alles Humbug! Ich weiß von einem Schafzüchter, der hatte die Herde an drei Seiten gut geschützt, die vierte Flanke sicherte ein Wildbach. Der Wolf hat die ganze Herde abgeschlachtet!«

»Ja. Natürlich hat er das. Denn die Schafe konnten weder über den Zaun noch durchs Wasser entkommen. Der Wolf ist – entgegen der Gerüchte, die über ihn verbreitet werden – kein bisschen wasserscheu. Er kommt von der Bachseite, hetzt und tötet. Es würde mich interessieren, wer das Gerede von der Wasserphobie des Wolfs aufgebracht hat.«

»Zäune zu setzen dauert! Und man braucht einen zweiten Mann dazu, damit es ordentlich wird. Die Kosten dürfen wir Viehzüchter aus eigener Tasche begleichen. Wie immer!«

»Das ist nicht wahr«, hielt Constanze kalt dagegen. »All diese Kosten sind erstattungsfähig. Und das wissen alle Viehzüchter.«

»Bis wir das investierte Geld zurückbekommen, fehlt es in der Kasse des Betriebs«, beschwerte sich Herbert. »Die laufenden Kosten fallen weiter an – plus Zaun!«

»Aber es kommt! Zweites Thema: Hunde. Jeder Viehzüchter weiß, dass gut ausgebildete Hütehunde den Wolf fernhalten. Im Zweifel gar in die Flucht schlagen. Viele Schafzüchter haben gute Erfahrungen mit diesen Tieren gemacht. Selbst im Branitzer Park konnte man die weißen Hunde im Einsatz erleben. Aufmerksam haben sie jeden Besucher gecheckt – und im Zweifel einen riesen Lärm veranstaltet.«

»Eben. Erst muss man sie kaufen. Dann werden sie groß und das Wichtigste: Sie fressen kein Gras, sondern teures Fleisch.«

»Freiwillig werden die Wölfe keinen Umweg um die Herden machen! Mobile Ställe bieten Schutz gerade für kleine Herden. Tier nachts rein, Tür abschließen und den Schlüssel am besten mitnehmen. Dem Wolf keine Chance auf einen Beutezug zu geben, ist der beste Weg, das Problem zu lösen«, blieb Constanze unbeeindruckt. »Ein zentral gelegener Stall zwischen den Kuhweiden, die genutzt werden, abends werden die Tiere hineingetrieben und am nächsten Morgen sind Kühe und Kälber wohlauf. Und«, setzte sie hinzu, »es gibt Länder, in denen ist der Hirte Schuld, wenn der Wolf eine Chance bekommt. Das Tier ist triebgeleitet, der Intellekt des Menschen sollte ihn in die Lage versetzen, die Herden vor dem Wolf zu schützen.«

»Klar, wieder ein Griff in unsere Börse. Wir haben den Wolf hier nicht angesiedelt. Er gehört nicht hierher, passt nicht!«

»Er ist von allein gekommen. Und er sorgt für ein gesundes Gleichgewicht in unseren Wäldern. Im Yellowstone Park wurde er tatsächlich angesiedelt – mit großem Erfolg. Die Rudel sorgen für ein funktionierendes Gleichgewicht. Bei uns in den Wäldern gibt es zu viel Rotwild – über die Wildschweine brauchen wir nicht zu streiten, die fallen auf Friedhöfen und in Gärten ein, sind potenzielle Überträger der Schweinepest. Die Förster und Waldbesitzer klagen über den Verbiss durch Schalenwild, der verhindert, dass sich der Wald erneuern kann. Tierische Jäger wie Wolf und Luchs dezimieren und regulieren, geben dadurch dem natürlichen Wachstum im Wald eine Chance. Es gibt genug Nationalparks, die genau das beweisen. Zum Beispiel in Polen. Und die menschlichen Jäger sind gar nicht in der Lage, die Anzahl der Tiere in Schach zu halten. Der Wolf wird in unseren Wäldern dringend gebraucht!«

»Warum soll ich diesem Vieh die Beute überlassen, die mir zusteht? Ich esse mein Wild gern selbst – und teile mein Wildbret bestimmt nicht mit dem Wolf!«, rief einer der Jäger zornig. »Da jage ich doch lieber den Dieb, den Wolf!«

»Gut!«, meinte Constanze gefährlich ruhig. »Sprechen wir über die Jagd und euer Wildbret. Tatsächlich kommt ihr oft genug nicht auf die Quote, die zum Schutz des Waldes nötig wäre. Von den Wildschweinen rede ich hier nur am Rande, da kommen die Jäger nicht gut voran. Der Wolf könnte helfen. Herrschte im Wald ein natürliches Gleichgewicht, stünden alle Waldbewohner unter strengem Naturschutz, bräuchten wir die Jagd nicht mehr. Die pelzigen Räuber würden den Job für euch gut erledigen. Und sie könnten auf diese Weise Leben retten! Pro Jahr sterben immerhin circa 40 Menschen durch Jäger im Wald. Pilzsammler, Bärlauchpflücker, Spaziergänger, Radfahrer – und gelegentlich auch Jägerkollegen!«

Schweigen.

Constanze hatte immer ein weiteres Argument, das sie nachlegen konnte. So auch an diesem Abend.

»Es gibt Kollegen von euch, die inzwischen das Töten von Tieren als unethisch ansehen.«

Dumpfes Grollen aus allen Ecken des Raumes. Constanze zeigte sich unbeeindruckt.

»Ja, meckert nur! Und doch ist es so! Wo verkauft ihr denn euer erlegtes Wild?« Ihre Augen funkelten über die Gesichter der Versammelten, die offensichtlich von dieser Frage unangenehm überrascht wurden.

»Genau! Ihr werdet das Fleisch nicht los! Und das, obwohl es natürlich gewachsen ist, ohne Medikamente im Cocktail verabreicht zu bekommen, ohne Chemie zur Geburtenregelung. Ungeimpfte Biozucht. Und dennoch: Das Fleisch der geschossenen Tiere stapelt sich in euren Kühltruhen. Ihr tötet Tiere, damit sie euch der Wolf nicht wegfrisst – und in Wahrheit ist er einer der Wenigen, die das Fleisch überhaupt fressen wollen! Die Menschen sind an den Wildgeschmack nicht mehr gewöhnt. Er ist ihnen unangenehm. Sie kennen nur das Zeug aus dem Supermarkt. Und einige eurer Jagdkollegen finden es unethisch für die Kühlbox zu killen. Eine natürliche Lösung für den Wald und seinen Wildbestand wäre ihnen sehr viel lieber.«

Anhaltendes, lastendes Schweigen.

»Und jetzt kommt nur nicht mit dem Argument, es läge an der Vermarktung. Wenn die Jäger es ernsthaft wollten, könnten sie sehr wohl Strategien für dieses Geschäft entwickeln«, warf Constanze den Jägern vor. »Unter euch gibt es einige, denen es beim Schießen um Macht geht. Leben und Tod liegen in meiner Hand, vor meinem Lauf! Und das ist eben nicht ethisch. Der Wolf würde dieses Problem für euch sehr gut lösen!«

Giftig breitete sich der Nebel der Wortlosigkeit weiter aus. Verdickte sich atemraubend.

Dann folgte laut und vernehmlich: »Der Wolf passt nicht in unsere zivilisierte Zeit. Er muss bejagt werden, bis er verschwunden ist.«

Einige riefen: »Jawohl! Ganz genau!«

Constanze seufzte. Es würde eben doch enden wie immer. Jeder blieb bei seiner Meinung, man wollte gar nicht ernsthaft diskutieren.

»Der Wolf ist eine geschützte Art«, rief sie den Murmelnden in Erinnerung. »Er darf nicht bejagt werden!«

»Problemwölfe schon!« Herbert setzte eine listige Miene auf. »Und wir haben eben viele davon. Unsere Kinder sind nicht mehr sicher. In Casel wurde der Wolf innerorts gesehen – an der Bushaltestelle, in der Nähe des Kindergartens. Er will die Wehrlosesten im Ort zu seiner Beute machen!«

»Und sie fallen Jogger an! Habe ich im Fernsehen gesehen.«

»Genau«, pflichtete ein anderer bei. »Eine Frau wurde angefallen. Habe ich auch gesehen!«

Constanze schüttelte genervt den Kopf. »Das war kein realer Fall. Das ist Satire in einem Werbespot!«

»Und wenn schon, es ist nur eine Frage der Zeit, bis so etwas passiert«, behauptete Herbert.

»Der Einzige, dem ständig etwas passiert, ist der Wolf! Er wird illegal geschossen, überfahren oder kommt plötzlich und unerwartet zu Tode.«

»Es ist ein Fehler der Politik, dass wir in den Fokus der Staatsanwaltschaft geraten. Wir beschützen nur unser Hab und Gut. Wäre das nicht strafbar, müssten wir uns nicht bei jedem gefundenen Wolfskadaver rechtfertigen.«

An dieser Stelle übernahm der Sachverständige.

Er rief eine neue Darstellung auf. »Ungeachtet Ihrer unsachlichen Einlassung, dass der Abschuss nur strafbar sei, weil das politisch so gewollt ist, ansonsten sei er ja kein Problem – möchte ich noch etwas nachlegen. Nicht jeder gemeldete Wolfsriss konnte bestätigt werden. Von den seit 2007 registrierten Fällen, bei denen zunächst ein Wolfsangriff nicht auszuschließen war, entfielen 58 Prozent tatsächlich auf den vermuteten Angreifer, in einigen Fällen handelte es sich um Totgeburten, die anderen gingen auf das Konto von Hunden, und gelegentlich war sogar der Fuchs involviert. Alle betroffenen Tierhalter wurden entschädigt.«

»Die Gesamtsumme beläuft sich auf 335.000 €. Allein im ersten Halbjahr 2019 waren es 42.000 € Daneben wurden bauliche Schutzmaßnahmen finanziert, Zäune und Ähnliches.«

Eine neue Darstellung.

»Wegen des nachgewiesenen Betrugs durch einzelne Züchter wurde der eine oder andere geforderte Betrag nicht ausbezahlt oder von den Verurteilten zurückgefordert. Überall, wo ausreichend hohe Zäune installiert und Strom zum Einsatz kam, ging die Zahl der Risse in geschützten Herden auf null zurück.«

Er sah in die Runde. »Niemand, der einen begründeten Schaden geltend gemacht hat, ging leer aus. Sie alle. Sofern Sie betroffen sind, wurden in vollem Umfang für die Verluste entgolten.«

»Was wissen Sie denn schon?«, brüllte Hektor zornbebend. »Meine Tiere kannte ich alle beim Namen. Sie ließen sich von mir kraulen! Und dann: ein blutiges Schlachtfeld!«

Constanze gab dem Politiker hastig ein Zeichen, die Runde zu beenden.

Sie wusste, was kommen würde.

Als der Tumult losbrach, rief der Betreiber des Restaurants die Polizei.

»Soll ich dich mitnehmen?«, fragte Klaus. »Ist schlechte Stimmung hier. Du solltest nicht allein nach Hause radeln.«

»Nett von dir, Klaus, aber ich denke nicht, dass ich etwas zu befürchten habe. Sind ja irgendwie alles meine Nachbarn«, lachte Constanze unbeschwert.

»Na ja, ich weiß nicht, ob sich wirklich alle daran erinnern«, mahnte Klaus. »Immerhin sind sie polizeilich erfasst – in ihren Augen bist du schuld daran. Sie behaupten, du habest sie kriminalisiert.«

Constanze winkte ihm nach.

Schwang sich auf den Sattel.

18

Zwei Stunden Pause.

Nachtigall fuhr nach Hause. Er sehnte sich nach einer warmen Dusche und frischer Kleidung.

Ihm kam es vor, als müffle er beträchtlich.

Conny schmunzelte, als sie ihn aus dem Wagen steigen sah.

Griff nach der Pfanne, goss etwas Öl hinein und begann damit, gekochte Kartoffeln in Würfel zu schneiden.

Die beiden Katzen waren längst zur Tür gelaufen, warteten aneinandergedrängt darauf, dass sie sich öffnen würde.

»Na, ihr beiden! Ich weiß, den ganzen Tag über gab es nichts zu fressen, und nun soll ich diesen Mangel ausgleichen.« Der fast zwei Meter große Ermittler ging etwas ungelenk in die Knie und widmete sich dem Kuschelbedürfnis der beiden Mitbewohner.

»Ich bin nur für zwei Stunden da«, rief er in Richtung Küche.

»Verwöhn uns bloß nicht mit einem Zuviel an Anwesenheit.« Es zischte, als Conny die Kartoffelwürfel ins heiße Öl schob.

»So, mitkommen«, entschied der Hauptkommissar, und die Katzen schlossen sich ihm widerspruchslos an. Überholten ihn auf der Zielgeraden und saßen bereits vor dem Kühlschrank, als er in die Küche trat.

Liebevoll umfasste er seine Frau, drückte sie zärtlich an sich und küsste ihre Lippen. »Mord!«, erklärte er knapp.

»Was sonst?«

»Ein Politiker das Opfer. Der Fall schlägt hohe Wellen. Dabei steht noch gar nicht fest, ob das Motiv ein politisches war.«

»Nur, weil es einen Politiker trifft, muss der Mord nichts damit zu tun haben. Bleiben: Liebe, Gier, Lust, Leidenschaft, Hass, Verletzung, Beleidigung, Übervorteilung, Betrug, Ehrbeschneidung – so etwa?«

Nachtigall lachte leise.

»Ich muss schnell duschen.«

»Trödel nicht so lange beim Schminken, die Kartoffeln sind fix fertig«, mahnte Conny gut gelaunt und ertappte ihren Mann dabei, wie er den beiden haarigen Mitbewohnern je eine halbe Scheibe Putenbrust zusteckte.

Schnurrend fielen die beiden über ihre Beute her.

»Denkt euch doch mal was Neues aus«, forderte sie die beiden auf. »Jedes Mal ist es dasselbe Ritual und endet in Pute. Katzen sind doch fantasievoll«, tadelte sie leise.

Wenig später stand der Gatte wieder in der Tür.

Der Zopf war frisch geföhnt und gebunden, Jeans, Hemd und Sakko wie immer durchgängig schwarz. Auch die Socken. Nachtigall fand es praktisch in den Schrank greifen zu können, ohne überlegen zu müssen, ob die verschiedenen Komponenten seines Outfits zueinander passten. Monochromes Schwarz war zu jedem Anlass das passende Outfit.

»Mhhm. Danke!« Er schob sich vorsichtig auf die Couch, wo ihm die Katzen bereitwillig wenngleich zögernd ein Plätzchen einräumten.

»Wir haben heute mit einer Mutter gesprochen, die gerade ihren Sohn verloren hat. Sie war weder traurig noch entgeistert. Es schien, als sei es ihr gleichgültig.«

»Familienangehörige leben sich manchmal weit auseinander. Eine Familie ist kein Lebensrahmen, den du dir wählst. Du wirst hineingeboren und musst mit dem Rest der Mischpoke klarkommen.«

»Ja, schon. Natürlich sehen wir solche Familien ständig.

Man lebt sich auseinander, trifft sich nicht einmal mehr zu Weihnachten, hat sich nichts zu sagen. Aber bei dieser Mutter schien es eine unwichtige Randnotiz darzustellen, dass ihr Sohn nicht mehr lebt. Ermordet wurde. Nicht, dass man spürte, es ließ sie kalt, es war schlimmer: Es war, als habe das mit ihr gar nichts zu tun. Sie wollte bloß schnell zum Sport, das war wichtig. Und die anderen Frauen sahen es ebenso. Unser Sport zählt, dein Sohn ist nicht von Belang. Und da dachte ich mir, vielleicht zog sich das wie ein roter Faden durch sein gesamtes Leben: Ich bin komplett nichtig.« Nachtigall schaufelte mit großem Appetit die Bratkartoffeln in den Mund.

»Das kann stimmen, ist aber nicht zwingend aus der Reaktion der Mutter so zu lesen. Kinder bleiben theoretisch immer deine Kinder, aber ich kenne auch andere Familien. Kinder gehen ihren eigenen Weg – die Lebensentwürfe driften auseinander. Es bleibt wenig Gemeinsames. Da telefoniert man gelegentlich, besucht sich selten. Aus Verbindlichkeit wird Oberflächlichkeit.«

»Und dann verliert alles so an Bedeutung, dass du nicht einmal trauerst, wenn der eigene Sohn ...?«

»Heute definiert man Gemeinsamkeit nicht mehr über biologische, sondern andere Übereinstimmungen. Wenn deine Kinder völlig anders Denken und ihr Handeln sich diametral von deinem unterscheiden, wirst du Nähe und Verbundenheit eher zu Freunden spüren, die deine Auffassungen, Hobbies oder andere Interessen teilen. Ehrlich gesagt: Gesellschaft im Wandel ist nicht an allen Stellen schlecht. Es muss erlaubt sein, sich von anderen loszusagen, wenn sie ihr eigenes Leben in die Hände nehmen können. Ein Kind bleibt dein Kind – biologisch. Aber es muss nicht unbedingt dein bester Freund sein.«

»Jule würde sich nicht so verändern, dass wir uns auseinanderleben könnten«, stellte Nachtigall klar.

»Das ist wahr. Ihr harmoniert, wir harmonieren, auch mit Emile und den Kindern. Da sehe ich nun wirklich keine Gefahr einer Ausbreitung von Gleichgültigkeit oder eisiger Kälte.« Conny lachte warm.

»Dann ist also in dieser Familie etwas passiert, das zu einer Zerrüttung des Verhältnisses zwischen dem oder gar den Söhnen und ihrer Mutter geführt hat. Vielleicht irgendein zerstörendes oder zersetzendes Familiengeheimnis.«

»So schlimm, dass die Mutter nicht um ihren Sohn trauert. Ja.«

Maja stellte das Fahrrad vor ihrer Wohnungstür ab, klapperte den Schlüssel ins Schloss und schob das Rad in den Flur.

»Hey, Jeffrey!«, lockte sie dann.

Der große Kartäuser kam angetänzelt, schnurrte um seine Wohnungsgenossin herum, rieb seinen Kopf kraftvoll an ihrer Hand.

»Was bedeutet dieses intensive Willkommen zurück genau? Du hast mich furchtbar vermisst? Oder der Napf ist leer?«, flüsterte sie ihm zu. Wollte die Antwort gar nicht so genau wissen. »Es ist in jedem Fall wunderbar, so liebevoll begrüßt zu werden.«

Der Napf war gut gefüllt worden.

Die Dose auf der Anrichte der Küche gut geleert.

»Sieh mal, dir geht es prima. Fabian hat sich um dein Wohl gekümmert. Er weiß ja, dass unregelmäßige Arbeitszeiten und Futterzeitverschiebungen deiner Stimmung nicht bekommen. Um mich wird sich nicht so bedingungslos gesorgt«, lachte sie leise und genoss das Schnurren des Katers. »Balsam für meine Seele«, flüsterte sie ihm zu.

Fabian war also zurück aus Casel.

Hatte hoffentlich einen anregenden Abend gehabt und

beim Heimkommen offensichtlich an Jeffrey gedacht. Eine deutliche Veränderung in seinem sonst so grantigen Wesen.

Beruhigt ging Maja duschen.

Hörte deshalb nicht, dass sich jemand auf ihrem Fußabtreter im Gang umwandte und auf geräuschlosen Sohlen davonging.

19

Penelope Crusades griff nach dem ersten Tiegel auf dem vollgestellten Schminktisch.

Musterte sich kritisch im Zehnfach-Vergrößerungsspiegel.

Zog hier, drückte da.

Augenringe. Grässlich.

Sie angelte sich einen Spatel aus der »Werkzeugkiste« und bohrte ihn in die grünliche Masse.

»Na, dann wollen wir mal.«

Beherzt strich Christian alias Penelope die erste gipsartige Schicht unter dem rechten Auge ab. Das Wichtigste war, darauf zu achten, dass sich nichts in den Falten absetzte. Das dann zu überschminken, wäre eine echte Herausforderung.

Die zweite Portion fand Platz unter dem anderen Auge.

Während sie der Kosmetik Zeit gab, ihre versprochene Wirkung zu entfalten, sah Penelope ihre Kleider durch, entschied sich für das lagunefarbene mit Glitzer.

»Okay, dazu passt rosa bis pink, vielleicht mit ein bisschen grün und dunkelblau abgesetzt.«

Er sortierte die Schminkutensilien auf dem Tisch neu, legte Kajal, Augenbrauenfarbe und die False Lashes daneben. Die blonde Perücke mit den langen Locken hatte Christian am Nachmittag sorgfältig frisiert. So war alles griffbereit.

Er konnte bei seiner Rückkehr in »seine Räume« mit der Überarbeitung des Gesichts beginnen, da er das Kleid »von unten« an den richtigen Platz ruckeln würde.

Die Gesichtsmodellage wäre also nicht gefährdet.

Mit geübten Bewegungen trug er eine Spezialpflege auf Stirn und Krähenfüßen auf.

Wangen, Kinn und Oberlippe.

Für einen dunkelhaarigen Mann eine besondere Herausforderung.

Während die hautstraffende Kosmetik in den bestrichenen Regionen am Wegbügeln der Falten arbeitete, konnte er anderen Problembereichen zu Leibe rücken.

Er griff nach dem Rasierer. Bläuliche Schatten auf den Wangen und um die Mundregion, womöglich Stoppeln, die im Scheinwerferlicht besonders imposant wirken konnten, waren ein absolutes Tabu.

Während er über den keimenden Bartwuchs raspelte, hatten die Gedanken Freilauf.

Und den nutzten sie.

»Andere Mütter müssen sich nicht für ihre Söhne schämen! Ich mich schon. Jetzt habe ich dich schon wieder an meinem Schminktisch ertappt!« Sie ohrfeigte ihn. »Verboten ist das!

Wir haben oft genug darüber gesprochen. Diese Tiegel und ihr Inhalt sind nur für Frauen. Und du bist ein junger Mann.« Die zu erwartende Folge war immer eingetreten. Von leeren Drohungen hielt seine Mutter nichts. Hausarrest, Taschengeldentzug, Kontaktverbot zu den Freunden – und zum Schluss die Erziehungsanstalt, wie sie es nannte. Eine Umerziehungseinrichtung. Fakt war: Seine Eltern hatten sich emotional von ihm scheiden lassen. Er wusste nicht einmal, ob sie noch lebten.

Christian hatte heute Abend sturmfrei.

Seine Lebenspartnerin war zu einer Diskussionsrunde gefahren.

Er bliebe also ungestört.

Was die Enge des Bades im Haus viel erträglicher machte, der Duft des geplanten Auftritts wäre verflogen, bevor sie zurückkam.

Als er in den Teil des Anwesens zurückwechselte, der früher ein Schuppen war, spürte er schon, wie die Vorfreude sich in seiner Seele ausbreitete, der Alltag von ihm abfiel.

Sein Reich.

Hier hatte sich Penelope eingerichtet, mit all den Dingen, die sie benötigte, um sich von Christian in einer Art Metamorphose in eine Künstlerin zu verwandeln.

Er griff nach der Fernbedienung und laut schallte Musik durch das langgestreckte Gebäude aus roten Ziegeln.

Seine Musik.

Es war richtig gewesen dieses alte, verfallene Haus auf dem großen Grundstück zu renovieren und Platz für seine Frau und sich zu schaffen, der ihnen beiden ausreichend Raum zur Entwicklung bot. Haupthaus, Nebengelasse, viel Platz drumrum. Direkt gegenüber der Landgasthof. Sicher, die noch nicht renovierte Fassade und die relativ kleinen Fenster ließen es dunkel erscheinen, aber innen waren die Wände hell, alles freundlich und einladend. Problemzone des Hauses: das Bad. Klein, eng und tatsächlich ein Durchgangsraum. Ungewöhnlich. Casel war nah genug an Cottbus gelegen, um alle Möglichkeiten zu eröffnen. Und die Menschen in dem kleinen Ort kamen klar mit seiner Anwesenheit. Sicher, die einen mehr die anderen weniger.

Natürlich wusste er, dass es für Constanze nicht leicht war, sich in ihrer Welt zu behaupten, wenn ihr Mann als Dragqueen in Kneipen auftrat. Gerade die Männer in ihrem Umfeld reagierten angefasst, wenn sie begriffen, dass sie beide verheiratet waren. Manche entwickelten eine Art Missionierungsaktivität, versuchten erst ihn von seinem »Irrweg« abzubringen, boten sich dann seiner Frau als Retter an. Sie war resilient und resistent – er auch.

Eine Stunde später erkannte er im Spiegel schon das ungefähre Abbild dessen, was er für heute Abend erreichen wollte. Fast verliebt zwinkerte das bereits fertig bearbeitete Auge dem anderen zu.

Eine weitere Stunde verging, dann konnte er endlich die fertige Penelope im Spiegel bewundern. Perfekt!

Plötzlich wurde ihm bewusst, dass sich ein hartnäckiges Geräusch unter »seine« Musik mischte.

Störfeuer.

Von dem 80-Jährigen aus der Nachbarschaft.

Ewiges Geklopfe gegen die Wand aus Holzplanken, die das gesamte Grundstück umgab.

Die fertige Penelope griff nach einem Buch, schlich gebückt zum Tor und schlug zurück.

Der alte Mann floh erschrocken.

Penelope drehte die Anlage einen Tick lauter.

Verließ eine halbe Stunde später voller Schwung und in bester Stimmung das Haus.

Stunden später, als Penelope längst abgewischt und abgewaschen war, kuschelte Christian sich ins Bett.

Lauschte, begeistert von sich und den anderen, dem frenetischen Applaus nach, den sie für ihren Auftritt bekommen hatten.

Leider konnte er das wunderbare Erlebnis mit niemandem teilen.

Er war allein.

Ein wenig enttäuscht strich er über die andere Betthälfte.

Die blieb leer.

20

Constanze war noch lange, nachdem die ersten Empörten gegangen waren, in eine heftige Diskussion verstrickt geblieben.

Die an einem Punkt, den retrospektiv niemand benennen konnte, völlig aus dem Ruder gelaufen war.

»Der Wolf hat hier nichts verloren«, hatte einer der Waldbesitzer gegrölt. »Erst lässt man uns mit dem Problem allein, die Leute fürchten sich plötzlich beim Sonntagsspaziergang. Dann vertrocknen die Bäume, der Borkenkäfer und andere Parasiten geben ihnen den Rest. Wir verlieren Wald in unvorstellbarem Ausmaß. Und dann macht sich der Wolf über das Wild her, und wir büßen zahlende Jagd-Kunden ein. Das vernichtet unsere Existenz endgültig.«

»Sie und Ihre Mitstreiter schaffen es doch gar nicht, ein natürliches Gleichgewicht zu erhalten! Zu viel Wild – zu viel Verbiss an den Bäumen. Der Einzige, der wirkungsvoll Abhilfe schaffen kann, ist der Wolf. Wie im Yellowstone Park. Erst durch das bewusste Aussetzen von Wölfen konnte, wie ich erwähnt habe, ein funktionierendes Gleichgewicht geschaffen werden!«

»Klar. Da wohnen auch nur wenige Menschen! Und die kennen sich mit diesen Viechern aus. Bei uns drängen die Räuber schon in die innerstädtischen Wohngebiete vor. Ich sage nur Görlitz!«

»Genau«, schaltete sich ein anderer ein. »Verängstigte Tiere sind eine unkontrollierbare Gefahr für unsere Kinder. Und was haben die gemacht? Ihn in eine Auffangstation gebracht, statt ihn zu erschießen. Ha!«

»Es war gar kein Wolf.« Klaus sah zornig in die Runde. »Es war ein Schäferhund. Er hatte sich losgerissen und den Heimweg nicht gefunden, landete schließlich in diesem von Mauern umgebenen Hinterhof.«

»Ach, ihr lügt doch alle!«, kam es aus dem Kreis der Diskutierenden.

Karl stand nun ebenfalls auf. Beeindruckte durch Größe und Masse.

»Also, um die Sache auf ein anderes Niveau zu heben:

Der Wolf ist wichtig. Er ist der einzige Waldbewohner, der ein verendetes Tier aufbrechen und so diese Futterquelle für andere Nutznießer erschließen kann. Er ist wichtig im Wald«, argumentierte ein Förster.

»Aha! Und deshalb sollen wir zulassen, dass unsere Herden nicht mehr sicher sind und unsere Kinder nicht mehr angstfrei in den Wald laufen dürfen.«

Constanze seufzte.

Es war mal wieder der tote Punkt erreicht.

Eine Viehzüchterin rief empört: »Ich würde meine Kinder nicht allein in den Wald laufen lassen, das ist unverantwortlich. Gefahren überall – auch ganz ohne den Wolf!«

»Der Wolf ist an menschlicher Beute nicht interessiert. Statt den Abschuss der Tiere zu fordern, sollten wir lieber stolz darauf sein, dass sich in Brandenburg so viele Wölfe wohlfühlen. Und«, setzte Constanze hinzu, »wenn ein Mensch einen anderen ermordet, sperren wir auch nicht alle Menschen ein, weil jedes Exemplar dieser Spezies gefährlich ist.«

An dieser Stelle fielen die ersten Tische um.

All diese Vorkommnisse kreisten in ihrem Denken, während sie rhythmisch in die Pedale trat.

Besonders die Drohung »Pass bloß auf, du blöde Gans! Wir wissen, wo du wohnst.«

Alles nur heiße Luft, im Eifer des Streits, beruhigte ihre innere Stimme. Das muss man nicht ernst nehmen.

Constanze hatte fast den Abzweig auf die Landstraße erreicht, als ihr bewusst wurde, dass sie nicht allein war.

Sie trat kräftiger, schneller, fuhr schließlich, so schnell sie nur konnte.

Die Scheinwerfer vorbeifahrender Autos blitzten durch die Bäume.

Das sonderbare Keuchen wurde lauter.

Kam näher.

Constanze geriet ins Schlingern.

Sie konnte gar nicht sagen, welcher Schmerz zuerst ihr Hirn erreichte. Einer hatte seinen Ausgangspunkt in der rechten Seite, ein anderer war an ihrem rechten Unterschenkel spürbar. Die Wucht des Angriffs riss das Rad um.

Schmerzen überall.

Körpermitte, Arme, die sie zur Abwehr erhoben hatte.

Stinkender, heißer Atem schlug ihr ins Gesicht.

Bohrendes, verzehrendes Ziehen in Bauch und Hals.

Das Letzte, was sie wahrnehmen konnte, war das grässliche Gefühl, ihre Nase würde abgerissen.

21

Maja Klapproth brütete über dem Tatortbericht.

Seufzte.

Die Spuren am Ablageort: verwischt. Es fanden sich weder Schuheindruckspuren des Opfers noch des Täters.

Dabei hätte es sie geben müssen. Gerade dann, wenn der Täter das Opfer getragen hatte.

Auch Profilabdrücke der Reifen etwa eines Leiterwagens oder des Rades einer Schubkarre hatten die Kollegen nicht entdecken können.

Auf dem Tisch vor ihnen im Besprechungsraum lagen Fotos vom Fundort.

»Was haben wir?«, leitete Nachtigall die Besprechung ein.

»Ich verstehe nicht, wieso sich überhaupt keine Spuren finden lassen. Das Opfer wurde doch dorthin transportiert!« Klapproth schob mürrisch die Handakte von sich weg.

»Der Täter wusste, wonach wir suchen würden. Er hat akribisch vermieden, was er konnte.« Peter Nachtigall klang ebenfalls unzufrieden. »Wir sollten es nicht zu leicht haben.«

»Offensichtlich hat er oder sie das Opfer abgelegt. Wenn er es nicht getragen oder gefahren hat ... wie dann? Mit einer Drohne?«, hakte Klapproth nach.

»Eher nicht. Bei dem Gewicht des Opfers, nein. Zu groß, zu schwer.« Der Kollege grinste. »Eher mit einem kleinen Luftschiff. Aber leider, Tropical Islands ist jetzt in der Halle, in der solche Transportsysteme gebaut werden sollten.«

»Echt? In Brandenburg sollten Luftschiffe gebaut werden?«

»Ja. Als Transportschiffe für sehr schwere, unhandliche Güter. Brückenteile zum Beispiel. Cargolifter hieß die Firma.«

»Nun gut, wenn wir Drohne und Luftschiff ausschließen müssen, was bleibt?«, kehrte Klapproth zum Ausgangspunkt zurück. »Der Ablageort hat symbolische Bedeutung.«

»Ja, sicher. Der Kohlegegner wird in einem Tagebau abgelegt, förmlich aufgeschaufelt und zwar von dem Teil, der Abraum ist. Also symbolisch zum ›Müll‹ sortiert.«

»Er muss sich ausgekannt haben. Er wusste, dass dieser

Bereich bereits nach Stubben, Felsen und anderen problematischen Fundstücken abgesucht worden war. Das Abbaggern des Bereichs war für den nächsten Morgen vorgesehen, wir sollten unsere Zeit also nicht allzu lange mit der Suche nach dem Leichnam ›vertändeln‹. Die erhoffte Wirkung sollte schnell einsetzen.«

Nachtigall zuckte mit den Schultern. »Genauso gut hätte er das Opfer auf einen der Kohlewaggons legen können, die in Jänschwalde verfeuert werden. So würde der Kohlegegner in dem Kraftwerk verbrannt, das als Erstes abgeschaltet wird.«

»Man hätte ihn quasi verstromt.«

»Maja!«

»Stimmt doch«, rechtfertigte sie die pietätlose Anmerkung. »Ist doch sehr beziehungsreich. Aber bestimmt gibt es dort auch eine Videoüberwachung. Man hätte den Körper wohl entdeckt.«

»Wir müssen klären, ob es schwieriger gewesen wäre, das Opfer auf solch einen Waggon zu legen. Vielleicht hat der Täter den Tagebau nur deshalb gewählt, weil es leichter zu bewerkstelligen war, den Körper dort finden zu lassen.«

Silkes Blick wanderte von einem zum anderen.

Die Anspannung im Raum war körperlich spürbar. Die Härchen an Dreiers Unterarmen stellten sich auf – abwehrbereit, elektrisiert, alarmiert.

Patrick Stein ermordet, medienwirksam abgelegt – der Druck auf die Ermittlungen war deutlich wahrnehmbar.

»Ich habe mich nach eurem Anruf gleich unter den Arbeitskollegen des Opfers umgehört. Patrick Stein war sehr beliebt. Er hat in den letzten Jahren viel Bewegung in die Abteilung gebracht, Aktionen geplant und umgesetzt. Man war von der Todesnachricht allgemein entsetzt, meinte, er würde an allen Ecken spürbar fehlen«, fasste sie das Gespräch zusammen.

»Hattest du den Eindruck, er habe die anderen mit seinem Aktionismus verschreckt?«, fragte Nachtigall nach.

»Nun, das kann ich nicht beurteilen. Ich habe mit der versammelten Abteilung gesprochen, kann nur eine Art Stimmungsbild wiedergeben. Für mich hörte es sich positiv an.«

Silke zögerte einen Atemzug lang, dann ergänzte sie: »Neid und Missgunst gibt es in der Regel überall. Mal mehr, mal weniger tief unter der Oberfläche. Sicher auch an seinem Arbeitsplatz.«

»Innerhalb der Partei wird das ähnlich gewesen sein. Ehrlich gesagt, Politik wäre nicht mein Ding.« Der Cottbuser Hauptkommissar schüttelte nachdrücklich den Kopf. »Da braucht man ein dickes Fell. Die Freunde von heute wenden sich morgen gegen dich. Im Team bedeutet: zwischen Aasgeiern, die auf ihre Chance warten.«

»Ach«, schaltete sich Klapproth dazwischen, »um dieses Gefühl zu haben, brauchst du nicht in die Politik zu gehen.«

»Das ist nicht tröstlich«, entrüstete sich der Kollege.

»Na ja, wir haben die Aussage der Kollegin aus dem Parteibüro. Die war offensichtlich entsetzt über den Tod des Parteifreundes. Der Erkennungsdienst ist mit dem Computer befasst – vielleicht wurden einige der Drohmails nicht gelöscht, und wir können sie zum Absender zurückverfolgen.«

Silke seufzte.

»Friederike Schultheiß hat mir dieses Video gezeigt. Das habe ich schon mit euch geteilt. Frau Schubert, die mit dem Transparent, habe ich zu uns bestellt. Ihr Mann kommt als Mörder an Patrick Stein nicht in Betracht, weil er zu Gast bei uns in der JVA ist. Ich habe angerufen. Er hat im Moment weder Freigang, noch ist er etwa ausgebrochen. Damit scheidet er als Verdächtiger aus.«

»Vielleicht hat Frau Schubert inzwischen einen neuen Partner. Könnte doch sein, dass sie unter all den Entwicklungen von damals leidet – und er wollte wenigstens den Mann töten, der dafür verantwortlich ist. Denkbar wäre das durchaus.« Klapproth wirkte gereizt.

»Nein. Sie wirkte weder angespannt noch unglücklich. Aber wenn ihr wollt, frage ich wegen einer neuen Beziehung nach.« Hastig machte sie sich einige Notizen. »Ich habe mir die Videos angesehen, die Friederike Schultheiß mir überlassen hat – dabei habe ich diese beiden hier gefunden.«

Drei Augenpaare starrten auf den kleinen Bildschirm.

»Das glaube ich nicht! Können wir die Frau identifizieren?«

»Ich versuche es gerade. Vor zwei Jahren war sie bei einer Veranstaltung und hielt ein ähnliches Plakat hoch wie Frau Schubert. Nur ein Jahr danach eines mit nur einem Wort: DANKE. Das kann man nun so verstehen, dass ihr Wunsch erfüllt wurde. Oder?«

»Tja. Er war also promiskuitiv. Und er musste sich nicht einmal wirklich bemühen – die Frauen haben sich ihm reihenweise an den Hals geschmissen! Sexjunkies, Spermavampirinnen!« Klapproths Zorn schäumte gewaltig auf. »Wo bleibt da die so gepriesene Selbstachtung der Frau, ihre Unabhängigkeit, ihre Selbstbestimmtheit, ihre Selbstachtung?«

»Es passt perfekt zu den munteren Spermien, die Dr. Pankratz gefunden hat. Und wir wissen, dass Patrick Stein keineswegs der treue Ehemann war, den er den anderen vorgaukelte.« Nachtigall griff zu einem Stift und schrieb auf dem Whiteboard unter Motive: Eifersucht (betrogene Ehemänner oder Partner, Ehefrau) politische Einstellung. »Und schon kommt Doreen Stein wieder ins Spiel.«

Es klopfte.
Ein Kollege trat zu ihnen in den Besprechungsraum.
»Gut, dass ihr da seid. Ich habe einen Ehemann bei mir sitzen, der seine Frau vermisst. Sie war gestern bei einem Diskussionsabend im Drehpunkt Göritz. Thema: Wölfe. Ihr Mann meint, sie sei eine Wolfsaktivistin. Und der Tote aus dem Tagebau war ein Klimaschützer. Und da dachte ich ...«
Hoffnungsvoll sah er in die Runde.
»Klimaschutz und Wolfsschutz passen zusammen?« Klapproth wie immer eine deutliche Spur zu aggressiv. Sie strubbelte sich durch die kurzen Haare, als wolle sie so ihre Gedanken ordnen, die durch den Kollegen unterbrochen worden waren.
»Ja. Irgendwie schon. Und heute Morgen ist seine Frau noch immer nicht zurück gewesen. Das gab es noch nie, behauptet er. Und wer weiß, was da gestern in Casel vorgefallen ist, der Wolf ist beileibe nicht bei jedermann beliebt.«
»Du meinst, weil sie sich politisch engagiert, passt sie gut zu unserem Fall«, fasste Nachtigall die Kernaussage zusammen.
Der Kollege atmete erleichtert auf. »Genau!«
»Hm, wie ich sehe, hast du die Handakte schon dabei. Wartet der Ehemann in deinem Büro?«
»Vor meinem Büro.«
»Gut. Wir machen Folgendes ...«

Kurz darauf saß ein großer, kräftiger Mann im Besprechungsraum Nachtigall gegenüber.

Christian Blum, stand in der Handakte.

Typ Teddybär, konstatierte der Hauptkommissar, lieb und anschmiegsam, verlässlich, treu.

Schon auf den ersten Blick war klar, dass er nervös und ratlos war – zumindest genau so wirkte.

»Sie sind Penelope Crusades!«, stellte Maja energisch fest.

Der Mann mit dem Stoppelbart senkte den Blick.

Nickte.

Zippelte an seinem Pullover.

Wirkte schuldbewusst.

Nachtigall sah verblüfft von einem zum anderen.

»Ja, es stimmt. Ich liebe es, in andere Rollen zu schlüpfen«, erklärte der Mann, den Maja Penelope genannt hatte. »Wir sind drei Dragqueens für den Auftritt. Sich in einer anderen Rolle auszuprobieren, kann sehr befriedigend sein. Es ermöglicht einen anderen Blick, eine vollkommen neue Perspektive.«

»Musik«, mutmaßte der Cottbuser Hauptkommissar.

»Stimmt genau, Musik auf kleinen Bühnen, Kneipen und ähnlichem. Meine Frau hatte gestern diesen Wolfsabend in Casel. Also habe ich mir ebenfalls einen Termin auf diesen Abend gelegt.«

»Als Sie nach Hause kamen, war Ihre Frau noch nicht zurück.«

»Ja. Aber das hatte ich auch gar nicht erwartet. Diese Diskussionsabende können dauern. Völlig untypisch aber ist, dass sie zum Frühstück nicht zu Hause war.« Die Augen huschten hektisch über die Gesichter der Ermittler. »Das hat sie noch nie getan – wenn sie bei Freunden übernachtet, dann weiß ich das. Sie bleibt nicht ohne Ansage weg. An ihr Telefon geht sie nicht. Ihr Fahrrad steht nicht vor dem Restaurant. Der Betreiber hat sie nicht in ein Auto einsteigen sehen. Von ihm weiß ich, dass es wohl heiß hergegangen ist. Es soll sogar Morddrohungen gegen Constanze gegeben haben. Und der Abend endete handgreiflich. Die Polizei musste die Versammlung am Ende auflösen. Da waren viele Gäste allerdings schon gegangen.«

Nachtigall beobachtete, wie Maja blass wurde.

Er signalisierte ihr, sie könne ihn mit Penelope allein lassen.

»So, ein paar Fragen habe ich noch. Als Ihre Frau nicht zu erreichen war, hatten Sie sofort den Verdacht, ihr könne nur etwas Ernstes zugestoßen sein, sie habe einen Unfall gehabt oder sei überfallen worden. In keinem Moment keimte bei Ihnen der Verdacht sie könne Sie verlassen haben? Befürchteten Sie zu keiner Zeit einen Seitensprung?«

»Nein! Nicht für einen Atemzug.«

»Ist das nicht normalerweise der erste Gedanke, der sich aufdrängt?«

»Bei uns nicht. Sie würde im umgekehrten Fall auch nicht an die Arme einer Geliebten glauben, die mich fernhalten.«

»Nein?«

»Glauben Sie mir: So was ist noch nie vorgekommen. Es ist so wahrscheinlich, wie zu glauben, Constanze habe zu einer Wolfsjagd aufgerufen. Ausgeschlossen.«

22

Clemens Böttcher schwang möglichst geräuschlos die Beine aus dem Bett.

Gleichmäßige Atemzüge seiner Frau.

Er hatte sie also nicht geweckt.

Beate konnte noch ein paar Stunden weiterschlafen, ehe sie zum Dienst musste, während er zu dieser nächtlichen Stunde ... Ein letzter etwas neidischer Blick auf die Schlummernde, dann war er auch schon aus dem Zimmer gehuscht.

Kurze Zeit später stand er in seiner tarnfarbenen Kleidung in der Küche, trank eine Tasse Kaffee, füllte den Rest des starken Gebräus in eine Thermoskanne.

Kontrollierte noch einmal die Waffe.

Griff nach dem Rucksack und brach auf.

»Na, Björn, dann wollen wir mal«, begrüßte er den Hund, der aufgeregt tänzelnd auf ihn wartete. »Ja, ich weiß, du freust dich.«

Dann rollte der Wagen leise vom Hof.

Am vereinbarten Treffpunkt stand das blaue geländegängige Fahrzeug von Anton, seinem Freund und Partner für die heutige Jagd.

Clemens parkte daneben, stieg aus, befreite den Hund aus dem Kofferraum, griff nach Waffe und Rucksack. Sah sich irritiert um.

Anton war nicht zu sehen.

Lautes Rufen schied natürlich aus.

Schließlich wollten sie jagen und nicht verscheuchen.

Björn hielt aufgeregt die Nase in den leichten Wind.

Witterte in alle Richtungen.

Unerwartet trat Anton aus dem Unterholz.

Tja, dachte Clemens, Tarnfarbe schützt auch vor den Augen der Freunde, er grinste leicht.

Der Jagdpartner hatte den Zeigefinger über die Lippen gelegt, näherte sich fast geräuschlos.

»Hör mal!«, flüsterte er Clemens ins Ohr.

»Rabenvögel«, gab der ebenso leise zurück. »Wahrscheinlich Krähen.«

»Yupp. Aber die sind aufgeregt. Bestimmt haben die was gefunden.«

»Du meinst ein verendetes Wildschwein?« Clemens war alarmiert. »Schweinepest?«

»Wir müssen es suchen. Hoffentlich nur ein Verkehrsopfer. Stell dir bloß mal vor …«

»Nein! Das mag ich mir gar nicht vorstellen. Wir haben extra überall Zäune. Das wäre eine tolle Presse. Afrikanische Schweinepest nun doch in Brandenburg.« Clemens schüttelte sich. »Bloß nicht!«

»Ich bin auch gerade erst gekommen, weiß nicht, wo die Vögel sind. Wir müssen die Gruppe suchen.« Anton wies vage in Richtung Norden. »Mir kam es aber so vor, als komme das Gekrächze von dort.«

»Nun«, wisperte Clemens, »das wäre ja eh unsere Richtung gewesen. Wo ist dein Hund?«

Sie brachen auf.

Die beiden deutschen Vorstehhunde wussten, was von ihnen erwartet wurde.

Sie drängten tatendurstig vorwärts.

Die beiden Jäger erreichten eine große Lichtung.

Auf der anderen Seite, am gegenüberliegenden Waldrand stand die Kanzel.

»Wilderei?« Clemens fühlte die Wut wie gleißendes Feuer in sich aufflackern. »Angeschossen und nicht nachgesucht! Immer wieder haben wir so was.«

»Mal sehen, wir werden das verendete Tier schon finden.«

Die Hunde rasten beinahe geräuschlos über die Lichtung wie wild gewordene Schatten.

»Ey, ich glaube der Kerl ist noch oben«, zischte Anton an Clemens Ohr. »Den erwischen wir auf frischer Tat! Das gibt eine satte Strafe.«

Geduckt huschten die Jäger hinter den Hunden her, die inzwischen am Fuß des Ansitzes bellend hin und her liefen, witternd die Nase nach oben reckten.

Wortlos zeigte Anton auf das Fahrrad, das an der Konstruktion lehnte.

»Hey!«, brüllte Clemens. »Runterkommen!«

Sie nahmen ihre Gewehre in Anschlag.

Nichts passierte.

»Erst wildern und dann auch noch feige sein! Na, das ist ja großartig.« Anton trat gegen die Leiter. »Los! Runterkommen!«

Clemens' Miene veränderte sich.

Er war den Hunden gefolgt, die unter dem Ansitz wild anschlugen.

Mit einer starken Lampe leuchtete er den Bereich ab.

Zuckte zurück.

»Anton, vielleicht ist dem Kerl was passiert. Hier ist Blut.«

Er tauchte wieder an der Leiter auf. »Ich steige hoch. Du sicherst, falls der Typ türmen will.«

Die Hunde jaulten und bellten durcheinander, sorgten für eine eindrucksvolle Geräuschkulisse.

Liefen zur Leiter, wieder zurück, tobten ein Stück über die Lichtung, begannen von vorn.

Langsam klomm Clemens Sprosse für Sprosse hoch.

Manche waren feucht und glitschig.

Gefährlich.

Oben angekommen, fand der Lichtkegel eine zusammengesunkene Gestalt.

»Da hockt einer. Alles blutig. Ein junges Kerlchen. Ich gucke mal, ob wir die Rettung brauchen.«

Clemens schwang sich hoch, trat zu der Gestalt, überprüfte den Puls seitlich am Hals.

»Tot. Schon ein bisschen kalt. Wir brauchen die Polizei.« Er leuchtete in das Gesicht des Leichnams. »Ey«, krächzte er heiser, »das ist eine junge Frau! Die kenn' ich. Die hat mit Jagen so viel am Hut wie du mit Apfelsaft!«

23

Für meine Söhne

Ihr sollt wissen, dass das alles nicht meine Schuld ist. Es ging in all den Jahren nie nach meinen Vorstellungen, ich ordnete mich unter. Aber nun werde ich versuchen zu erklären. Entschuldigen kann und will ich mein Nichtverhalten auf keinen Fall.
Denn – dessen müsst ihr euch jederzeit bewusst sein – der Mensch hat immer die Freiheit der Entscheidung. Wenn er sich duckt, so hat er entschieden, sich nicht zu wehren. Sicher, dafür mag er seine Gründe gehabt haben, dennoch hätte es vielleicht ebenso gute Gründe für einen konträren Entschluss gegeben. Bequemlichkeit ist ein mieses Argument, Angst ein verständlicheres. Dennoch wäre es möglich gewesen, beide nicht gelten zu lassen. Liebe ist schon schwieriger. Und tatsächlich habe ich eure Mutter innig geliebt. Vom ersten Augenblick an. Sie war eine starke, entschlossene, unbeugsame Person, die immer wusste, was richtig und was falsch ist. Dachte ich zumindest.
Bevor ich jetzt einen Schlussstrich ziehe, möchte ich, dass ihr von mir die Wahrheit erfahrt.
Ich bin mir der Tatsache sehr bewusst, dass es nie nur eine Version davon gibt.
Die eurer Mutter wird sich sicher gravierend von meiner unterscheiden.
Eine Bewertung bleibt euch überlassen.

Auf ein glückliches Leben für euch und eure Nachkommen!

Papa

Lange starrte er auf den Brief.

Eigentlich hatte er gar nicht geplant, diese Kiste je zu öffnen, doch nun war sein Leben nicht mehr dasselbe wie zuvor.

Nur einen Tag zuvor, wurde ihm klar.

Wenige Stunden trennten ihn von der Normalität, die er bis dahin gekannt hatte.

Diese braune Pappkiste hatte seit Jahren ganz hinten im Schrank gestanden.

Unbeachtet.

Wenn er ehrlich war, konnte er sie nie vergessen, aber wenigstens die Erinnerung daran ignorieren.

Patrick lachte ihn deswegen regelmäßig aus.

»Wenn du glaubst, du könntest etwas über diesen Versager erfahren, das du noch nicht weißt, von dem du keine Narben am Körper oder deiner Seele trägst, dann öffne das Ding. Guck einfach nach, was er uns überlassen wollte. Offensichtlich war es ihm wichtig, das Klebeband ist an mehreren Stellen mit Wachs versiegelt. Alles unverletzt. Viktoria ging davon aus, es sei nichts darin, das wirklich von Interesse sein könnte. Mach es auf, sieh nach und behellige mich nicht mit deinen Erkenntnissen!«

Deshalb, nur dieser Worte wegen, stand dieser Karton bis gerade eben unberührt hinten im Schrank.

Doch nun ... offen.

Mitten im Wohnzimmer.

Eric schauderte zusammen, als entströme dem Ding so etwas wie kalter Todeshauch. Pesthauch.

Was würde er entdecken?
Schnell den Deckel wieder draufklemmen?
Nein, wusste er, dazu war es bereits zu spät.
Er hatte den Brief, der zuoberst gelegen hatte, gelesen. Damit war die Entscheidung gefallen. Er würde sich dieser Sache stellen!
Freddy auf seiner Schulter hatte weniger Berührungsängste.
Neugierig hüpfte er auf den kleinen Stapel schwarz gebundener Bücher, begann damit, am obersten vorsichtig zu knabbern.
Eric schob ihn sanft zur Seite, hob den schmalen Band beinahe ehrfürchtig aus dem Karton.
»Tagebuch«, entzifferte er flüsternd.

24

Der Ansitz war abgesperrt.
Gestreiftes Plastikband schlug im leichten Wind.
Zwei Jäger saßen mit ihren Hunden unweit der Fundstelle auf einem Stubben, starrten vor sich hin, kraulten gelegentlich die Köpfe ihrer Hunde, murmelten beruhigende Worte,

von denen man nicht eindeutig sagen konnte, ob sie für die Tiere oder den jeweiligen Jagdpartner gedacht waren.

Silke nahm die Szene in sich auf.

Surreal.

An diesem idyllischen Ort.

Eine schrecklich zugerichtete Leiche.

Der Leiter des Erkennungsdienstteams, Peddersen, hatte ihr ein Handyfoto gezeigt.

Nachtigall und Klapproth standen am Fuß der Kanzel, warteten darauf, dass die Leiche geborgen und der Fundort gründlich untersucht werden konnte.

Angespannte Stimmung lag über der Lichtung.

Silke trat zu den Jägern, erlaubte den Hunden eine olfaktorische Einordnung der Neuen am Stubben, bis die Tiere akzeptierten, dass von ihr keine Gefahr ausging.

»Mein Name ist Dreier. Kriminalpolizei Cottbus.«

Die Jäger warfen einen abwesenden, desinteressierten Blick auf den Ausweis.

»Sie sind heute Früh zur Jagd aufgebrochen. Wann ungefähr waren Sie hier?«

Anton seufzte tief. »Na, so gegen vier.«

Clemens widersprach. »Eher früher.«

»Ne, früher sicher nicht«, hielt Anton dagegen. »Eher eine ganze Ecke später.«

»Und Ihnen ist gleich aufgefallen, dass etwas nicht stimmt?«

»Ja.«

Ein reges Mitteilungsbedürfnis scheinen die beiden nicht zu haben, konstatierte Dreier, schrieb aber tapfer die einsilbige Antwort in ihr Büchlein.

»Woran?«

»Die Hunde eben.«

»Heißt: Die Hunde waren unruhig, weil sie die Tote auf dem Ansitz wittern konnten.«

»Ja.«

»Aber wir dachten an einen Wilderer, der ein verletztes Tier zurückgelassen hatte.« Clemens hatte offensichtlich erkannt, dass sie beide ein bisschen mehr an Information beitragen sollten.

»Der Clemens hat die Hunde laufen lassen. Und unter der Kanzel haben sie dann das Jaulen angefangen.«

»Wer von Ihnen beiden ist hochgestiegen?«

»Ich.« Clemens' Haut bekam einen Grünstich um Mund und Nase.

»Wenn Sie sich übergeben müssen, sollten Sie ein paar Schritte in den Wald …«

»Hat Ihr Kollege schon gesagt. Ist aber hoffentlich nix mehr drin. Vor der Jagd gibt's eh immer nur einen starken Kaffee.«

»Und was ist Ihnen sofort aufgefallen, als Sie oben waren?«

»Hä?«

»Stach Ihnen etwas besonders ins Auge?«

»Ne. Ich hatte nur die kleine Lampe dabei.«

»Erst hat er gedacht, es sei ein junger Mann.« Anton schüttelte bekümmert den Kopf.

»Das lag sicher daran, dass wir ja einen Wilderer vermutet hatten.« Clemens atmete mehrfach tief durch.

»Ja. Wir dachten, den erwischen wir in flagranti«, erklärte Anton.

»Aber der Mann war eine junge Frau. Und eine Wilderin war die auch nicht.«

»Der Clemens hat mir gleich gesagt, dass die nicht jagt.« Anton legte ein gewisses Unverständnis in den Ton unter dieser Feststellung. »Jagen ist nicht verwerflich. Es ist nötig.«

Dreier wandte sich an Clemens. »Sie kannten das Opfer?«

Nicken. Offensichtlich waren dem Angesprochenen die Worte nun endgültig ausgegangen.

»Er hat jedenfalls gesagt, dass er sie kennt«, half Anton aus. »Eine von diesen Wolfsstreichlern.«

»Sie hat sich für den Schutz der Wölfe bei uns eingesetzt. Meinen Sie das?«

»Ja, genau. So eine von denen, die den Blick auf die Gefahren mit 'ner Augenklappe verdecken und nur den harmlosen Wolf sehen.«

»Ihr Freund meint also, dass sie nicht freiwillig auf den Ansitz geklettert ist.« Dreier unterdrückte ein entnervtes Stöhnen. Den beiden musste man ja jede Information einzeln aus den Zähnen popeln!

»Solche klettern lieber mit Mühe auf einen Baum, wenn sie Wild oder Wolf beobachten wollen. Um nichts in der Welt steigen die auf eine Kanzel. Für die ist so ein Ding mit Blut getränkt.«

»Stimmt ja jetzt auch, wortwörtlich!«, meinte Clemens, sprang auf und lief ins Unterholz.

Aus der Ferne war Würgen zu hören, dann Stöhnen, Husten.

»Zu viel Kaffee auf nüchternen Magen. Kann nicht jeder ab«, konstatierte Anton nüchtern.

»Der Rechtsmediziner hat gesagt, er will sich die Tote erst gründlich ansehen.« Peddersen zuckte entschuldigend mit den Schultern. »Es sei sonst schwierig, Artefakte durch die Bergung von den Verletzungen zu unterscheiden, die der Täter beim Opfer verursacht hat. Wir haben in der Zwischenzeit die Spuren im Bereich der Leiter gesichert.« Er zeigte ihnen Fotos von Eindruckspuren. »Ob die uns am Ende weiterhelfen werden, ist noch nicht zu sagen. Wahrscheinlich stammen sie allesamt von den beiden Jägern. Wenn wir davon ausgehen, dass es sich um denselben Täter handelt; im Tagebau hat der Rechtsmediziner auch nichts Verwertbares gefunden. Ihr wisst ja, er fährt gern direkt an die Tatorte. Der kennt sich sogar in der Kohle aus.«

»Wie lange ist er schon da oben?« Klapproth war die Ungeduld anzuhören.

»Eine halbe Stunde etwa.«

»Dann wird es noch eine Weile dauern. Sie hat den Drehpunkt Göritz verlassen und wird am nächsten Morgen hier tot aufgefunden. Der Täter muss ein Auto benutzt haben.« Nachtigall wandte sich an den Kollegen der Spurensicherung. »Gibt es frische Reifenspuren in der Nähe?«

»Wir sind auf der Suche. Deshalb musstet ihr ja weiter weg parken. Der Täter hat das Opfer hier hergetragen, die Wiese verrät uns den Pfad, den er genommen hat. Der Tau muss sich an seiner Hose abgestreift haben – aber aussagekräftige Schuheindruckspuren konnten wir bisher nicht sichern. Fehlanzeige auch bei der Leiter. Offensichtliches findet sich nicht. Keine Wollfussel, keine Stofffetzen, aber das muss nichts heißen. Wir werden noch lange beschäftigt sein. Und müssen natürlich alles mit der Kleidung und der DNA des Jägers abgleichen, der hochgestiegen ist.«

»So, guten Morgen in die Runde! Ich komme runter«, rief Dr. Pankratz aus dem Ansitz. »Wir werden das Opfer vorsichtig in einem BodyBag hinunterlassen. So vermeiden wir am besten falsche Spuren an dem Ding hier«, er klopfte gegen die hölzerne Wand, »und der Körper bleibt ebenfalls von zusätzlichen Verletzungen verschont. Falsche Schlüsse bei der Obduktion können wir nicht gebrauchen.«

Wenig später standen sie um den schwarzen Leichensack herum.

»Okay, ich weiß. Ihr habt es eilig. Mein erster Eindruck ist, dass es sich wahrscheinlich um denselben Täter handelt. Stichwunden, wohl keine sofort tödlich, der Körper stark ausgeblutet. Hypovolämischer Schock wie bei dem männlichen Opfer. Ich habe allerdings noch Hinweise auf andere, oberflächlichere Verletzungen gesehen. Das bedeutet: Näheres kann ich euch später sagen.«

Er gab den unauffällig im Hintergrund wartenden Herren ein Zeichen.

»Wir nehmen sie jetzt mit.«

Nachtigall erklärte: »Es gibt eine Vermisstenmeldung. Eine junge Frau ist nicht nach Hause gekommen, hatte ein Treffen zum Thema Wölfe. Constanze Blum. Wir mailen dir die Beschreibung der Vermissten und ein Foto.«

»Gut. Ist sie das?« Der Rechtsmediziner hielt einen Ausweis hoch. »Der war in ihrer Hosentasche. Name stimmt. Das Gesicht ist mit dem Original bei der Verletzungslage und dem schlechten Licht schwer zu vergleichen. Aber die äußere Form kommt hin. Na, dann bis später.« Dr. Pankratz beeilte sich, die Lichtung zu verlassen. »Sonst ist sie vor mir da!«

Nachtigall ließ den Blick über das gesamte Rund streifen.

»Eigentlich ist das kein idyllischer Ort. Hier warten Jäger auf Wild. Es wird geschossen. Tiere sterben. Das alles sollten wir assoziieren.«

»Und?«, fragte Klapproth ratlos nach. »Passt doch.«

»Ja. Wenn das Motiv im politischen Engagement zu suchen ist, wirkt es so. Aber wir können nicht ausschließen, dass es für die beiden Morde einen persönlichen Grund gibt.«

»Doreen Stein hätte den leblosen Körper des zweiten Opfers schwerlich allein dort oben ablegen können. Und sie wäre wohl gestern nicht in eine Diskussionsrunde zum Thema Wölfe in der Lausitz gegangen«, hielt Klapproth dagegen.

»Wir fahren ins Büro, verteilen die Aufgaben und versuchen, Motive und Alibis abzuchecken. Silke soll die privaten Kontakte durchforsten – wo gibt es Berührungspunkte, haben die beiden sich gekannt, Backgroundcheck. Und wir müssen mit dem Gatten sprechen.«

»Derselbe Täter ... Wenn das stimmt – ein Fanatiker?«

25

Viktoria Stein saß in einem kleinen Gemeinschaftsraum.

Strickliesel, nannte sich die Gruppe, die mittwochs und freitags regelmäßig zusammenkam, man erhielt hilfreiche Tipps, Anleitungen, Anregungen und Hilfe bei der Herstellung von Pullovern und Ähnlichem, wenn sich nicht umsetzen ließ, was man sich vorgenommen hatte.

»Also wirklich, Viktoria, ich finde es ungeheuer bemerkenswert, dass du heute hergekommen bist. Nach der schrecklichen Nachricht.« Annelie machte ein bekümmertes Gesicht, schob den Haarreifen ein Stückchen tiefer in ihre bläulich gefärbte Dauerwelle.

»Ach, was hat denn der Tod von Patrick mit unserem Stricken zu tun? Ihn hätte es weder interessiert, wo ich heute bin, noch, was ich tue.« Viktoria schüttelte energisch den Kopf. »Es würde doch rein gar nichts ändern, wenn ich nicht hier säße.« Sie warf einen Blick auf das Muster, das Annelie strickte.

»Ein Zopfmuster als Bündchen. Sehr hübsch. Aber wenn du das so weiterstrickst, wird es kein Zopf, sondern eher so etwas wie eine Schlange.«

Annelie sah verblüfft auf. »Ja, ich habe auch schon gedacht, dass es irgendwie seltsam aussieht«, räumte sie ein.

»Du musst die Maschen erst auf die Hilfsnadel nehmen – die Hälfte von deinem geplanten Zopf. Siehst du, so. Und dann hebst du die andere Hälfte mit der anderen Nadel ab – aber nicht stricken, nur abheben! Du legst die Hilfsnadel von hinten an die Stelle, an der vorher die anderen Maschen waren, die du abgehoben hast, schiebst die anderen zurück auf die Nadel und strickst sie ab. Im Anschluss die abgehobenen. Siehst du, jetzt entsteht ein Zopf. Etwa vier Reihen, wie die Maschen kommen – dann wiederholst du die Sache mit der Hilfsnadel. Ich helfe dir gern beim zweiten Versuch.« Viktoria gab Annelie das Strickwerk zurück.

»Das ist toll. Mal sehen, ob ich es allein hinbekomme«, murmelte sie dabei und streckte beim Konzentrieren ihre Zungenspitze weit aus dem Mund. Ächzte ein bisschen, als die Maschen nicht ganz freiwillig den Platz auf der Nadel wechseln wollten.

»Und dein Sohn wurde tatsächlich ermordet?« Hildegard war noch immer von dem Thema gefangen.

»Ja. Gestern. Wohl beim Joggen.«

»Und nun? Was wirst du unternehmen?«

»Woran denkst du? Den Mörder jagen und in einem filmreifen Showdown zur Strecke bringen? Alte Schachtel jagt jungen Kriminellen. Da könnte ich am ehesten darauf setzen, dass der sich totlacht. Scheintote Mutter als Racheengel!«

»Also ehrlich, ich kenne viele Mütter, die in einer solchen Situation ganz anders reagieren würden.« Heidrun konnte ihre Empörung nur unzureichend verhehlen. »Schließlich ist dein Kind getötet worden.«

»Ja, das ist nicht zu leugnen. Mein Erstgeborener. Ich könnte natürlich schluchzen und behaupten, es sei unerträglich, wenn die Kinder vor den Eltern sterben. Aber mein Sohn ist nicht einfach so aus dem Leben geschieden, er wurde ermordet. Irgendjemand fand, er habe einen Grund zu dieser Tat. Ich muss es hinnehmen. Wäre er an diesem neuen Virus gestorben, fühlte es sich auch nicht besser an.« Viktoria strickte unbeirrt ein kompliziertes Jacquardmuster weiter, während sie sprach. Erlaubte sich keinen Fehler in der Farbreihe.

Schweigen legte sich über die Damengruppe. Nur das leise Klacken der Nadeln war zu hören. Und das dezente Läuten von Gerdas Nadelspiel. Sie strickte mit Begeisterung warme Socken für ihre Enkel und war davon überzeugt, dass sie mit Metallnadeln schneller fertig wurden, weil die Maschen besser auf den Nadeln rutschten als auf denen aus Bambus.

»Patrick und du, ihr hattet kein liebevolles Verhältnis zueinander«, stellte Hildegard fest. »Alle Männer unserer Familie haben im Tagebau ihr Geld verdient, ihre Familien damit gut ernähren und den Kindern Ausbildung und Zukunft bieten können. Viele der Nachkommen haben studiert. Das verbindet bis weit über den Tod hinaus. Mein verstorbener Mann würde sich im Grab rumdrehen, wenn er wüsste … Na ja. Ich rede mich gern ein wenig in Rage bei dem Thema. Klimaschutz ist sicher wichtig, keine Frage. Aber man muss das Ganze doch so angehen, dass die Politik die Menschen auf ihrem Weg mitnimmt – nicht sie überfährt. Dein Mann hat doch auch in der Kohle gearbeitet. Und nun der Sohn … Wahrscheinlich habt ihr euch darüber entzweit.«

Viktoria stand die Verblüffung ins Gesicht geschrieben. Wie Hildegard auf die Idee kommen konnte, Patricks Vater habe »in der Kohle« sein Geld verdient, war ihr schleierhaft. Sie beschloss, diesen Punkt nicht klarzustellen. »Äh, nein. Die Sache mit dem Kohleausstieg war seit vielen Jahren absehbar. Er kommt auch nicht über Nacht, man kann sich fast zwei Jahrzehnte lang darauf einstellen. Ich würde allerdings nicht mit einer Initiativbewerbung, einer Fortbildung oder Umschulung warten, sondern hätte mich längst um meine Zukunft gekümmert. Neue Technologien brauchen Menschen mit Ideen, die flexibel reagieren und sich in neue Berufsfelder einbringen wollen. Nein, in dem Punkt waren wir uns einig. Es ist so: Ich kann einfach seine Frau nicht ausstehen.«

Wieder zog Stille ein.

Unterbrochen von gelegentlichem Seufzen.

Blättern in der Strickanleitung.

Plötzlich fragte eine Stimme: »Hatte dein Sohn eigentlich so ein Ding … na, du weißt schon, wo steht, dass man ihm nach dem Tod alle Organe wegnehmen darf?«

Viktoria nickte. »Ja, sicher. Was hätte er für einen Nutzen von ihnen, wenn er tot ist. Ich habe auch einen. Trage ich immer bei mir. Warum?«

»Och, ich mein ja nur. Er war so ein Netter, ich kann mir

kaum vorstellen, was jemand gegen ihn gehabt haben kann. Mord ist ja keine Kleinigkeit.« Silvia legte den bunten Schal in ihren Schoß. »Könnte es nicht sein, dass jemand von dem Ausweis wusste? Er war jung und gesund …«

Der Satz schwebte über den Köpfen der Damen wie eine grimmige Wolke.

Viktoria zog ihr Handy aus dem Strickbeutel. »Seht ihr, hier vorne in der Handytasche steckt mein Organspendeausweis.« Sie fischte ihn heraus, gab ihn herum. »Wenn jemand Patricks Organe ›stehlen‹ wollte, hätte er ihm einen Hirnschaden zufügen und ihn dann in eine Klinik bringen müssen. Im Falle eines geplanten Diebstahls schwierig. Organe werden in Deutschland nur Hirntoten entnommen. Wenn es keinen Ausweis gibt und die Angehörigen nicht zustimmen, werden die funktionserhaltenden Maschinen abgestellt. Das Herz stellt seine Arbeit ein, der Kreislauf bricht zusammen. Die Organe des Verstorbenen sind dann nicht mehr zu gebrauchen, und er nimmt sie mit in Sarg oder Urne. Der einzige Unterschied zwischen ihm und einem Toten mit Ausweis ist, dass zum Beispiel meine Organe Leben retten könnten, wenn ich bereits tot bin. Ich finde, das ist eine sehr schöne Vorstellung.«

»Also, ich hätte ja Angst, dass man die Maschinen abschaltet, obwohl ich wieder ins Leben zurückkommen könnte.« Silvia blieb skeptisch.

»Wenn du hirntot bist, kommst du nicht zurück. Und mal ehrlich: Wenn du Gallensteine hast, lässt du dich operieren, vertraust dem Arzt und seinem Team. Aber sobald du einen Organspendeausweis in der Tasche hast, gehst du davon aus, man wolle dich im Krankenhaus umbringen? Ausweiden? Das kann ich nicht verstehen.«

Sie strickten ruhig weiter.

Hildegard beschloss, ein unverfängliches Thema anzuschneiden.

»Habt ihr eigentlich gehört, dass Angela nun schon den dritten Urenkel hat? Ist eine echte Großfamilie: Angela selbst hat sieben Kinder, und von denen hat jeder mindestens ein Kind, die eine Tochter sogar vier. Und nun haben die Enkel schon ihren eigenen Nachwuchs! Ein Mädchen ist es. Eine Karlotta. Angela hat mir ein Foto auf dem Handy gezeigt. Zur Taufe wird sie hinfahren.« Sophia setzte nach einer Pause hinzu: »Ist ja selten geworden heutzutage. Kirchliche Trauung und Taufe sind beinahe Relikte.«

»Dein Patrick hat zwei Mädchen. Die werden ohne ihren Papa aufwachsen müssen«, stellte Silvia empathisch fest. »Bestimmt können sie gar nicht begreifen, warum er nicht zu ihnen nach Hause kommt.«

»Mein Sohn war ein guter Vater, er hat die beiden Mädchen für meinen Geschmack sogar zu sehr verwöhnt. Die beiden sind sicher sehr traurig über seinen Tod. Ihre Mutter weiß, wie man die beiden in dieser Situation auffängt. Da mache ich mir eigentlich keine Sorgen. Wahrscheinlich wird sie ihnen nichts von dem Mord erzählen, eher von einem Unfall sprechen.« Sie verzog die Lippen zu einem geringschätzigen Grinsen und setzte hinzu: »Obwohl, vielleicht eher nicht, wo es wahrscheinlich in ihrem gesamten Umfeld kein spannenderes Thema als den Mord gibt. Sie wird ihnen doch die Wahrheit erklären müssen.«

»Manche Kinder werden so ein Trauma nie mehr los«, wusste Angela. »Denkt mal an den armen Harry.«

Von da an kreiste das Gespräch um das britische Königshaus, den Megxit, den Brexit, den Hund von Premier Johnson und die Frage, ob der Kleine denn glücklich mit seinem Herrchen wäre.

Beim Rausgehen schob sich Hildegard nah an Viktoria heran.

Fragte so leise, dass die anderen Damen es nicht hören konnten: »Sag mal, diesen Ausweis, du weißt schon, wegen der Organe ... wo bekomme ich den?«

26

»Herr Blum, es tut uns leid, aber wir müssen davon ausgehen, dass wir Ihre Frau tot aufgefunden haben.« Nachtigall wusste, dass diese Eröffnung lahm klang, aber in all den Jahren Polizeidienst war ihm keine bessere eingefallen.

»Constanze ist tot?«, hauchte der schwere Mann und taumelte leicht.

»Wir brauchen eine Zahnbürste oder Ähnliches von ihr. Sie wissen schon, für einen DNA-Abgleich.«

»So was ist doch nur notwendig, wenn Foto und Gesicht nicht zusammenpassen. Oder das Gesicht so zerstört ...« Er schlug die Hände vor den Mund, riss entsetzt die Augen auf, begann zu schluchzen.

Nachtigall führte ihn in die Küche, nötigte den Mann auf einen Stuhl.

»Der DNA-Abgleich gehört zur Identifikationsroutine. Wir haben eine tote Frau in einer Kanzel gefunden. Sie hatte den Ausweis Ihrer Frau in der Tasche.«

»Constanze tot? Warum?«

»Hatte Ihre Frau Kontakte zu Patrick Stein von den Grünen?«, erkundigte sich der Cottbuser Hauptkommissar. »Vielleicht haben die beiden gemeinsame Projekte geplant.«

»Das weiß ich nicht. Constanze ist für ihre Wölfe aktiv. Den Grünen geht es mehr ums Große und Ganze. Gehört habe ich nie von gemeinsamen Aktionen.«

»Diese Diskussion gestern Abend endete in einem Tumult. Können Sie sich vorstellen, dass Ihre Frau jemanden so gegen sich aufgebracht hat, dass er ihr auf dem Heimweg aufgelauert hat?«

»Woher soll ich das wissen? Aber wäre sie besorgt gewesen, hätte sie nicht ihr Rad genommen. Sicher hat Klaus ihr angeboten, sie nach Hause zu bringen.«

»Klaus?«

»Mitstreiter. Er fährt einen blauen Kleinwagen. Ich glaube einen Koreaner, aber ich kenne mich da nicht gut aus. Klaus Bernstein. Er wohnt in Leuthen, in der Nähe des Saunadorfs der Familie Almsick.«

Klapproth notierte sich die Angaben. Die genaue Adresse würde sie raussuchen müssen.

»Constanze vermied gewalttätige Auseinandersetzungen. Dazu wäre sie auch körperlich nicht in der Lage gewesen. Aber bei besonders engstirnigen Menschen konnte ihr leicht der Kragen platzen. Zum Beispiel beim Thema Jagd auf den Wolf oder der Frage, warum sich ihr Mann als grell geschminkte Frau verkleide, wenn er Musik macht. Das waren solche Ausrasterthemen.«

»Dann hatte sie ja gestern gleich beide Themen an einem Abend«, kommentierte Klapproth frostig und fing sich einen warnenden Blick des Kollegen ein.

»Kam es öfter vor, dass sie bei Diskussionsrunden zum Wolf auf Ihre Events angesprochen wurde?«, hakte Nachtigall nach.

Christian Blum zögerte mit der Antwort.

»Tatsächlich haben wir gestern Abend genau darüber gesprochen.« Er wischte mit einem Taschentuch über Augen und Wangen. Sah Nachtigall mit verschleiertem Blick an. »Sie meinte noch, diesmal sei nicht zu erwarten, dass es irgendwelche Kommentare zu meinen Auftritten gibt – völlig andere Klientel. Dabei hat sie gelacht!«

»Es ist demnach tatsächlich vorgekommen, dass sie auf Ihre Events angesprochen wurde – offensichtlich in unangemessener Art und Weise?« Nachtigall kannte Ähnliches aus den Kommentaren von Conny. Manchmal musste sie die Arbeit der Polizei beim Friseur oder an der Supermarktkasse verteidigen.

»Ja, schon. Kommen eben manche nicht gut klar mit Männern, die geschminkt und in Frauenfummeln auf der Bühne stehen.«

»Sind Dragqueens nicht gerade angesagt? Heidi Klum hat doch sogar …«

»Ja. Aber das mit der Akzeptanz gilt eben nicht bei allen. Den Homosexuellen geht es doch auch so: Die Politik macht Gesetze, die Schranken abbauen sollen. Doch die Gesellschaft ist in weiten Teilen noch nicht bereit dafür. Ehe für alle klingt gut, in der Realität herrscht verbreitet Homophobie. Nicht nur im Sport. Die Angst vor denen, die von der Norm abweichen – und sei es nur graduell – ist groß, schlägt gern in brutale Gewalt um.«

Christian Blum schwieg.

Starrte vor sich auf die Tischplatte, pickte einen Krümel mit dem Finger auf, betrachtete ihn eingehend.

»Wäre ich gestern nicht gebucht gewesen, hätte ich Constanze vielleicht sogar begleitet. Keine Chance für den Täter!«

Langsam sank sein Kopf auf die ausgebreiteten Arme, der Tisch bebte, als der Witwer zu weinen und schließlich laut zu schreien begann.

27

Eric hatte nicht geschlafen.

Freddys Nacht war ebenfalls unruhig gewesen.

Während des Frühstücks beschlossen die beiden, für heute nicht erreichbar zu sein.

Nicht, weil sie den versäumten Schlaf nachholen wollten, sondern um in Ruhe nachdenken zu können.

Schnell waren überall die Rollos runtergelassen, das Haus wie in einen Kokon gehüllt, der fremdes Leben und dessen Geräusche draußen hielt.

Zum Schluss stellte Eric die Klingel ab, schaltete das Handy aus.

Dann nahm er sein Bettzeug, trug es ins Wohnzimmer, richtete sich auf der Couch gemütlich ein.

Freddy beobachtete das voller Interesse.

Zum Abschluss platzierte Eric ein Tablett auf den Couchtisch, mit einer Auswahl für beide zur Grundversorgung. Entzündete ein Teelicht.

Dann kuschelte er sich unter der Bettdecke ein.

Freddy zögerte nicht lange und setzte sich zu seinem Freund, spürte, dass dieser Tag nichts mit all den unzähligen anderen gemein hatte, die sie bisher zusammen verbracht hatten.

Eric dachte laut. »Patrick wollte mehr für seine Gesundheit tun. Weißt du noch, wie er uns vor ein paar Wochen von diesem Test erzählt hat? Man musste genetisches Material einschicken, und eine Beratungsfirma wertete es aus und erstellte einen Gesundheitsplan. Patrick hat das alles sehr ernst genommen. Wollte langfristig seine Ernährung umstellen. Mehr Körnerfutter.« Er lachte verhalten. Sah zu, wie Freddy eine Erdnuss aus der Hülle befreite. »Ähnlich deiner Lieblingsspeise.«

»Aber die Polizei wird wohl nicht annehmen, dass er wegen einer Umorientierung zu Gesundheit und Sport umgebracht wurde, oder?«

Freddy schüttelte kräftig den Kopf. Stückchen der Nussschale verstreuten sich großzügig über die Lehne.

»Doreen sagt immer, Patrick habe so gut wie keine Freunde. Aber mal ehrlich, das ist doch unwahrscheinlich. Jeder Mensch hat Freunde. Und wenn es nur virtuelle auf

Facebook sind. Da findest du selbst für die abseitigste Meinung noch Mitschwätzer, die sich Freunde nennen. Meinst du, die Polizei hat das gecheckt? Wahrscheinlich schon. Heutzutage suchen die sofort in Social Media-Accounts. Was da wohl gepostet wurde? Hoffentlich hat Patrick sich nicht über Privates ausgelassen. Stell dir nur vor, er könnte von uns erzählt haben. Mein Bruder, der Spinner, hat einen Vogel.«

Eric griff nach einem Keks. Biss krachend ein Stück ab.

»Wie mag Viktoria wohl mit der Ermordung ihres Ältesten klarkommen?«, grübelte er und pustete dabei Krümel über die Decke. »Wahrscheinlich macht es ihr nicht viel aus. Weißt du noch, wie es bei Vaters Tod war? Da hat sie nur gefragt, ob wir etwas Bestimmtes aus seinem Besitz haben wollen. Dann sollten wir es besser gleich mitnehmen, sie würde nämlich jetzt sofort mit dem Entrümpeln beginnen. Was weg ist, ist weg. Und kaum hatte der Bestatter ihn aus der Rechtsmedizin abgeholt, wanderten die ersten Säcke mit seinen Kleidern in die Container. Eine Frau, die gern und mit Hartnäckigkeit auf die vertrauensvolle Anrede Mutter, Mama oder Mutti verzichtet, die will gar keinen liebevollen Kontakt zum Kind. Patrick und ich wurden immer schief angesehen, wenn wir von Viktoria statt von Mama sprachen. Die Lehrer fanden das auch nicht lustig. Eine Kindheit geprägt von Distanz zu denen, die dich eigentlich lieben sollten.« Eric merkte gar nicht, dass ihm Tränen übers Gesicht liefen. »Es vermittelte uns das Gefühl, ständig im Weg zu sein – es ging ja nicht um eine Beziehung auf Augenhöhe, die durch Viktoria erreicht werden sollte. Die Hierarchie war jederzeit mehr als klar.«

Freddy rückte etwas näher an Eric heran, lehnte tröstend seinen Kopf an den des Lebenspartners.

»Wahrscheinlich ist es ihr wirklich egal. Möglich, dass sie nicht einmal zu seiner Beerdigung kommen wird, sich nicht dafür interessiert, wer ihn getötet hat. Und mich hat sie auch nicht angerufen – vielleicht, um mal zu fragen, wie es mir in dieser Situation geht. Ist ja vielleicht auch besser so. Und alles, weil sie Doreen von Anfang an nicht ausstehen konnte. Nicht einmal die beiden Mädchen konnten sie umstimmen.« Er hob das Schälchen mit den Nüssen an seine Brust und fragte: »Na, noch eine Nuss, mein einziger wahrer Freund?«

Jemand schlug energisch gegen das Rollo an der Terrassentür.
Freddy fuhr erschrocken zusammen.
Eric legte seinen Finger über die Lippen, und Freddy verzichtete auf einen lauten Kommentar.
Beide warteten wie erstarrt.
»Eric! Ich weiß sehr genau, dass du zu Hause bist. Wo sollte einer wie du auch sonst sein?«
»Viktoria«, flüsterte der Lyriker entgeistert.
Wieder wurde kraftvoll gegen die Kunststoffwand getrommelt.
»Halt mich nicht für blöd! Trotz aller Unterschiede zwischen euch habt ihr gelegentlich zusammengegluckt. Ich will wissen, ob es stimmt, dass dein Bruder an Pick-up-Workshops teilgenommen hat! Ihr lebt schließlich nicht im luftleeren Raum. Der Sohn einer Freundin von mir hat ihn dort gesehen!«
Eric schüttelte sich.
»Und: Ich weiß sehr genau, was das für Workshops sind. Mach gefälligst auf!«
Mit einem Gefühl von Stolz gab der Lyriker seinem Freund eine weitere Nuss und nahm demonstrativ das Buch vom Tisch, schlug es auf.
»Wir lassen uns zu nichts mehr nötigen«, wisperte er Freddy zu. »Jemand hätte schon vor Jahren diese Frau ins

Jenseits befördern sollen – ja müssen«, ergänzte er zornig und begann zu lesen.

28

Nachtigalls Telefon klingelte.

Er meldete sich auf dem Weg zum Auto, warf Klapproth den Schlüssel zu und stieg auf der Beifahrerseite ein.

»Wo?«

»Auf der Strecke vom Drehpunkt Göritz zur Straße. Wir denken, sie konnte von dort aus die Landstraße sehen. Der Täter hat sie zu Fall gebracht, ins Unterholz gezogen und auf sie eingestochen.«

»Okay, wir kommen vorbei. Ist jemand von deinem Team vor Ort?«

»Yupp«, gab Peddersen knapp zurück.

»Wir haben noch keine Rückmeldung zur Obduktion. Aber was du so schilderst, deutet darauf hin, dass wir für beide Taten denselben Täter suchen.«

»Hoffen wir, dass er schnell geschnappt wird.« Damit beendete der Leiter des Erkennungsdienstteams das Gespräch.

»Na dann.« Maja startete den Wagen und lenkte ihn auf die Landstraße zurück.

Kurz nach dem Abbiegen zum Drehpunkt erkannten die beiden Ermittler das Team, das offensichtlich noch mit der Sicherung von Spuren beschäftigt war. Quer über der Straße flatterte Absperrband, dahinter bewegten sich Menschen in Schutzanzügen langsam und gebückt durch das Unterholz.

Sie bekamen je einen zugereicht, schlüpften schnell hinein und schoben sich unter dem Band hindurch.

»Hallo, Herr Nachtigall«, rief eine männliche Stimme körperlos.

»Wo?«, fragte der Angesprochene zurück, wirbelte um die eigene Achse.

Vage erkannte er eine gehobene Hand, wenige Schritte entfernt.

»Siegismund Köhler, mein Name«, stellte sich der Kollege vor. »Sieht so aus, als sei sie hier getötet worden. Der Boden ist aufgewühlt, Blut findet sich sowohl in der Erde als auch an den umstehenden Pflanzen. Vielleicht hat sie sich heftig gewehrt. An einem der Bäumchen haben wir Fasern sichergestellt. Möglicherweise von der Kleidung des Täters. Sonst kein Hinweis: keine Ritzungen an der Rinde der umstehenden Bäume, kein Bekennerschreiben unter einem Stein. Nur eindeutige Kampfspuren.«

»Sie ist aber vielleicht gar nicht hier gestorben, oder?«, fragte Klapproth nach. »Wäre denkbar, dass sie nur bewusstlos wurde, der Täter sie lebendig in sein Fahrzeug lud und zu der Kanzel an der Bundesstraße brachte.«

»Das wird die Obduktion klären. Allerdings hat das Opfer bereits durch die Folgen des Angriffs viel Blut verloren«, gab Köhler zu bedenken. »Dort drüben wurde sie überwältigt. Es gibt Spuren, die darauf hinweisen, dass man sie erst zu Fall brachte, dann wegzog und ...« Er deutete mit einer umfassenden Bewegung auf den Randbereich der Straße. »Von der L 52 aus konnte man den Überfall wahrscheinlich nicht sehen. Und selbst wenn jemand etwas bemerkt hätte, sah es für den Fahrer eher aus, als sei ein Radler gestürzt und ein anderer dem Verletzten zu Hilfe gekommen. Kein Grund anzuhalten.«

»Eine Tasche habt ihr nicht gefunden?«, erkundigte sich Nachtigall. »Oder einen Rucksack?«

»Bisher nicht. Aber wir sind noch nicht fertig«, gab Köhler fast tröstend zurück.

»Wir unterhalten uns mit dem Betreiber des Restaurants. Vielleicht hat er etwas Auffälliges bemerkt, als die offensichtlich aufgebrachte Diskussionsrunde aufbrach.«

Köhler nickte.

Wandte sich sofort wieder seiner Arbeit zu.

Am Drehpunkt trafen die beiden Hauptkommissare auf eine Gruppe junger Männer, die gut gelaunt und fröhlich schwatzend Mobiliar heraustrugen.

»Gisbert Kramm«, stellte sich der eine vor. »Können wir helfen? Haben Sie vielleicht gestern was liegenlassen?« Bodybuilderstatur, rasierte Glatze, blauer Blick, Achselhemd trotz morgendlicher Kühle. Freundlich interessiertes Lächeln.

»Hauptkommissarin Klapproth.«

»Hauptkommissar Nachtigall.«

Sie zeigten ihre Ausweise.

»Wow!« Kramm war beeindruckt. »Wegen einer Prügelei im Wirtshaus kommt gleich die Kripo? Hätt ich ja nicht gedacht.«

»Waren Sie gestern auch hier?« Klapproth hatte keine Lust auf freundliches Vorspiel.

Während Kramm seine Antwort sorgfältig bedachte, entdeckte die Hauptkommissarin eine Malerei an der Außenseite des Gebäudes, gleich neben dem Eingang.

Amüsiert tippte sie Nachtigall an. »Sieh mal.«

Eine gemütliche Pausenszene. Menschen saßen an einem Tisch im Freien, tranken und unterhielten sich, daneben ein Jäger mit zwei Hunden. Friedlich.

Für Klapproths Geschmack ein wenig zu idyllisch.

»Yupp. War eine ganz gute Veranstaltung. Bis sie aus dem Ruder lief«, antwortete der junge Mann leicht verunsichert.

»Constanze Blum, eine Wolfaktivistin, war auch hier.« Die Ermittlerin wandte sich wieder Kramm zu.

»Ja. Das war wohl die Blonde mit dem Zopf. Kompetent. Aber gegen die vorgefassten Ansichten vieler aus der Gegend kommst du mit Argumenten schon lang nicht mehr an. Ist ein bisschen wie Wortballett: Jeder weiß, was der andere sagen wird, und so dreht sich das Ganze bloß im Kreis. Wie einstudiert, wenn Sie verstehen, was ich meine. Jeder wartet auf das Stichwort – und ab geht die Pirouette.« Er grinste breit.

»Am Ende gab es eine deftige, handgreifliche Auseinandersetzung, und unsere Kollegen mussten eingreifen. Gehen diese Ballettabende immer so zu Ende?« Klapproth bemühte sich um einen ruhigen Ton. Doch die Bewegung, mit der sie durch ihren Kurzhaarschnitt strich, war eckig vor unterdrücktem Zorn. Immerhin hatte jemand die junge Frau ermordet – und der Typ zog Vergleiche zum Bühnentanz!

»Nein. Nicht immer. Aber eben doch relativ häufig. Diesmal wurde sogar gedroht. Sie wissen schon: Ich weiß, wo du wohnst, für mich ist das Ding noch nicht durch! Oder: Vielleicht muss die Kleine nur mal ordentlichen Sex haben, dann braucht sie sich nicht mehr an Wölfe ranzuschmeißen.

Aber bei dem Mann! Wisst Ihr eigentlich, was der so treibt? Es wurde sehr persönlich und ging deutlich unter die Gürtellinie. Das kommt nicht so oft vor. Aber Christian Blum ist bekannt – und ich kann mir vorstellen, dass seine Frau diese hirnlosen Anwürfe vom Rand solcher Veranstaltungen schon zur Genüge kennt.«

»Penelope Crusades.« Nachtigall sah sich um. Der Wald bot jeden Schutz, den sich ein Täter wünschen konnte. Und doch hatte er die junge Frau mitten auf dem Weg überfallen. Gab es dafür einen besonderen Grund?

»Sie wissen also Bescheid.« Kramm drehte sich um und gab ein paar Anweisungen an sein Räumteam. »Wenn ich nicht aufpasse, werfen sie alles weg. Und dann hat jemand seinen Hut vergessen, und ich bekomme Ärger, weil der entsorgt wurde. Für die Kosten, die anfallen, muss der Veranstalter aufkommen. Oder dessen Versicherung.«

Nachtigalls schweifender Blick kehrte zu Kramm zurück. »Haben Sie gesehen, wer als Letzter abgefahren ist?«

»Der Klaus, glaube ich. Der wollte die junge Frau sicherheitshalber mitnehmen, aber die hat abgelehnt.«

»Klaus Bernstein?«, hakte der Hauptkommissar nach. »Aus Leuthen?«

»Ja, der. Ist ein netter Kerl. Gutmütig. Aber er ist abgeblitzt.« Wieder grinste er breit. Herablassend.

»Ihnen wäre das wohl nicht passiert?« Klapproths Augen funkelten.

Gisbert Kramm übersah die Warnung.

»Ne, klar nicht. Wenn ich einer anbiete, dass ich sie nach Hause fahre, dann lehnt keine ab.« Kramm warf sich unbewusst stärker in Imponierposition. »Und wenn wir vor ihrer Tür stehen, lädt sie mich auf einen Absacker ein. So läuft das.«

»Tja, es ist so: Hätten Sie gestern von Ihrer Unwiderstehlichkeit Gebrauch gemacht, könnte die junge Frau noch am Leben sein. So aber traf sie ganz allein und ohne Beistand auf ihren Mörder – oder ihre Mörderin!«, stutzte Klapproth Kramms Ego auf Normalmaß.

Offensichtlich hatte sie einen Treffer gelandet.

»Puh!«, keuchte der junge Mann. »Sie wurde er-mordet?«, dehnte er ungläubig. »Hier? Am Drehpunkt?«

»Nein, kurz vor der Landstraße.«

»Weiß der Klaus das schon?« Gisbert Kramm fuhr mit beiden Händen über die glänzende Glatze. »Der ist ein guter Freund von ihr, denke ich. Vielleicht sogar ein bisschen verschossen in sie. Das wird ihn mega hart treffen, wenn er das erfährt. Du liebe Güte!«

Es entstand eine Pause.

Dann setzte Kramm hinzu: »Sie glauben, es war einer der Teilnehmer der Diskussion. Ein politischer Mord bei uns! Mann ... Wow!«

»Sie können ja Hinweisschilder drucken lassen. Mordsrestaurant oder Mörderbar. Killerkneipe wäre auch gut«, riet Nachtigall, griff nach Klapproths Ellbogen, zog sie sanft mit sich und stapfte in Richtung Auto.

Klapproth schob sich hinter das Lenkrad.

»Wir haben eine SMS bekommen. Peddersens Leute haben den Tatort gefunden. Die Laufstrecke von Stein.«

»Dann sollten wir hinfahren und Silke zu den Zeugen schicken.«

29

Tagebuch

Es ist ziemlich lange her, dass ich regelmäßig Tagebuch geschrieben habe. Vielleicht in der Pubertät. Wenn man dringend jemanden braucht, der einem zuhört und die eigenen Eltern dafür auf gar keinen Fall infrage kommen. Ich beginne nun in gesetztem Alter wieder damit – weil meine Eltern bereits verstorben sind und ich sonst niemanden habe, den ich in all das einweihen möchte. Schließlich muss sich nicht die halbe Stadt das Maul über mich und meine Schwierigkeiten zerreißen.
Eines der Probleme: Meine Frau ist schwanger.
Ich dachte, ich erfülle ihr damit einen ihrer drängendsten Wünsche. Sie hat sich immer danach gesehnt, ein Kind zu bekommen, hat öffentlich behauptet, es gäbe kaum Schöneres für eine Frau. Und nun?
Sie tobt, wenn uns niemand hören kann.
Behauptet, die Schwangerschaft sei ein Coup von mir, sie solle jede Freiheit verlieren, ich wolle Ketten um sie schmieden, die sie nicht lösen könne. Wie bitte?
Ich? Wo ich sie vom ersten Tag unserer Begegnung liebte? Ich, der ich ausschließlich alles zu ihrem Wohle organisierte. Jede wache Stunde darüber nachdachte, wie ich sie erfreuen könne. Doch seit sie weiß, dass sie ein Kind erwartet, scheint es, als hasse sie mich aus tiefster Seele. Die Veränderungen an ihrem Körper sind ihr ein Ärgernis.

Der Bauch wölbt sich vor, ganz normal, irgendwo muss der Körper das neue Leben ja unterbringen.
Neulich Abend ging es ihr nicht gut. Sie war gereizt, geradezu wütend.
Erst wehrte sie meine besorgten Nachfragen ab.
Doch dann schleuderte sie mir das Unfassbarste entgegen.
Ich war starr vor Entsetzen.
Eine Nachbarin hatte mit meiner geliebten Frau gemeinsam versucht, die Schwangerschaft zu beenden!
Ein für mich unvorstellbarer Gedanke. Mord an meinem ungeborenen Kind.
Doch Viktoria bewertete die Situation anders.
Es sei nicht mein ungeborenes Kind, sondern ihres. Und mit dem könne sie tun, was ihr beliebe.
Leider seien die Versuche wohl alle fehlgeschlagen, sie könne das Balg noch immer munter in ihrem Bauch spüren. Alles nur meine Schuld, stellte sie klar.

Und nun wird dieses Kind in wenigen Tagen zur Welt kommen.
Ich wage gar nicht mir vorzustellen, was für eine Welt das sein wird.
Andere Neugeborene werden mit Liebe in dieser Welt empfangen, doch das wird meinem Kind verwehrt bleiben.
Ich habe Angst, dass diese Mutter es direkt nach der Geburt tötet.

30

Silke klingelte.

Der Zaun um das fast quadratische Grundstück diente wohl eher zur Zierde. Jedenfalls war er so niedrig, dass sie ihn kurzerhand hätte übersteigen können. Der Bungalow hatte ein Walmdach, bodentiefe Fenster und wirkte in Ziegelrot und Dunkelgrau sehr modern.

Hinweise darauf, dass hier Kinder lebten, waren nicht zu entdecken.

Ungeduldig klingelte sie erneut.

In dem relativ kleinen Haus war doch der Türgong nicht zu überhören!

»Ja, bitte!« Die Stimme klang verschlafen, nicht unfreundlich, aber ein wenig genervt.

»Kriminalpolizei Cottbus, Dreier. Ich habe ein paar Fragen an Sie.«

»Um die Zeit? Sie wissen doch, dass die Veranstaltung gestern ziemlich lange gedauert hat.«

Der Summer ließ das Törchen aufspringen.

Silke Dreier sah sich um. Womöglich gab es einen Wachhund. Quadratisch, drängte sich ihr auf, passend zu Haus und Garten. Rechtzeitig, bevor sie die Tür erreichte, hatte sie das aufkeimende Lachen erstickt.

»Guten Morgen, Herr Bernstein. Ich bin von der Kriminalpolizei.« Sie präsentierte ihren Ausweis.

Klaus Bernstein streifte ihn nur mit uninteressiertem Blick. »Guten Morgen. Die Randalierer von gestern Abend schlafen sicher noch. Wollen Sie die im Traum überraschen?«

»Nein. Um die Ruhestörer kümmern sich die Kollegen. Wissen Sie noch, wann Sie aufgebrochen sind?«

»So ziemlich als Letzter, denke ich. Kommen Sie rein, es ist mir zu kalt zwischen Tür und Angel.«

Silke war nicht überrascht.

Der Flur, quadratisch.

»Und Constanze Blum?«

»Brach mit mir gemeinsam auf. Ich lud sie ein, sie nach Hause zu bringen. Doch sie lehnte ab, wollte das Stück lieber mit dem Rad fahren. Vielleicht um den Kopf durchzulüften nach der hektischen Diskussion.«

»Das heißt, Sie sind weit vor ihr hergefahren?«

»Nun, das heißt es wohl. Warum fragen Sie?«

»Constanze Blum wurde auf dem Weg zur Landstraße überfallen und getötet.« Silkes Augen registrierten die Pupillenerweiterung in denen des Gegenübers.

Klaus Bernstein ließ sich gegen die Wand fallen, rutschte an ihr entlang auf den Boden.

»Sagen Sie, dass das nicht wahr ist!«, forderte er flüsternd.

Siedend heiß fiel Silke in diesem Moment ein, dass Peter sie gebeten hatte, sanft mit dem Herrn umzugehen, möglicherweise sei zwischen den beiden mehr als nur Sympathie gewesen.

Sie schob erschrocken ein »Es tut mir aufrichtig leid« nach und ging ihm gegenüber in die Hocke.

»Warum sollte jemand Constanze so etwas antun?«, wisperte Bernstein mit bebenden Lippen.

»Das versuchen wir herauszufinden. Vielleicht können Sie uns dabei behilflich sein.«

Sie bot ihm ihre Hand, damit er sich aufrappeln konnte.

»Gehen wir ins Wohnzimmer«, entschied er und fiel dort in einen breiten Ledersessel.

Silke musterte den Unglücklichen.

Die Jeans hatte eine Bügelfalte, das weiße, gestärkte Hemd einen steifen Kragen, und die leichte Wolljacke war von edelster Qualität. Seine frisch gewaschenen und gestylten friseurschwarzen Haare komplettierten den Eindruck einer gewissen Eitelkeit und Stilsicherheit. Der Rahmen der Brille war zwar nicht quadratisch, aber streng rechteckig.

Er nahm sie ab, zog ein weiches Tuch aus der Hosentasche und wischte umständlich den Beschlag weg, der sich als Folge der schrecklichen Nachricht auf den Gläsern gebildet hatte.

Auch wenn er den Eindruck zu erwecken versuchte: Silke wusste, dass sie ihn nicht kurz nach dem Aufwachen gestört hatte. Klaus Bernstein war mit seiner Morgentoilette schon lange, vielleicht gar seit Stunden fertig.

»Was ist passiert?«, brachte er nach Husten und kräftigem Räuspern mühsam hervor.

»Sie wurde von ihrem Rad gestoßen und getötet. Gefunden wurde sie in einer Kanzel. Von zwei Jägern.«

»Ah. Sie wäre niemals freiwillig auf so ein Ding raufgeklettert.«

»Ja. Das hat man uns auch so gesagt.«

»Warum sind Sie hier? Glauben Sie etwa, ich hätte sie abgepasst?«

»Herr Bernstein, die Polizei glaubt nicht, die Polizei ermittelt. Wir wissen, dass der Abend ein stürmisches Ende genommen hat. Uns interessiert, wer sich mit wem geprügelt hat, ob Sie und die anderen Wolfsfreunde involviert waren oder sich die Befürworter und Gegner untereinander einen Schlagabtausch im Wortsinn geliefert haben.«

Der Mann im Sessel stöhnte.

»Es fing damit an, dass den Gegnern die Argumente ausgingen. Wenn man sich lange genug im Kreis dreht, wird einem irgendwann schwindlig. Es wurde plötzlich sehr laut, als jemand einen Stuhl auf den Boden krachte und sich, bewaffnet mit einem der hölzernen Beine, auf seinen Nachbarn stürzte. Das war der erste Angriff. Von da an ging alles sehr schnell. Etwa zwei Drittel der Teilnehmer verdrückten sich eilig. Die anderen droschen aufeinander ein. Ich bekam einen Schlag in den Rücken und ging unter dem Tisch in Tauchstation. Dort traf ich ein paar andere, auch Constanze. Jemand rief die Polizei, und die sorgte schnell für ein Ende des Tumults. Alle Personalien wurden aufgenommen, und wir durften gehen.«

»Wann waren Sie zu Hause?«

»Gegen ein Uhr. Da hätte Constanze schon im Bett liegen sollen. Sie hat es ja nicht so weit.«

Ein trockenes Schluchzen: »Hatte«, korrigierte Bernstein erstickt.

»Wurden Sie beim Nachhausekommen von jemandem bemerkt?« Silke bemühte sich um eine harmlose Formulierung, die Bernstein alle Varianten offen ließ.

Er reagierte dennoch angefasst: »Ach, Sie meinen, in meinem Bett habe ein kuscheliges Sexmäuschen auf mich gewartet?«, fauchte er überraschend.

»Nein«, behauptete Silke schlagfertig, »ich dachte an einen Nachbarn mit chronischer Schlafstörung und einem Feldstecher.«

»Mein Bett war leer. Und wegen eventueller Durchschlafprobleme müssen Sie schon selbst bei meinen Nachbarn nachfragen. Über solche Dinge reden die nicht mit mir.«

31

Klapproth wurde von einem Kollegen zum Parkplatz geleitet.

»Ach, hier?«, fragte Nachtigall verblüfft. »So nah?«

Ein Kollege des Erkennungsdienstes, der am Stellplatz wartete, nickte. »Ja, ist aber noch ein Stück zu gehen. Ich bin Matthias Muslik.«

»Nachtigall und Klapproth, Kriminalpolizei«, stellte der Cottbuser Hauptkommissar vor.

Muslik führte die Mordermittler tief in den Wald, blieb dann unvermittelt stehen und wies auf einen gekennzeichneten Bereich zwischen Buschwerk und Bäumen.

»Das verstehe ich nicht«, meinte Nachtigall. »Wie kann es sein, dass die Hunde die Stelle nicht finden konnten? Liegt doch kaum drei große Schritte vom Weg ab. Und es ist schwerlich zu übersehen, dass hier Blut großflächig verteilt ist!«

»Das liegt daran, dass diese Strecke nicht von seiner Frau angegeben wurde. Wir haben auch das Handy nicht hier, sondern an einer der anderen von ihr benannten Strecken gefunden.«

»Ach – aber die Hunde haben euch heute auf den richtigen Weg geführt?« Klapproth staunte ebenfalls.

»Äh, nein. Wir brauchten keine Hunde.«

»Aber wie …?« Nachtigall wandte sich überrascht um.

»Er hatte eine Sportuhr. So einen Schrittzähler. Diese Uhr war mit seinem Handy gekoppelt. Wir konnten die letzte Strecke über die GPS-Daten auslesen. Hier endet die Spur – offensichtlich hat der Täter ihm das Ding abgenommen und ausgeschaltet – oder eben zerstört. Wir können durch die Daten auf seinem Handy genau verfolgen, welchen Weg er von der Haustür aus genommen hat.«

»Wow!« Klapproth warf einen misstrauischen Blick auf ihre eigene Smartwatch.

Der Kollege zog ein kleines Tablet aus der Jacke.

»Wir können mithilfe dieser Grafik sehen, dass er von der Haustür ab in Richtung Park gelaufen ist. Seine Frau hat angegeben, er nehme gern den Weg an der alten Schmiede entlang oder durch den Vorpark Richtung Branitzer Siedlung. Tatsächlich aber ist er in Richtung Tierpark gelaufen, hat die Straße überquert und ist über den Wirtschaftsweg nach Madlow abgebogen. Wir können sehen, dass er ein paar Minuten auf der Stelle gejoggt ist, danach ging es zügig am anderen Ufer der Spree zurück.«

Gedankenverloren öffnete Klapproth das Band der Uhr, zog sie ab. »Die Daten sind auch für andere sichtbar? Nicht nur für Computerfreaks, die alles Mögliche vorher ausspionieren müssen?«

»Ja. Die Dinger senden ständig über Bluetooth und WLAN.« Er warf Klapproth einen nachdenklichen Blick zu. »Soll ich die nehmen?«, erkundigte sich der Kollege hilfsbereit. »Wir können die gespeicherten Daten löschen und ihr das Sammeln neuer Daten verbieten. Dann hat sie halt nur noch die Uhrzeit«, erklärte er mitfühlend.

»Ich möchte sie nicht zurück. Wenn die Daten gelöscht sind, könnt ihr sie im Computerschrott entsorgen!« Mit angewidertem Gesichtsausdruck überließ sie ihm die Smartwatch.

Muslik ging in die Hocke. »So. Hier auf dem Weg sind die ersten Blutspuren. Blutgruppe haben wir sofort überprüft, stimmt überein. Nach dem ersten Angriff hat er wohl versucht, sich in Sicherheit zu bringen.« Er wies auf abgebrochene Zweige, Laub, das deutlich auf dem Untergrund verschoben wurde. »Er ist nicht weit gekommen. Offensichtlich ist er gestürzt. Hier sieht man, dass jemand auf dem Boden gelegen hat. Seine Hände haben sich ins Laub gekrallt. Ihr müsstet Spuren davon bei der Obduktion finden. Das meiste Blut hat er hier verloren. Da er im Tagebau gefunden wurde, ist klar, dass der Täter noch einmal zurückgekommen ist, um den Toten abzutransportieren. Zum Stellplatz ist es nicht weit. Wir sichern Spuren von Reifen, die über den Rasen gefahren sind. Auf dem Teer … na ja.«

»Wie hat er den Körper von hier weggeschafft? Habt ihr Hinweise darauf gefunden, dass eine Schub- oder Sackkarre verwendet wurde?«

»Nein. Noch nicht. Wir suchen danach.«

»Gut. Dann werden wir in Erfahrung bringen, warum uns die Witwe von dieser Strecke nichts erzählt hat.« Nachtigall richtete sich auf, nickte Muslik zu. »Prima Arbeit! So eine kleine Uhr als Verräterin des Tatorts. Ha! Wer hätte das gedacht.«

Klapproths Blick war feindselig.

32

Silke rief die Namensliste von Freunden des Opfers auf.
»Jan-Peter Schneider. Mit dem werde ich anfangen.«
Wenig später parkte sie ihren roten Kleinwagen vor einem der Wohnblocks der Makarenkostraße.
»Unübersichtlich!«, fluchte sie leise, suchte nach dem richtigen Eingang.
Betrachtete die Klingelschilder, um den richtigen Namen zu finden. Fehlanzeige. Entweder stimmte der Name nicht oder die angegebene Hausnummer war falsch.
Eine magere alte Dame mit rosafarbenem Plüschhut und hellgrünem Mantel quietschte ihren Einkaufstrolley vorbei, bemerkte offensichtlich die Ratlosigkeit der jungen Besucherin im Eingang und blieb stehen. Machte kehrt.
»Kann ich Ihnen helfen? Vielleicht suchen Sie ja jemanden?«, fragte sie mit einer tiefen, rauchigen Barstimme, die Dreier völlig überraschte.
»Ich suche einen Jan-Peter Schneider.«
»Ja, Mädchen. Da stehen Sie genau richtig. Der wohnt bei C. Samter. Ist seine Lebenspartnerin. Ich persönlich halte ja nichts davon. Wenn man gemeinsame Kinder in die Welt setzt, sollte man den Anstand haben zu heiraten! Sonst sind die Kinder orientierungslos. Wie die beiden. Gestern war die Lehrerin da. Ist ja heute die ganz große Ausnahme, dass mal von der Schule einer vorbeikommt. Früher standen die Lehrer ständig vor deiner Tür. Na ja, daran kann man schon sehen, dass die Lage ernst ist. Die Lehrerin konnte die Klingel auch nicht finden.«

»Danke schön!« Silke konnte gerade noch verhindern, dass ihre Knie ein wenig einknickten. So weit kommt es noch, dachte sie bei sich, die Zeit des Knicksens ist endgültig vorbei.

»Und Sie?«, erkundigte sich der etwas ungeschickt rot geschminkte Mund unter dem Plüschhut. »Warum wollen Sie denn zu der Familie?«

»Privat.« Dreier drückte auf den Klingelknopf. »Ich muss kurz was klären.«

»Aha, die Polizei kommt, um kurz was zu klären. Was hat der Jan-Peter denn ausgefressen?« Die alte Dame weidete sich ausgiebig am grenzenlosen Erstaunen Dreiers.

»Erkenn ich auf den ersten Blick«, setzte sie noch eins drauf.

»Er hat gar nichts ausgefressen«, gab Silke patzig zurück. Erinnerte sich sofort daran, dass sie unter besonderer Beobachtung wegen ihres aggressiven Auftretens stand, und unterlegte den Satz hastig mit einem breiten Lächeln.

»Ja. Das sagen die Beamten immer. Und dann lese ich zwei Tage später im Internet, dass der Kerl wegen schwerer Körperverletzung festgenommen wurde. Mir kann man so leicht nichts vormachen!«

Endlich öffnete der Summer Dreier die Tür.

»Wiedersehen!«, rief sie über die Schulter zurück und wartete, bis das Quietschen in der Ferne verdämmerte.

C. Samter entpuppte sich rein von der Statur her als eine Art Bienenkönigin.

Knapp höher als breit.

Die Sporthose, die sie trug, hatte sichtlich Mühe, die Mitte zusammenzuhalten, und da sie nur dreiviertellang war, ließ sie den Blick auf unglaubliche Waden frei. Trainierte Muskulatur.

Das Top gab den Armen Raum. Oberarme wie die eines Preisboxers. Da gab es keinen schlackernden Trizeps, keinen schlaffen Bizeps. Hände wie Schraubstöcke.

Die spielt in einer völlig anderen Liga als du, konstatierte Dreier nicht ganz ohne Neid.

Schließlich trieb sie auch Sport – regelmäßig, hart und energisch.

Aber diesen Zustand würde sie selbst nie erreichen.

»Na, wat willste?«, fragte die eindrucksvolle Gestalt freundlich.

»Dreier, Kriminalpolizei Cottbus. Ich habe ein paar Fragen an Ihren Mann. Vielleicht wissen Sie ja schon, dass Patrick Stein ermordet wurde.«

»Lebenspartner heißt det korrekt. Un wir wissen natürlich längst von det Attentat.«

»Ich möchte mehr über Patrick Stein in Erfahrung bringen. Dazu befragen wir alle, die näher mit ihm bekannt waren«, holperte Dreier ihre Erklärung für den Überraschungsbesuch.

»Na, denn komm ma rin in de Bude.«

Vier Zimmer, Küche, Bad, Flur, Balkon.

Super sauber und aufgeräumt.

Dreiers Hochachtung stieg weiter steil an.

»Ihr Mann ist zu Hause?«

»Is krankjeschrieben. Nun hoff ick nur, dat er die Kinder nich infiziert.«

»Wofür steht denn das C auf dem Namensschild?«, fragte Silke interessiert.

»Cynthia. Is mein Name. Meine Mutter hatte ein Faible für solche Namen. Mein Bruder heißt Hugh. Wir müssen ein Leben lang Aussprache und Schreibweise erklären. Lästig.«

Auf der Couch saß ein magerer Mann im Jogginganzug,

mit Schal um den Hals und einem Glas Tee vor sich auf dem Tisch.

»Geh ma nich zu nah ran. Det is ansteckend.«

Silke entdeckte jede Menge Pokale auf Boards und im Regal.

»Ihre?«, fragte sie Cynthia, und die nickte mit verhaltenem Stolz.

»Ringerin. Ick hab se alle auf die Matte jekriecht. Manche haben sogar jewimmert und jeweint, weil se Angst hatten, se müssten noch 'ne Runde mit mir überleben. Man sieht es mir vielleicht nicht so an, aber ick bin richtig stark.«

Sie bot Silke einen Platz im Sessel an. »Ick lass euch denn ma allene.«

»Wer sind Sie?«, erkundigte sich Jan-Peter heiser.

»Dreier. Kriminalpolizei.« Sie zeigte ihren Ausweis. »Ich möchte mehr über Ihren Arbeitskollegen und den privaten Patrick Stein erfahren. Was für ein Mensch war er?«, kam sie ohne Umschweife sofort zum Thema.

»Patrick. Tja. Korrekt, kompetent, intelligent, ein perfekter Berater, immer bestens informiert, zurückhaltend im Gespräch mit Kunden. Und privat: liebevoller Vater. Gutmütiger Ehemann. Quartalssportler. Ein Freund, wie man keinen zweiten findet. Keine Macken, keine fiesen Angewohnheiten oder sonderbaren Hobbys. Nur mit seiner Mutter lief es gar nicht. Die beiden waren sich spinnefeind. Die konnte seine Frau Doreen nicht ausstehen. Darüber haben sich Mutter und Sohn unkittbar entzweit.« Jan-Peter hustete. Griff nach dem Tee. Versuchte durchzuatmen.

»Hat er das bedauert?«

»Ich weiß nicht. In letzter Zeit war er manchmal still und nachdenklich. Seine Mutter ist in eine Seniorenwohnung gezogen, vielleicht hat ihn das beschäftigt. Er hat anderen nie etwas Böses gewollt, ich dachte, er macht sich Sorgen darüber, dass sie beide es einmal bedauern würden, so lange keinen Kontakt gehabt zu haben.« Wieder folgte ein großer Schluck aus der Tasse.

»Patrick war ja auch politisch aktiv.«

»Na, das kann man wohl sagen. Da hatte er endlich etwas gefunden, das ihn ganz ausfüllte. Klimawandel. Sein Thema.«

»Haben sich dadurch Kontakte zu anderen Aktivistengruppen ergeben?«

»Zu anderen ...? Welche sollten das sein? Nein. Er hat immer nur vom Kohleausstieg gesprochen. Wollte sich bei den konkreten Planungen einbringen. Es muss Perspektiven für die Menschen geben – nach der Kohle, hat er immer gesagt. Wir müssen das jetzt schon angehen, damit alle sehen, dass niemand im Regen stehen wird!, war seine Rede. Ich hoffe, da wird sich auch in Zukunft jemand mit solchem Engagement drum kümmern.« Wieder ein Hustenanfall. Ein Schluck Tee.

»Kohleausstieg ist das eine Thema, das in der Lausitz bewegt – Wölfe ein anderes. Gab es Verbindungen zu Wolfsschützern?«

»Ne. Glaub ich nicht. Vor ein paar Jahren gab es mal Wolfswächter. Aber als einer von denen ermordet wurde, hat sich die Gruppe still und leise aufgelöst. Obwohl sein Tod mit den Aktionen um die Wölfe gar nichts zu tun hatte. War wohl der Schock.«

Nach einer Pause setzte Jan-Peter leise hinzu: »Der Patrick war einer von den Guten. Den konnte man an einen x-beliebigen Ort setzen, und er hat alles um sich herum verbessert. Arbeitsabläufe, Planungen, Arbeitsatmosphäre, zwischenmenschlicher Umgang – alles wurde besser, leichter, überschaubarer. Die Leute haben Verantwortung bekommen, konnten selbstständig Entscheidungen in ihrem Bereich treffen. Den meisten hat das gefallen, vielleicht war auch mal einer überfordert. Aber den hat er aufgefangen. Verstehen Sie: Mit Patrick war man nie allein. Er stand immer an deiner Seite. Und abgegrenzt gegen Rechts. Das war ihm wichtig. Wenn schon die anderen ihre Grenzen verwischen, hat er gesagt, die Grünen tun das nicht!«

Dann ergänzte er leiser. »Das hat vielleicht auch nicht jedem gefallen. Aber die Drohungen, die er bekam, hat er nicht ernst genommen. Möglicherweise ein Fehler.«

33

Annelie und Hildegard saßen im Café Schiller neben dem Staatstheater.

»Ach, war das eine schöne öffentliche Probe. Diese neue junge Sängerin hat ja solch eine wunderbare Stimme. Und was für ein Drama aber auch!«, seufzte Hildegard noch ganz ergriffen von »Black Rider« und stieß mit Annelie an.

»Ein Glas trockener Sekt in Ehren!«, flötete sie dabei fröhlich.

»Man gönnt sich ja sonst nichts!«, gab Annelie gut gelaunt zurück.

»Wir sollten die Tage genießen, wie sie kommen. Gerade jetzt, wo man täglich sieht, wie schnell sich alles ändern kann, plötzlich das Leben vorbei ist. Und dieser tödliche Schuss …, die Dame neben mir hat laut aufgeschrien, als plötzlich Blut … Die kannte den Freischütz wohl nicht.«

Annelie strich durch ihr friseurrotes Haar. Schüttelte es etwas auf, als müsse sie den Kopf durchlüften. »Eigentlich wissen wir das doch schon lange! Es gibt keine Garantie für Glücklichsein, und den Endtermin kennen wir nicht.«

»Aber wir denken nicht immer dran. Oder ist es das Erste, was dir einfällt, wenn du morgens aufwachst? Oh, dies ist einer meiner letzten Tage vor dem endgültigen Aus?«

»Nein. Natürlich nicht. Das würde mir ja die gute Laune verderben. Noch vor dem ersten Kaffee. Aber es ist eben eine nicht von der Hand zu weisende Tatsache, dass die Sache mit dem Leben nun mal endlich ist. Und am Beispiel von Viktorias Sohn kann man festhalten, dass das Endlich für einige schon sehr früh erreicht ist.« Annelie nippte ein weiteres Mal. »Mmhh. Der schmeckt aber wirklich gut.«

»Ja. Ich finde es wirklich sehr schade, dass Alkohol schädlich ist. Man darf nur in Maßen – aber mal ehrlich, er bringt Farbe und Schwung in den Alltag.« In Hildegards Stimme lag echtes Bedauern.

»Viktoria hat eine komische Art, mit dem Mord an ihrem Sohn umzugehen, denkst du nicht?«

»Patrick war so ein Netter. Ich habe ihn ein paar Mal mit seiner Familie gesehen – ach, das war so süß! Die Mädchen haben ihren Papa angehimmelt, seine Frau und er wirkten sehr verliebt. Ich denke, Viktoria hätte über ihren Schatten springen sollen, dann wäre sie Teil dieses Glücks geworden. So stand sie nur abseits.« Hildegard traten Tränen der Rührung in die Augen, die sie rasch wegwischte.

»Es gibt doch noch diesen zweiten Sohn.«

»Eric. Ja, aber zu dem hat sie auch kein Verhältnis. Er ist wohl ein wenig sonderbar. Und wenn man Viktoria glauben will, ist er grausam entstellt. Schreibt Gedichte. Er lebt von einer Art Rente, die ihm sein Vater testamentarisch zugestanden hat. Ist wohl viel mehr als genug«, wusste Annelie.

»Mir hat sie mal erzählt, er habe sich einen Bungalow gekauft. Dort lebe er mit Freddy, abgeschieden von der Welt, das meiste lässt er sich schicken, er geht nicht einmal zum Einkaufen aus dem Haus.«

»Aber der ist der jüngere von den beiden Söhnen, oder? Und der ist homosexuell? Freddy ist sein Lebenspartner?«

Hildegard kicherte. »Lebenspartner stimmt schon, so im Allgemeinen. Aber Freddy ist ein Graupapagei. Den hat er vor vielen Jahren von einem Freund bekommen, damit er nicht so allein ist. Und Viktoria meint, die beiden seien dicke Freunde, teilen Tisch und Bett miteinander und unterhalten sich den ganzen Tag über banale und politische Themen.«

»Mit einem Papagei kann man sich nicht wirklich unterhalten!«, widersprach Annelie.

»Ist ähnlich wie bei dieser App, würde ich meinen. Die wird von einem Anbieter extra für dich programmiert. Als Grundlage nutzen sie Chats aus deinem Handy und ähnliche Quellen. Wenn du jemanden zum Reden brauchst, rufst du das Programm auf und erzählst ihm von deinem Problem, deinem Erfolg, was auch immer. Und du bekommst eine auf dich und deine Gefühlswelt zugeschnittene Antwort. Wenn ich mich recht erinnere, heißt das Programm ›Reply‹. Englisch für Antwort.«

»Aber, das ist doch dann nicht mehr als ein virtuelles Kontaktspiel! Es gibt kein echtes Gegenüber! So ein Quatsch. Wahrscheinlich muss man für den Blödsinn auch noch bezahlen«, schäumte Annelie empört auf.

»Viele Gesprächspartner, die wir haben, sind letztlich virtuell. Und die meisten antworten uns nicht einmal. Du gehst regelmäßig zum Grab deines Mannes. Wenn du Schwierigkeiten hast, bittest du deinen Eckehard um Rat und Hilfe. Und? Hat er dir je eine Antwort gegeben?« Hildegard wartete einen Atemzug lang. »Oder ist es nicht eher so, dass er durch Schweigen kommuniziert? Du weißt nicht einmal, ob deine Nachricht zugestellt wurde. Bei diesem Chatprogramm bekommst du eine liebevolle Textnachricht, Mitgefühl bei Problemen, Verständnis bei Sorgen, Mitfreuen bei Erfolgen. Also, ich finde die Idee richtig gut.«

Nach einer langen Phase des Schweigens, in der Hildegard schon fürchtete, Annelie auf Dauer verärgert zu haben, meinte die Freundin unsicher: »Ich bete. Nicht regelmäßig.«

»Aber regelmäßig bei Problemen? Oder wenn es brenzlig wird?« Hildegard zwinkerte der anderen zu.

»Ja«, räumte Annelie ein. »Aber dann schon.«

»Und: Bekommst du eine Antwort?«

34

»Ah, da seid ihr ja. Ist viel näher für euch, wenn ich hier …«, freute sich Dr. Pankratz. »Ich dachte, ihr wolltet mir Frau Dreier schicken.«

»Sie befragt Zeugen. Also musst du nehmen, was kommt«, gab Nachtigall locker zurück.

»Tja, ihr seid ein bisschen zu spät. Wir sind schon so weit fertig. Sieht aus, als habe derselbe Täter, dieselbe Täterin diesen Mord begangen. Erst ein Stich in den Rücken, die sonderbaren Verletzungen am Bein und im Gesicht sollten uns auf eine falsche Fährte locken, das erkläre ich gleich. Nach dem Angriff ist das Opfer vom Rad oder mit dem Rad gestürzt. Danach zerrte man es ins Unterholz. Der Körper weist mehrere Einstiche auf, die ihr eindeutig im Liegen zugefügt wurden. Abwehrverletzungen beim Opfer finden sich nicht. Möglicherweise war es nach dem Sturz bewusstlos. Die Aufnahmen zeigen ähnlich verlaufende Stichkanäle wie beim ersten Opfer. Todesursache war, wie schon vermutet, hypovolämischer Schock. Es ist verblutet. Der Täter hat den Körper in die Bauchlage gedreht, dann die Stiche gesetzt – und die Verstümmelungen im Gesicht vorgenommen.«

Dabei wies der schlanke Rechtsmediziner mit dem blau behandschuhten Zeigefinger auf die entsprechenden Verletzungsspuren. Reckte Zeige- und Mittelfinger der rechten Hand hoch und simulierte das Einschieben der Finger in die Nase, führte dann eine ruckartige Bewegung nach oben aus.

Nachtigall ächzte laut. »Die Nase wurde abgerissen? Hat sie das etwa noch gespürt?« Der Rechtsmediziner blieb die Antwort schuldig.

»Und diese tiefen Kratzer am Bein?« Klapproth hatte wenig Probleme beim Umgang mit Leichen. Typischerweise hatte sie immer noch eine Frage, wenn Nachtigall längst gegen den fast übermächtigen Fluchtreflex ankämpfte.

»Ja, die sind nun wirklich interessant. Wir haben winzige Metallsplitter tief in den Kratzern gefunden. Tatsächlich gehen wir davon aus, dass man sie extra setzte, um den Ermittlungen einen Stempel aufzudrücken, der nicht passt. Es sollte so aussehen, als sei sie von einem wilden Tier angegriffen worden. In diesem Fall hoffte der Täter, wir würden auf einen Wolf tippen. Was für ein Bild: Wolfsschützerin wird von Wolf gerissen. Erster Mensch Opfer des Wolfs in Brandenburg. Aber es wurde wohl etwas benutzt, das ich als Gartengerät kenne. Drei Klauen an einem kurzen oder langen Stiel, zum Jäten und Durcharbeiten kleiner Flächen gedacht. Die Metallstückchen eben. Die Nase wurde ebenfalls damit abgerissen. Das beweisen die Verletzungen in diesem Bereich des Gesichts.«

»Wolf tötet Wolfsaktivistin. Kohlegegner wird von Bagger im Tagebau aufgeschaufelt und mit dem Müll aufs Band geworfen. Klingt nun wirklich nach demselben Täter.« Nachtigall schüttelte den Kopf. »Das kann doch nicht das Motiv für diese Morde sein!«

»Aktivisten stehen für eine klare Position, Patrick Stein tat es, Constanze Blum ebenfalls. Das Motiv könnte schlicht die Angst vor Veränderung sein«, überlegte Klapproth laut.

»Dann wären aber die vielen Einstiche, die anderen Verletzungen und Verstümmelungen nicht nötig gewesen.« Nachtigall war nicht überzeugt. »Wir sprechen von etwa zehn

Einstichen bei jedem Opfer. Die Organe wurden verfehlt, aber getötet haben sie die Opfer letztendlich schon.«

»Beide Opfer wurden nach der Tat vom eigentlichen Ort der Tötung an einen anderen verbracht, um deutlicher auf das Motiv hinzuweisen. Ein Täter, zwei Opfer.« Klapproths Stimme war fest.

Ihre Überzeugung kam ins Wanken, als Dr. Pankratz meinte: »Zwei Täter, zwei Opfer.«

»Ja, der Transport der Körper. Dazu brauchte man die Kraft von zwei Leuten.« Nachtigall wirkte beunruhigt. »Wir können nicht davon ausgehen, dass er fertig ist – oder?«

Dr. Pankratz schüttelte den Kopf. »Nein. Solange ihr nicht wisst, welches Motiv tatsächlich hinter diesen Inszenierungen steckt, sind weitere Opfer nicht auszuschließen.«

»Kommst du zur Besprechung?«, wollte Nachtigall vom Rechtsmediziner wissen.

»Ja. Wenn ich helfen kann …«

»Wir wissen, dass du immer für eine Überraschung gut bist«, murmelte Nachtigall. »Ich denke da an das Rattengift im Körper eines Erstochenen und ähnliche spektakuläre Erkenntnisse.«

»Nun, Rattengift habe ich nicht gefunden, aber der toxikologische Befund steht noch aus. Ich lass es euch nachher wissen!«

35

Als Silke die Adresse von Uli Braun ausfindig gemacht hatte und ihren Wagen abstellte, hatte sie keine großen Erwartungen an die Befragung.

Wahrscheinlich würde auch Uli nur von all den positiven Seiten des Opfers erzählen, von seiner unkomplizierten Art und all den anderen Vorzügen, von denen Silke wusste, dass bei ihr von all dem nicht die Rede sein würde, falls sie eines Tages …

Sie schüttelte den Gedanken ab.

Klingelte.

Die Gegensprechanlage knackte laut, zu verstehen war nichts.

Wieder ein Wohnblock in Sachsendorf, sie zählte die Klingelschilder ab.

»Polizei Cottbus«, brüllte sie in den Lautsprecher.

Der Summer lud sie ein, das Haus zu betreten.

Der Fahrstuhl in dem grauen schmutzigen Flur war kaputt.

Sportlich nahm Silke die erste Treppe in Angriff.

Herr Braun wartete geduldig in der Tür, bis die Ermittlerin zu Atem gekommen war. »Warum haben Sie nicht den Aufzug benutzt? Oder dürfen Polizisten das nicht, damit sie nicht während der Nachforschungen in einem brisanten Fall in einem finsteren Schacht stecken bleiben?«

»Kaputt«, keuchte Silke und zeigte dem Zeugen ihren Ausweis.

»Ach, das ist Quatsch. Das Schild hängen die Kinder manchmal unter den Knopf. Dann freuen sie sich, wenn jemand die Treppe hochkeucht, weil er nicht mal probeweise auf den Rufknopf gedrückt hat.«

»Aha, das ist ja sehr witzig!«

»Nun, die Kids nennen es pädagogisch. Sie argumentieren, dass man nicht früh genug ein gesundes Maß an Misstrauen gegenüber pseudooffiziellen Mitteilungen lernen kann.«

»Na, prima!« Silke versuchte gar nicht erst, ihren Ärger wegzulächeln. Hätte ohnehin nicht funktioniert, wusste sie.

»Kommen Sie rein. Möchten Sie vielleicht ein Glas Wasser?«, erkundigte sich Herr Braun zuvorkommend und führte die Ermittlerin in die Küche.

»Sie sind wegen Patrick Stein hier, nicht wahr?«, fragte er, während er ihr Mineralwasser einschenkte.

»Ja. Sie waren Parteifreunde. Und wir versuchen, uns ein Bild von Herrn Stein zu machen.«

»Ein Bild von ihm zu machen … aha. Wahrscheinlich haben Sie schon einige Leute gefragt. Und man hat ihn überall gelobt, nicht wahr?«

Silke nahm dankbar einen kräftigen Zug aus dem Glas. Nickte dabei.

»Nun, was soll ich dann hinzufügen?« Uli Braun öffnete die Arme zur Seite, signalisierte Ratlosigkeit.

»War er wirklich so? Kompetent, fürsorglich und so weiter?«

»Hat man nach Ihrem Geschmack zu dick aufgetragen? Sie sind misstrauisch geworden? Gute Kriminalpolizistin!«

Silke begann sich unwohl zu fühlen.

Wollte er sie auf den Arm nehmen oder lotete er aus, wie weit seine Kritik an einem Mordopfer gehen durfte? Sie stellte vorsichtshalber das Glas auf der Tischplatte ab. Möglich, dass es besser war, beide Arme frei zu haben.

»Dann erhellen Sie mich mit der Wahrheit.«

»Patrick Stein wurde hier im Osten geboren – und hatte die DDR immerhin noch erlebt. Wenn auch nur sehr kurz. Das unterscheidet ihn von manch anderem Politiker, der sich nur den Anschein gibt zu wissen, worüber er redet, wenn er von den Zuständen und Lebensrealitäten in diesem Staat spricht. Aber sonst? Patrick war es gewohnt, der Star zu sein. Er hatte die Ideen, er wusste Bescheid, er konnte die Welt aus den Angeln heben. Daneben war er ein perfekter Ehemann und Vater. Das hat man Ihnen erzählt. Die Wahrheit ist, dass er Vorschläge aufgegriffen hat, die andere längst formuliert hatten, sie als seine ausgab. Er hielt sein Gesicht in jede Kamera, während andere zusehen konnten, wie er ihre politischen Ziele für sich reklamierte. Für Frau und Kinder hatte er wenig Zeit. In der Regel ging er nicht ans Telefon, wenn die Familie anrief – und wenn doch, sorgte er dafür, dass alle in der Umgebung sein pseudoliebevolles Gesäusel mitbekamen. Nicht selten, dass er einen aus dem Büro gebeten hat, mit den Kindern zum Sport zu fahren oder für die durchaus zickige Ehefrau zum Geburtstag, Muttertag, Frauentag ein Geschenk zu besorgen. Selbst die Geburtstage der Mädchen vergaß er regelmäßig, musste von einer mitfühlenden Seele daran erinnert werden, damit die beiden nicht allzu enttäuscht sein würden. Zu Hause saß er vor dem Fernseher, hinter dem Computer, arbeitete am Laptop. Kino, Theater, andere Veranstaltungen? Nicht doch. Er war ein arroganter Keiler, der seine Zähne gern ins Fleisch anderer stieß. Unausstehlich!«

»Gab es einen speziellen Anlass für Ihren Zorn? Was ist zwischen Ihnen beiden vorgefallen?«

»Ach – vorgefallen! So ein großes Wort. Es ist seine Einstellung zum Leben gewesen, die mich aufregen konnte! Auf nichts war er vorbereitet, keine Bedrohung nahm er ernst – das Sein war für ihn selbstverständlich und natürlich niemals an irgendeiner Stelle wirklich bedroht.«

»Hat er mit Ihnen nie über Drohmails gesprochen? Er war sich sehr wohl darüber im Klaren, dass er manchen Menschen ein Dorn im Auge war.« Silke bemerkte, dass sie einen Gang rausnehmen musste. Es gab keinen Grund, das Opfer zu verteidigen, dazu wusste sie zu wenig über den jungen Mann.

»Ja, aber die hat er auch nicht ernst genommen! Für ihn waren sie Ausdruck einer Profilneurose der anderen. Er war weder auf einen Mordanschlag noch auf eine andere Katastrophe vorbereitet. Weder gedanklich noch in der Realität!«, empörte sich Uli Braun.

»Das verstehe ich nicht«, bekannte Silke unverblümt.

»Gut. Ich zeige Ihnen, was ich meine!« Der Hausherr stapfte vor Silke her zur Tür, trat in den Gang hinaus, bedeutete ihr zu folgen.

Er führte die Ermittlerin zu einem Grundstück in der Kleingartenanlage zwischen Autobahn und Einkaufscenter.

Eine Holzhütte gab es nicht, das Häuschen war aus Stein.

»Sehen Sie, es gibt unvorhersehbare Situationen – vorbereiten kann man sich aber dennoch. Zum Beispiel auf einen drohenden Blackout. Oder eine Seuche wie Corona. Oder einen kriegerischen Angriff – zum Beispiel mit Gas oder anderen luftverseuchenden Substanzen.« Er huschte um die Ecke der Laube, zeigte etwas atemlos vor Aufregung in einen finsteren Abgang am nicht von der Straße einsehbaren Teil des Gebäudes.

»Normalerweise decke ich den ab.« Uli Braun wies auf eine Holzplatte, die er begrünt hatte. Damit konnte er den Zugang zu einem Untergeschoss wirksam für menschliche

Augen verschwinden lassen.«Ich habe geahnt, dass jemand von der Polizei mich besuchen würde – und da habe ich schon mal alles freigelegt.«

Langsam stieg er dabei die Stufen in die Tiefe.

Silke verband ungute Erinnerungen mit Kellern. Einmal wäre sie bei einer Ermittlung beinahe in einem Keller getötet worden. Dennoch schlich sie dem fremden Mann nach, umklammerte fest ihr Handy in der Jackentasche.

Am Ende der Treppe fand sich eine überbreite Metalltür. Das Schloss: mehrfach gesichert.

Buchstabencode, danach Zahlenkombination und zum Schluss brauchte man einen Schlüssel, den der Hausherr an einer stabilen Edelstahlkette um den Hals trug.

»Abreißen kann den niemand. Eher trennt er mir den Kopf ab. Und selbst wenn mir jemand das Ding abnehmen würde. Meinen Sie, der wüsste, was das ist?«

»Nein«, räumte Silke Dreier ein.»Wie ein echter Schlüssel sieht es nicht aus.«

»Soll es ja auch nicht. Aber es funktioniert so wie bei Ihrer Wohnungstür. Ich stecke ihn in diesen Schlitz und die kleinen Vertiefungen passen exakt zu kleinen Erhöhungen. Ist alles deckungsgleich, kann ich die Tür öffnen.«

»Braucht das System hier nicht Strom? Wie kommen Sie rein, wenn der ausfällt?«

»Der fällt nicht aus«, widersprach Braun und warf der jungen Frau einen abschätzigen Blick zu.»Der wird generiert. Da drin steht ein Generator, der automatisch zündet und anläuft, wenn der Strom ausfällt. Ohne Zeitverzögerung. Neueste Technik.«

»Sie sind auf alle Eventualitäten vorbereitet.« Silke schwante, was sie unter dem Haus erwarten durfte.

Der Kerl war ein Prepper. Ganz sicher.

Als er endlich die Tür aufstieß, staunte Dreier. Die Luft, die ihr entgegenschlug, war weder abgestanden noch muffig.

»Frischluftzufuhr?«

»Logisch. Niemand mag in Mief wochenlang auf Hilfe warten. Natürlich gefiltert. Kein Staub, kein Krankheitserreger passt da durch. Falls uns einer mit Milzbrand einnebelt oder einen Virus auf uns abwirft. Natürlich muss in kurzen Abständen ausgetauscht werden – aber wir haben genügend Reservefilter, selbst für eine sehr lang anhaltende Luftbelastung.« Stolz schwang in Brauns Stimme, paarte sich mit einer gewissen Euphorie.

»Wir betreten die Anlage durch eine Schleuse. Die Außentür schließt und verriegelt automatisch, erst danach öffnet sich die Tür zum Inneren.«

»Aha.«

»Ich bin auf alles vorbereitet. Hier lagern Lebensmittel für etwa zehn Leute für drei Monate. Bei sparsamer Nutzung reichen sie für ein halbes Jahr. Natürlich muss turnusmäßig alles erneuert werden, Lebensmittel laufen schließlich ab.«

In langen Regalen eines Raumes lagerten Papiertaschentücher, Toilettenpapierrollen, Küchenpapier.

In einem anderen Raum sah Dreier Konservendosen, gestapelt an allen Wänden entlang vom Boden bis zur Decke. Im angrenzenden Raum Nudeln, Reis, Klöße.

»Man muss streng darauf achten, dass alles getrennt lagert. Die Reinigungsartikel stehen am anderen Ende des Ganges. Sonst schmeckt der Reis in der Bedrohungslage nach Duschgel oder Desinfektionsmittel. Mundschutz, Schutzkleidung, Atemgeräte habe ich natürlich auch. Ebenfalls einen kleinen OP-Bereich. Dort können wir Bagatellverletzungen behandeln. Knochenbrüche zum Beispiel oder Schnittwunden.«

»Haben Sie das alles Herrn Stein gezeigt?«, flüsterte Silke. Schockiert.

Braun interpretierte das allerdings ganz anders. »Tja, da sind Sie beeindruckt, was? Ja. Prepper sind auf alle Eventualitäten vorbereitet. Ein Bekannter von mir arbeitet im Katastrophenschutz. Ich weiß genau, worauf es ankommt. Ich habe Reinigungstabletten für verschmutztes Trinkwasser, das wird wieder trinkbar, Vitaminpräparate, falls das Ganze hier unten länger dauert. Meine Lampen schaffen 10.000 Lux, wenn wir das Gefühl von Tageslicht benötigen – Sie wissen schon, für die Stimmung. Und Patrick wusste davon. Aber das war mehr ein dummer Zufall, ich tratsche nicht rum, dass ich vorbereitet bin. Denn je mehr davon wissen, desto mehr drängen im Krisenfall herein.« Er griff mit einer geschmeidigen Bewegung unter ein Regalbrett. Zog eine handliche Pistole hervor.

»Und bevor es zu viele werden, muss man durchgreifen.« Er tat so, als ziele er auf jemanden am Eingang, der sich eindeutig unbefugt Zutritt verschaffen wollte. »Und pew pew!«

Er warf einen raschen Seitenblick auf die Besucherin. »Ich bin im Verein. Sportschütze. Jede Woche trainiere ich mehrere Stunden. Wenn ich im Ernstfall nicht mit der ersten Kugel treffe, ist das Ganze sinnlos.«

»Herr Stein teilte Ihre Begeisterung?«

»Nicht direkt. Er meinte, ich solle lieber auf die Unterstützung der Behörden vertrauen und nicht mehr Geld für solch einen Schwachsinn verpulvern. Verpulvern ist natürlich das falsche Wort. Ich investiere in meine Zukunft – und die von ein paar anderen. Natürlich kostet das Geld, aber das muss einem solch ein Projekt schon wert sein.«

»Mehrere Millionen? So im Lauf der Jahre?«, schätzte Silke.

»Na ja.« Braun wand sich geschmeichelt, lächelte pseudobescheiden. »Nein, so viel auch wieder nicht. Und wenn Sie möchten ... Also Sie würde ich noch auf die Liste nehmen.«

»Es gibt eine Liste?« Silkes Stimme entglitt, wurde erst schrill, dann heiser.

»Aber ja. Schon wegen der Reproduktion. Es könnte ja sein, dass es außerhalb meines Bunkers kaum noch andere gibt. Und wie wollen Sie sonst eine neue Gesellschaft aufbauen?«

»Ich muss los«, erklärte die Ermittlerin nach einem schnellen Blick auf ihre Uhr.

»Schade. Gesunde junge Frauen sind der Grundstock einer sich erneuernden Gesellschaft. Denken Sie darüber nach! Und Sie müssen sich noch die Schlafräume, Bäder und Toilettenanlagen ansehen, bevor Sie gehen!«

36

Eine Gruppe junger Menschen hatte vor der Stelle, an der Constanze überfallen wurde, einen Kranz abgelegt. Schweigend standen sie im Rund. Einige weinten. Manche laut, andere tonlos.

Dann begannen sie, Grablichter zu entzünden und um den Kranz herum zu drapieren.

Das Schniefen wurde lauter.

Das Profil der Schuhe knirschte über die Straße.

Klaus Bernstein trat vor. »Wir alle trauern um Constanze Blum. Sind empört über den Mord an dieser jungen Frau, deren Energie und Kreativität uns in Zukunft bei der Arbeit fehlen werden. Ihre Warmherzigkeit, ihre Toleranz, ihre Kompetenz – wir werden sie schmerzlich vermissen. Unsere Unterstützung muss der Polizei dabei helfen, den Täter zu fassen.«

»Wir wissen doch alle, wer das war«, rief Anita. »Einer von den Unbelehrbaren. Du warst doch auch dabei. Welcher von denen hat am lautesten gedroht?«

»Gedroht ist nicht getötet! Vorverurteilungen helfen niemandem.«

»Wenn wir nicht reagieren, wird das zu einem ungesühnten Präzedenzfall. Dann ist keiner von uns mehr sicher.« Heidelind war tief besorgt. Aber das gehörte zu ihrem Wesen, sie war eigentlich ständig wegen irgendetwas in Sorge. Also reagierte die Gruppe mit leisem Stöhnen.

»Ich denke nicht, dass wir uns alle ängstlich verkriechen müssen«, hielt Rako dagegen. »Eine Schere in unseren Köpfen würden sich die Wolfsschisser sicher wünschen!« Sein Blick funkelte über die Gesichter der Versammelten. Zusammen mit dem Schein der flackernden Kerzen ergab sich ein beinahe spiritueller Eindruck. »Wir müssen das Erbe von Constanze bewahren! Unsere Aktivitäten ausweiten, das sind wir ihr schuldig.«

Gesenkte Köpfe, zustimmendes Gemurmel, leises Weinen.

Bernstein schüttelte den Kopf. Kritisch. Verständnislos. »Wir wissen bisher nur, dass sie ermordet wurde. Mehr nicht.

Ich denke, die Polizei ist nicht viel weiter. Außerdem hatte Constanze viel mehr Probleme, die Wolfsgegner sind dabei nur eine kleine Gruppe.«

»Ach ja? Wer sollte wohl sonst noch was gegen sie gehabt haben?«

»Sie wurde auf offener Straße beschimpft, in der Straßenbahn blöd angemacht, im Kino setzten andere Besucher sich demonstrativ um. Alles nur wegen Christian! Die Menschen haben ihr vorgeworfen, sie schütze seine ›Abartigkeit‹, gebe ihm durch die Partnerschaft ein Alibi. Demnächst würde er sich an ihren Kindern vergreifen und daran trage sie allein die Schuld. Solche Typen wie Christian und die Frau, die ihn decke, gehörten an die Wand gestellt, hat neulich jemand auf einen Zettel geschrieben und in ihren Briefkasten gesteckt. Potenzielle Mörder gibt es also auch anderswo!«

»Ja. Es gibt auch einige Männer, die sie Christian ausspannen wollten. Natürlich vergeblich. Sie liebte ihn. Ist ja auch denkbar, dass da einer ausgerastet ist. Wenn du mich nicht willst, dann ist es besser, dich kriegt gar keiner als so einer.«

Schweigen senkte sich wie eine giftige Wolke über die Trauernden.

Es war anhaltend, belastend, was es implizierte, raubte manchem den Atem.

In die Dauerstille hinein fragte Klaus Bernstein wütend: »Wieso glotzt ihr eigentlich alle mich an?«

37

»Was haben wir?«, fragte Peter Nachtigall wie üblich in die Runde.

Dr. Pankratz hatte mit dem Team am Tisch Platz genommen und plötzlich schob sich auch Emile Couvier, Fachmann für operative Fallanalyse, in den Raum.

Maja Klapproth reagierte sofort verärgert. Körpersprachlich ließ sie alle Zügel fallen.

Nachtigall bemerkte Majas unterdrückten Zorn und begrüßte den Neuankömmling besonders freundlich: »Willkommen, Emile. Was verschafft uns die Gelegenheit, dich wieder im Team begrüßen zu dürfen?«

»Hallo in die Runde! Tja – bei euch werden Politiker und Aktivisten getötet. Wir möchten wissen, welches Motiv ihr seht und ob ihr einen Zusammenhang zwischen den Taten vermutet. Der Staatsschutz ist wegen des Angriffs auf das Parteibüro von Bündnis 90/Die Grünen an den Ergebnissen eurer Ermittlungen interessiert.«

»Wir wüssten gern, ob es einen Zusammenhang gibt. Das können wir nicht abschließend bewerten.« Klapproth, wie immer kalt und ablehnend. Verwandtschaftliche Beziehungen im Team waren ihr zuwider, da machte sie für Nachtigalls Schwiegersohn keine Ausnahme.

»Am besten sehen wir uns gemeinsam an, was ihr wisst, und vielleicht ergibt sich ein roter Faden.« Couvier platzierte sich auf dem freien Stuhl neben Dr. Pankratz.

»Wir wissen, dass der Täter ein Messer benutzt hat. Er lauert den Opfern auf. Der erste Stich geht in den Rücken.

Liegt das Opfer am Boden, verletzt er es mit weiteren Einstichen. Die Opfer verbluten. Nach dem Tod verbringt er die Leichen an einen bedeutungsaufgeladenen Ort und wartet darauf, dass wir sie finden.« Nachtigall notierte Stichpunkte am Flipchart.

»Genau«, ergänzte der Rechtsmediziner, »im Fall Constanze Blum war das Opfer noch am Leben, als es in die Kanzel gesetzt wurde. Die Leichenflecken beweisen das, auch wenn sie wegen des Blutverlusts nur sehr schwach ausgeprägt sind. In beiden Fällen wurde dieselbe Waffe verwandt. Es handelt sich um eine etwa 20 Zentimeter lange Klinge, beide Seiten glatt geschliffen. Sie ist mühelos in die Körper eingedrungen.«

»Im Fall von Patrick Stein konnte der Täter oder die Täterin nicht wissen, welche Strecke er nehmen würde. Dennoch sind sich die beiden begegnet. Wie hat das funktioniert?« Couvier bohrte den Finger in die offene Frage.

»Tatsächlich wissen wir das nicht. Seiner Frau war nicht bekannt, dass er überhaupt diese Strecke lief. Deshalb konnten wir ihn auch zunächst nicht finden. Wobei das Handy an einem der Wege lag, die Frau Stein uns genannt hatte. Schon das ist seltsam. Der Täter hat zwar die Smartwatch zerstört, denn sie sendet keine Daten mehr, doch die Positionsbeschreibung auf dem Handy nicht gelöscht. So fanden wir den Leichnam des Politikers.« Peddersen war schlecht gelaunt. »Er oder sie will uns an der Nase herumführen!« Er atmete tief durch. »Die Leiche Steins wurde im Tagebau entdeckt. In dem Bereich, den der Bagger abgraben muss, um in die Tiefe zu gelangen, in der Kohle abgebaut werden kann. Er wurde quasi mit dem Abraum abgebaggert. Allerdings haben wir keine Spuren gefunden, aber natürlich muss es welche geben – der Täter muss sein Opfer ja dort hingebracht haben! Und wir haben auch unter der Kanzel, in der die junge Aktivistin abgelegt wurde, akribisch nach Eindruckspuren gesucht. Nichts. Nicht einmal vom Fahrrad der jungen Frau. Es findet sich keine Bestätigung für die Annahme, der Körper sei mit dem Rad zur Kanzel geschoben worden. Aber wir bleiben dran.«

»Gibt es aus dem Umfeld der Opfer Personen, die als verdächtig gelten können?«, erkundigte sich Couvier.

»Die Ehefrau war überraschend gefasst. Von Anfang an. In der Nachbarschaft der Familie Stein wohnt Eric van Worten, Bruder des Opfers und Lyriker. Ein sonderbarer junger Mann, kontaktgestört, würde ich meinen. Sein bevorzugter Gesprächspartner ist Freddy, ein Graupapagei. Patrick Stein wird von den meisten in seinem Umfeld als korrekt und zuverlässig beschrieben, war den Aussagen zufolge ein liebevoller Vater und Ehemann«, fasste Maja knapp zusammen.

»Aber dazu gibt es auch andere Aussagen«, schaltete sich Silke ein. »Ich habe Freunde von ihm gesprochen, die meinen, er sei egoistisch gewesen. Einer von denen, Uli Braun, ist Prepper! Über den sollten wir die Kollegen informieren. In seinem Bunker lagern sogar Schusswaffen!«

»Sind Prepper nicht eher rechts?«

»Der jedenfalls war, egal ob links oder rechts, richtig unheimlich! Bei mir war eine Zeugin, die ein völlig anderes Bild entworfen hat. Demnach war Stein promiskuitiv. Und zwar so intensiv, dass es sich in Stadt und Umland rumgesprochen hatte. Ich habe ein Video, da sieht man eine Frau mit einem für eine Wahlkampfveranstaltung seltsamen Plakat.« Silke steckte den Stick in den Beamer und ließ das Video laufen.

»Patrick, ich will ein Kind von dir?«, staunte Dr. Pankratz. »Das passt prima zu dem Fund von quicklebendigen Spermien unter der Vorhaut der Leiche.«

Couvier sah überrascht auf. »Noch lebendig?«

Der Rechtsmediziner nickte.

»Und es hat funktioniert. Der Kinderwunsch ging in Erfüllung. Das Ganze flog auf, die Ehe geschieden. Also hätte dieser gehörnte Gatte ein Mordmotiv, allerdings sitzt er zurzeit in Haft. Er hatte versucht, die Gattin zu ermorden.« Silke schaltete ein zweites Video frei. »Hier sehen wir eine andere Frau, die ein ähnliches Plakat hochhält.« Sie startete den Schnelllauf. »Und hier steht sie wieder, bei einer anderen Veranstaltung etwa ein Jahr später.«

Alle starrten gebannt auf das Standbild.

»Danke? Es hat also erneut geklappt!«, hielt Couvier fest.

»Wissen wir schon, wer die Glückliche ist?«, fragte Klapproth.

»Nein. Dazu hatte ich noch keine Zeit. Aber mit Hilfe der Parteifreunde werde ich sie sicher finden.«

»Wir haben einen betrogenen Ehemann, der in Haft ist. Freigänger?«, hakte Nachtigall nach.

»Nein. Auch keinen Hafturlaub oder Arztbesuch. Er saß gestern brav in der Zelle, scheidet demnach aus.«

»Wie wollte er seine Frau denn töten?«, fragte Couvier interessiert nach.

»Er hatte ein Ferienhaus in Mecklenburg-Vorpommern gemietet. In der ersten Nacht schlug er sie nieder, fesselte sie und legte ihr die Schlinge um den Hals. In Bauchlage mit angewinkelten Beinen und der dort befestigten Schlinge um den Hals ließ er sie zurück. Durch die Ermüdung des Körpers, Schmerzen etc. würde sie Beine und Kopf senken, dachte er, und sich selbst strangulieren. Er wollte sie am nächsten Morgen auffinden. Doch mitten in der Nacht stöberte ihn die Polizei am Strand auf und nahm ihn fest. Ein neugieriger Nachbar hatte die Frau bei einem Blick durchs Fenster entdeckt.«

»Diese Fesselung war früher eine Foltermethode. Gern genutzt, um Informationen aus jemandem herauszupressen.« Dr. Pankratz sah in erstaunte Gesichter. »Es ist ein qualvolles Sterben, man zieht sich selbst die Schlinge zu.«

Schweigen senkte sich über den Tisch wie Pfeifenrauch.

»Eventuell ist seine Promiskuität ein Motiv. Neben den politischen Zielen, für die er steht. Wissen wir schon, ob er die Karriere eines Parteigenossen beschnitten hat? Wäre vielleicht ein Grund, ihn umzubringen.«

Nachtigall notierte am Flipchart mit.

»Und Constanze Blum?«

»Wir haben nur positive Aussagen über das Opfer. Klug, engagiert – Klaus Bernstein ist direkt in die Knie gegangen, als ich ihn über ihren Tod informiert habe. Ich denke, für ihn war sie mehr als eine Mitstreiterin für den Wolf. Er ist als Letzter am Drehpunkt losgefahren, glaubt er wenigstens, und wollte Constanze nach Hause bringen. Sie lehnte ab. Das sei das letzte Mal gewesen, dass er sie gesehen hat.«

»Er war verliebt in Constanze Blum?«

»Ja, ich hatte deutlich den Eindruck.«

»Sie war verheiratet, nicht wahr?«, hakte Couvier nach.

»Mit einem Christian Blum. Der arbeitet im Jobcenter in Cottbus. Aber privat tritt er in Bars und Clubs auf. Gemeinsam mit zwei Gleichgesinnten. Ein Dragqueentrio. So auch gestern. Als er zurückkam, war seine Frau noch nicht zu Hause. Das war nicht ungewöhnlich, sodass er sich keine Sorgen machte. Erst als sie morgens nicht zum Frühstück … und da kam er zu uns.«

»Hat er etwas über seine Beziehung erzählt?«

»Ja. Man habe sich hundertprozentig vertraut. Er hätte nie vermutet, sie könne ihn betrügen, und sie habe sich auch bei ihm keine Gedanken machen brauchen. Eine Ehe auf

Augenhöhe.« Maja wiegte den Kopf. »Aber ich glaube nicht, dass das stimmt.«

»Warum?«

»Ich denke, seine Frau musste sich viele Kommentare über die Dragqueen an ihrer Seite anhören.«

Nachtigall notierte auch diesen Punkt.

»Ich glaube nicht, dass einer allein die Leiche in die Kanzel setzen konnte. Es war schon schwierig genug, sie herunterzulassen. Ganz ehrlich, ich bin mehr und mehr davon überzeugt, dass es ein Mörderduo ist. Beim Abtransport der Leiche von Patrick Stein sehe ich nicht, wie einer allein das hätte bewerkstelligen sollen«, meinte der Rechtsmediziner entschieden.

»Also zwei? Ein Team? Zwei Menschen, die spurlos einen Toten zum geplanten Ablageort transportieren?«, fragte Nachtigall wenig überzeugt. »Wie?«

»Das müssen wir herausfinden.« Couvier nickte Nachtigall zu.

»Welches Motiv außer der Diskussion um den Wolf könnte beim Mord an Constanze Blum infrage kommen?«

»Vielleicht ergibt sich eines, wenn wir die allgemeine politische Auseinandersetzung zur Seite schieben. Jemand ist persönlich schwer getroffen worden und rächt sich an der Figur, die öffentlich für den Wolf eintritt.« Silke runzelte die Stirn. »Menschen wurden aber bisher nicht vom Wolf tödlich verletzt.«

»Dennoch: Wir überprüfen die Übergriffe und sehen, ob wir jemanden finden, der unter den Folgen eines Wolfsangriffs besonders gelitten hat. Ich weiß zum Beispiel aus Reportagen, wie sehr es Viehzüchter emotional belastet, wenn sie morgens auf die Weide kommen und die Herde regelrecht abgeschlachtet wurde.« Couvier notierte sich diesen Aspekt auf seiner To-do-Liste.

»Was wir haben: Ein Politiker, der gern läuft, wird beim Sport getötet. Welche Laufstrecke er wählen würde, war im Vorfeld niemandem bekannt. Und die Strecke, die er für jenen Tag wählte, war selbst für die Ehefrau gänzlich überraschend. Das ist ein wichtiger Punkt. Hat er die Strecke gewählt, weil ihn dort niemand vermuten würde? Möglicherweise war er mit seinem Mörder verabredet. Eine zufällige Begegnung am Rand einer neuen Laufstrecke mit jemandem, der, für den Fall, er könnte dich treffen, ein langes Messer bei sich trägt. Der erkennt seine Chance und sticht zu. Nicht nur einmal, sondern viele Male. Während das Opfer stirbt, erkennt der Täter, dass es eine Smartwatch trägt. Er zerstört das Teil, denkt aber nicht daran, dass die Laufstrecke vom Handy aufgezeichnet wird. Klingt nach weniger Unwägbarkeiten, wenn wir eine Verabredung annehmen. Hat die erste Auswertung seiner Handydaten Hinweise auf ein Date erbracht?«

Allgemeines Kopfschütteln.

»Seine Frau hat ständig versucht, ihn zu erreichen. Die Nummern von den Stunden davor sind Kundentelefone oder Kontakte aus seiner Parteiliste.« Silke zuckte mit den Schultern. »Aber natürlich könnte er sich an einem der Tage zuvor verabredet haben. Die Auswertung ist nicht abgeschlossen.«

»Diesen Punkt können wir also nicht abschließend klären. Der Täter ersticht sein Opfer. Zunächst nähert er sich von hinten, sticht zu, nichts passiert, er sticht erneut an dieselbe Stelle«, spann Couvier die Geschichte weiter. »Erst dann bemerkt Stein die Verletzung und versucht, sich abseits des Weges in Sicherheit zu bringen.«

»Gar nicht so unwahrscheinlich. Beim Laufen werden Endorphine freigesetzt. Er war vielleicht schon ein bisschen ›high‹, als der erste Angriff erfolgte, lief weiter, realisierte erst beim zweiten, dass er verletzt wurde. Das passt zur Spurenlage am Körper des Opfers. Er muss mit der Hand nach der Stelle getastet haben, die war blutig.«

»Aber ich höre doch, wenn einer hinter mir läuft«, wandte Peddersen ein.

»Nicht, wenn du über Innenohr-Stöpsel laut Musik ins Hirn dudelst«, widersprach der Rechtsmediziner.

»Das Opfer läuft ins Unterholz. Wahrscheinlich schockiert, ratlos. Stürzt. Der Täter sticht erneut zu. Das Opfer dreht sich selbst auf den Rücken, will sehen, wer ihn da attackiert, wird ein ums andere Mal mit der scharfen Klinge angegriffen. Denkbar wäre auch, dass der Täter sein Opfer umdrehte, damit es ihm ins Gesicht sehen musste, während er angriff. Oder er wollte den Anblick auskosten, wenn Stein zuckte, vielleicht gar wimmerte. Für nennenswerte Gegenwehr gibt es keinen Anhalt.«

»Wir haben es mit einem Sadisten zu tun? Oder eher einem Rächer? Ich denke, dass Stein gar nicht fassen konnte, was ihm widerfuhr. Es gibt praktisch keine Abwehrspuren.«

»Was macht der Täter dann? Der Tote liegt abseits des Weges. Möglicherweise tarnt er den Körper mit einem größeren Ast. Er nimmt ihm die Uhr und das Handy ab. Die In-Ear-Headsets wirft er weg.«

»Ja, die wurden gefunden«, bestätigte Peddersen.

»Die Uhr zerstört er direkt am Tatort. Das wissen wir, weil das Bluetoothsignal danach nicht mehr empfangen werden kann. Das Handy nimmt der Angreifer mit und drapiert es an einer der üblichen Laufstrecken des Opfers, wo es von den Kollegen, wie vom Täter geplant, asserviert wird. Warum tut der Täter das? Weil er zum Beispiel Zeit gewinnen muss, um seinen Mittäter zu aktivieren, damit der Körper abtransportiert und wirkungsgerecht platziert werden kann. Das geht nur, wenn die Polizei mit einem anderen Ort beschäftigt ist. Deshalb lockte euch das Handy weit weg vom eigentlichen Tatort.«

Nachtigall war unzufrieden. »Wie hat er das Auffinden so planen können?«

»Wir wissen nicht, ob er wirklich wollte, dass Patrick Stein am nächsten Morgen gefunden wird. Aber wir nehmen es an, denn so konnte der Täter die zweite Tat in der Nähe von Casel direkt danach umsetzen. Constanze Blum hat nicht jeden Tag solch eine Veranstaltung janz weit draußen. Möglich, dass sie noch am Leben wäre, wenn Stein nicht so schnell entdeckt worden wäre.«

»Wir haben alles und nichts! Einen potenziell untreuen Ehemann, dessen Frau zur Tatzeit Hausaufgaben mit den Kindern gemacht hat. Eine Frau aus einer wohl glücklichen Beziehung, deren Gatte ebenfalls für die Tatzeit ein Alibi hat. Drumherum gibt es viele sonderbare Typen, die gar kein Motiv haben!«

»Nun, es ist eben nicht immer der Ehepartner, der den anderen umbringt. Dann hätten wir ja nichts mehr zu ermitteln, müssten nur noch zum Abholen des Täters vorbeikommen«, stellte Klapproth klar und orakelte düster: »Der dritte Mord wird uns den Weg weisen.«

»Du meinst ...?«

»Ja. Kohle und Wolf. Welches Thema ist noch brisant?«, fragte Klapproth.

»Tempolimit. Migration. Grenzsicherung. Biber.« Silke überlegte laut. »Organspende. Verockerung der Spree. Tourismus.«

»Aber Kohleausstieg und Wolf sind die präsentesten?«
»Ja, ich denke schon.«

»Bei beiden Morden ist der Täter ein hohes Entdeckungsrisiko eingegangen. Und er wusste, dass sein Opfer mit dem Rad unterwegs sein würde, diesmal kannte er die Strecke, an der er seine Chance bekäme. Die Annahme, der Angreifer war froh, ihr begegnet zu sein, weil er gerade eine Art Harke und sein langes Messer in der Tasche hat, erscheint auch in diesem Fall unwahrscheinlich. Nicht ausgeschlossen, wie wir es auch beim Mord an Stein nicht einfach streichen können. Aber beim zweiten Mord musste die Frau zu Fall gebracht werden. Der Täter verletzt sie mit dem Werkzeug. Constanze Blum spürt den Schmerz, steigt ab – oder wird mit dem Rad umgestoßen. Sie erkennt die Brisanz der Situation und versucht zu fliehen. Der Angreifer setzt nach, sticht zu. Viele Male. Auch hier das, was wir Übertöten nennen. Deutlich mehr Stiche in die Körper der Opfer, als für einen schlichten Mord notwendig gewesen wären. Diesmal lädt er Opfer und Rad ein, wählt einen passenden Präsentationsort. Vielleicht findet sich ein Handy, das an beiden Orten zur Tatzeit erfasst wurde.«

»Warum diese beiden?«, überlegte Klapproth laut.

»Vielleicht war es einer der Wolfsgegner. Die haben wahrscheinlich alle gewusst, dass Constanze Blum mit dem Rad kommen, welchen Weg nach Hause sie wählen würde. Dann könnte das erste Opfer Tarnung für das zweite sein.«

»Eine sehr aufwendige Tarnung. Aber ausschließen können wir nichts.« Klapproth zwinkerte der Kollegin zu.

Nachtigall begann, die Aufgaben zu verteilen.

»Silke, sprich bitte mit dieser Frau vom Video. Wie ist die Kontaktaufnahme konkret abgelaufen? Wo haben sich die beiden getroffen, wer könnte davon gewusst haben? Und wir brauchen die Identität der anderen mit dem Danke-Schild. Wurde sie wirklich schwanger und hat ein Kind von Patrick Stein? Wenn es stimmt: Wer weiß davon? Zum Beispiel Doreen Stein?«

Silke nickte.

»Maja und ich befragen die beiden Partner von Christian Blum. Vielleicht hatten die einen anderen Eindruck von der ehelichen Beziehung als den, der uns bisher angeboten wurde. Und wir suchen weiter nach einer Verbindung zwischen den Opfern.«

»Ich werde mir die Tatortberichte kommen lassen, gegenenfalls hinfahren. Vielleicht ergibt sich ein neuer Aspekt.«

Emile Couvier fotografierte das Flipchart mit dem Handy. »Nur, damit ich nichts aus dem Blick verliere. Aber ein paar Dinge sind deutlich. Der Täter muss seinen Wagen in der Nähe geparkt haben. Er wusste ja, dass er die Leiche Steins zum Tagebau transportieren will. Auch bei dem Überfall auf Frau Blum kam der Täter mit einem Auto. Der Körper der Frau und das Fahrrad haben darin Platz gefunden. Er hat einen Führerschein. Er parkte den Wagen, lauerte an der Strecke auf Stein und überfiel ihn, brachte ihn zu Boden und stach auf ihn ein. Danach wartete er. Vielleicht nicht direkt bei Stein. So hätte er bei einer Entdeckung der Leiche als zufälliger Passant erscheinen können. Danach kam der Helfer ins Spiel. Entweder zu einem fest vereinbarten Zeitpunkt oder aufgrund einer Nachricht des Täters. Wir sollten uns einen Überblick über die Fahrzeuge der einzelnen Halter in diesem Fall verschaffen.«

38

Der kleine Raum war gut gefüllt.

Der Leiter des Workshops überprüfte die Liste der Anmeldungen, sah auf, zählte die Köpfe.

»Nanu, zwei fehlen.«

»Silvio ist erkältet. Ziemlich schlimm, er hat mit mir telefoniert.«

»Patrick hat vielleicht ein Date«, warf ein anderer ein, und die Gruppe lachte anzüglich. »Dann ist der Besuch hier glasklar obsolet für ihn.«

Der Leiter des Workshops grinste. »Na, dann. Fangen wir an. Ein guter Picker wird man nicht im Schlaf!«

Die ersten Folien erschienen an der Projektionswand.

»Das Auftreten hängt natürlich von Zielobjekt, Zeit und Anlass des Abends ab. Aber es ist klar, dass Frauen, die dort anzutreffen sind, auf euch warten. Sonst wären sie nicht auf dieser Party, bei dieser Ausstellungseröffnung, bei diesem Fest für einen Langweiler, in dieser Disco. Klar, man kann auch eine Partnervermittlung beauftragen – aber das persönliche Zusammentreffen ist durch nichts zu ersetzen. Und, nur um mit einem weitverbreiteten Vorurteil aufzuräumen: Softies sind keine erfolgreichen Picker! Die Frau im Allgemeinen steht auf einen aggressiv legeren Typ, der deutlich signalisiert, er wisse, was er wolle und dass er es bekommt. Wenn du zweifelst, hast du schon schlechte Karten, vielleicht nimmt dich noch eine aus Mitleid mit. Aber das ist nicht das Ziel! Ihr wollt eure Beute selbstbewusst über der Schulter nach Hause tragen – und genau das will frau auch. Klar, zugeben würde sie es nie, dazu ist frau zu stolz – und doch, sie will den ganzen Kerl. Deshalb ist selbstbewusstes Auftreten entscheidend. Das bedeutet für jeden von euch: Im Vorfeld muss schon alles gebahnt sein. Der Anzug ist gereinigt und gebügelt, das Hemd gestärkt. Krawatte braucht ihr nicht, ihr tragt die Knöpfe offen, präsentiert eine haarlose, makellose Brust. Schmuck? Nein. Wenn sie auf so was steht, könnt ihr beim nächsten Treffen Goldkettchen tragen. Sportwatch von einer angesagten Marke. Natürlich ist euer Gesicht überarbeitet. Ihr verwendet in Zukunft eine getönte Tagespflege, Augenbrauenstift, Kajal und Wimperntusche. Aber zurückhaltend und so, dass eure animalische Männlichkeit unterstrichen wird. Metrosexueller Touch macht viele Frauen unwiderstehlich an. Guckt mal, wie das aussehen kann.«

In logischer Folge liefen die Folien durch.

Der sich darstellende Typ sah wie ein sehr teures und erfolgreiches Model aus. Die pechschwarzen, dicken Haare fielen mit Schwung zur Seite. Gepflegte Hände, polierte Nägel.

Der ein oder andere Teilnehmer warf einen schnellen, schuldbewussten Blick auf die eigenen Finger.

Der Kursleiter wusste natürlich, dass er an diesem Punkt unterbrechen musste, um die Teilnehmer nicht völlig zu entmutigen.

»Sicher, harte Arbeit hinterlässt ihre Spuren an Händen und Gesicht. Wichtig ist, dass alles sauber und gepflegt rüberkommt – Frauen stehen auf Macher! Da darf auch schon mal eine Schwiele vom Schraubendreher zu sehen sein. Aber Verfärbungen durch Öl oder Farbe sind tabu. Mit Bimsstein könnt ihr daran arbeiten. Oder ihr gewöhnt euch an, bei der Arbeit Handschuhe zu tragen. Das tun Frauen auch. Dann gilt: Kopf hoch, Rücken gerade, Brustkorb raus.

Wenn ihr zur Tür reinkommt, muss gleich jedem im Raum bewusst werden, dass ihr ein besonderer Gast oder Kunde seid. Der Blick, mit dem ihr über die anderen schweift, hat etwas Abschätziges. Ihr seid der Gast des Abends. Frauen lieben Männer, die Macht ausstrahlen. Wenn ihr mit einer Frau sprecht, muss sie hören können, dass Widerspruch oder gar Gegenwehr keine Option ist, ihr es schlicht nicht kennt, dass euer Wunsch nicht sofort umgesetzt wird. Sie unterwerfen sich gern, besonders gern einem autoritären Beau. So kriegt ihr jede dazu, euch zu begleiten.«

Die Teilnehmer hielten die Luft an, als das abgespielte Video ihnen den Beweis für die Worte des Leiters lieferte. Ein drahtiger Adonis, schwarzer Anzug, Sakko offen, Hemd bis zum Sternum nicht zugeknöpft, mit dem Blick von James Bond. Ein echter Pick-up Artist. Das erkannte man auf den ersten Blick. Nach wenigen Minuten scharten sich die Frauen um ihn, während die anderen Männer in kleinen Gruppen zusammenstanden und nicht zu begreifen schienen, was vor sich ging. Der Adonis wurde gezeigt, hatte die freie Auswahl, konnte kriegen, welche er immer wollte.

Neiderfülltes Stöhnen im Raum.

»So einfach geht das? Wirklich? Also bei mir hat das mit dem offenen Hemd noch nie geholfen.«

»Das liegt an deiner Hühnerbrust darunter. Guck mal, was der Typ für Brustmuskeln hat!«

»Haarlos.«

»Rasiert.«

»Ne, glaub ich nicht. Stoppeln pieksen. Das mögen Frauen nicht.«

»Er rasiert sich täglich. Nach einiger Zeit wird alles weich. Ist bei Frauen auch so. Nassrasierer, unter der Dusche, jeden Morgen.« Einer der Teilnehmer kannte sich offensichtlich aus.

»Glänzend. Ist der eingecremt?«

»Klar, das ist er, geölt.« Man hörte deutlich, dass dem Rufer diese Prozedur der Körperpflege nicht alltäglich war. Er schüttelte sich förmlich.

»Gut, das ist euer Rüstzeug. Von mir bekommt ihr einen Arbeitsplan mit speziellem Workout für Brust und Arme. Bis zum nächsten Termin arbeitet ihr an Outfit und Pflege. Wer einen Dreitagebart tragen möchte, kann das natürlich tun. Manche Frauen stehen drauf. Aber gepflegt muss er sein. Guckt euch im Internet um, bei den Schauspielern zum Beispiel. Da findet ihr viel Anschauungsmaterial dazu. Und natürlich braucht ihr einen Duft. Aber nicht aus dem Supermarkt! Und ich möchte, dass sich jeder von euch einen Eröffnungssatz überlegt. Kommt mir nicht mit dem, der bei euch schon seit Jahren nicht funktioniert hat.« Er gab einen kleinen Stapel Papier durch. »Habt ihr eure Handys dabei? Gut. Ich schicke euch ein Foto. Da wollt ihr hin! Guckt es euch täglich mehrfach an, vergleicht es mit eurem Spiegelbild – und dann arbeitet an euch. Der nächste Termin ist ein Abendtermin. Wir wollen gleich im Anschluss an den Workshop ausprobieren, welche Fortschritte ihr gemacht habt. Dazu besuchen wir eine Singlebar.«

Erwartungsvoll zustimmendes Raunen.

»So, die Hausaufgaben sind klar. Wir sehen uns in 14 Tagen wieder. Ihr tragt zu diesem Termin euer neues Aufreißeroutfit, die Hände und Nägel sind überarbeitet, und beim Friseur wart ihr auch. Übt den Blick, der Frauen signalisiert, sie haben es mit einem Typen zu tun, der weiß, was er will, und es auch immer bekommt.«

39

Eric hatte sie beim dritten Versuch eingelassen.

Freddy war nicht damit einverstanden gewesen, aber fügte sich unter anhaltendem Protest, als Eric für Viktoria das Rollo hochzog.

Wie ein Wirbelwind enterte sie sein Esszimmer, ihre weite Jacke wehte wie Flügel zu den Seiten auf.

»Also: Hast du das gewusst, oder nicht?«, fragte sie laut und unfreundlich, ohne Zeit mit Begrüßungsritualen zu verschwenden. »Hast du?«

Ihr Sohn druckste herum, blieb eine klare Aussage schuldig.

»Hör auf damit! Das war schon immer deine Masche! Ich will eine eindeutige Antwort von dir!«

»Wissen? Was ist schon Wissen?«

Viktoria machte eine ruckartige Bewegung mit dem rechten Arm, und für einen Augenblick sah es so aus, als wolle sie Eric kräftig ohrfeigen. Der junge Mann duckte sich hinter einen der Stühle.

»Ich denke, es ist besser, du gehst wieder!«, erklärte er mit zitternden Knien, von denen die Mutter nichts wissen konnte.

Sie zeigte sich immerhin leicht beeindruckt. »Aha, Heldenmut. Ganz was Neues. Wenn du nicht erklären kannst, was dein Bruder dort wollte, komme ich jeden Tag bei dir vorbei und frage dich danach«, zischte sie unheilvoll. »Und ab dem dritten Besuch gröle ich es laut durch deinen Garten.«

»Tu das. Ist mir egal. Nur für deine Schwiegertochter und die Mädchen ist es schlimm, wenn du sein Andenken in den Dreck trittst.« Freddy warf Eric einen anerkennenden Blick zu.

»Ich will jetzt sofort wissen, was er in einem solchen Seminar wollte!«

»Was wohl? Ein Pick-up-Seminar erklärt Männern, wie sie Frauen anmachen müssen. Was sonst? Die Picker erfahren, wie man Frauen rumkriegt. Patrick bekam lauter Sexangebote von Frauen in unbefriedigenden Beziehungen – aber er wollte gern auch mal selbst der Aufreißer sein, eine abschleppen, die harten, wilden Sex wollte und nicht nur Hausfrauenamüsement. Er träumte sogar davon. Sex am Rand einer Klippe, den Tod beim Orgasmus quasi vor Augen. Deshalb ging er hin. Und die lernen da krudes Zeug. Nie und nimmer fallen Frauen auf so was rein. Ich persönlich bin davon überzeugt, dass es diese Kursteilnehmer mehrheitlich zu unfreiwilligen Singles und Zölibatisten macht, weil man heute mit der Masche nichts mehr erreichen kann. Aber wer weiß? Ich kenne mich auf diesem Feld nicht aus – wie du schon seit Jahrzehnten verdrängst!«

Über Viktorias Gesicht zog Ekel wie ein leuchtend grünes Band.

»Ja, genau. Schwul. Deswegen brauche ich das nicht. In diesem Leben wirst du nicht mehr darüber hinwegkommen. Vielleicht bekommst du im nächsten eine neue Chance dazu. Und jetzt gehst du besser. Sonst lass ich dich von der Polizei wegräumen.«

»Dein Bruder war verheirateter Familienvater!«

»Und? Als ob dich das je abgehalten hätte – du warst auch verheiratet! Und mit den anderen konnte es dir nie wild genug sein, da ist der Apfel nicht weit vom mütterlichen Schoß weggerollt. Raus!« Eric griff nach seinem Handy. »Oder ich rufe die Polizei. Kein Scherz!«

40

»Guten Abend, Frau Stein. Es tut uns leid, Sie stören zu müssen«, begann Nachtigall, und Klapproth ergänzte: »Aber es haben sich einige dringende Fragen ergeben.«

»Ich wüsste nicht, was Sie noch interessieren könnte. Sie wissen um seinen Job, sein politisches Engagement. Mehr gibt es nicht zu sagen.«

»Das sehen wir anders.« Klapproth trat energisch einen Schritt vor und nötigte die Witwe, zur Seite zu treten. Sie drängte sich vorbei in den Flur.

»Hören Sie, das geht zu weit!«, beschwerte sich Doreen. Vergeblich.

»Wir haben ein Video. Und wir möchten, dass Sie es sich ansehen.« Klapproth startete die Wiedergabe und hielt ihr Mobiltelefon so, dass die andere alles gut erkennen konnte.

»Patrick, ich möchte ein Kind von dir? Wer ist diese Person?«

»Die Aufnahme wurde während einer Wahlkampfveranstaltung gemacht. Diese Frau stand im Publikum. Und es gibt ein weiteres Video mit ähnlichem Inhalt.« Nachtigalls Stimme war wie eine beruhigende Salbe auf einem juckenden Ekzem. Frau Stein entspannte sich sichtbar, die Hektik wich aus ihren Bewegungen.

Klapproth startete derweil die zweite Aufzeichnung.

»Diese Frau kenne ich nicht. Mein Mann war gut aussehend. Nicht ganz schlank, nicht wirklich durchtrainiert, aber den meisten Frauen gefiel er gut. Mehr war da nicht.

Er war treu, liebte seine Töchter und seine Frau – er hatte auch nicht den geringsten Grund fremdzugehen.«

»Brauchen Männer einen Grund, um fremdzugehen?«, gnadenlos hakte Klapproth nach.

»Denken Sie nicht, dass das so ist? Eine sexuell unerfüllte Beziehung? Eine grundsätzliche Unverträglichkeit der Charaktere, die man in der gesamten Untiefe erst nach der Hochzeit bemerkt hat?«

»Nein, das denke ich nicht. Manche Männer brauchen solche Beziehungshürden gar nicht. Bei Frauen verhält es sich durchaus ähnlich.«

Nachtigall sah ratlos von der einen zur anderen.

»Diese Diskussion bringt uns nicht weiter. Untreue kommt bei allen Geschlechtern und in allen denkbar möglichen Beziehungskonstellationen vor. Sie meinen also, Ihr Mann sei für derartige Einladungen nicht anfällig gewesen. Das erklärt allerdings nicht das ›Danke‹ auf dem letzten Video.«

»Ja, richtig. Das bezog sich doch möglicherweise auf etwas vollkommen anderes! Vielleicht hat er einen Nachbarschaftsstreit geschlichtet, so was konnte er gut. Dabei ging es häufig um Tierwanderungen durch Gärten und solche Dinge. Einmal um Eidechsen und Schlangen auf einem Grund, der bebaut werden sollte. Er fand für solche Probleme immer eine Lösung.«

»Und deshalb will sie erst ein Kind von ihm? Sehr unwahrscheinlich. Sollte ich je in die Verlegenheit kommen, irgendwo bauen zu wollen, würde ich nicht erst darum bitten, geschwängert zu werden, bevor ich auf die Eidechsen zu sprechen komme.« Klapproth funkelte die Witwe an.

»Mein Mann wurde ermordet – und Sie versuchen, ihm etwas zu unterstellen!«

»Wir suchen nach einem Motiv, Frau Stein. Und ein eifersüchtiger Ehemann könnte meinen, er habe eins. Ebenso wie eine eifersüchtige Ehefrau.«

Draußen am Auto meinte Nachtigall: »Wenn wir schon hier sind, könnten wir auch bei Eric van Worten nachfragen.«
»Gespräche unter Männern? Über Eroberungen oder Frauen, die geschwängert werden wollen?«
»Könnte doch sein. Mit wem unterhältst du dich über solch brisante Dinge?«
»Okay. Mit Fabian. Aber nicht über alle. Und logischerweise nicht über Sex.«
»Es bleiben immer ein paar Dinge, die man nur mit sich selbst ausmachen kann«, beendete Nachtigall das Gespräch und wandte sich zum Haus des Bruders um.
Klapproth ging langsam hinterher.
Wusste natürlich, was der Kollege gemeint hatte.
Und gestand sich ein, dass sie mit Fabian ganz sicher nicht über ihre Angst vor dem Tod sprechen würde.

Eric schien genervt.
»Sie schon wieder! Wie viele Geheimnisse vermuten Sie bei mir?«
»Bei Ihnen waren zumindest die von Patrick gut aufgehoben.«
»Nun, ich habe Freddy. Und Patrick konnte sich ja nicht an irgendwen wenden, wenn er sein Problem nicht auf der Titelseite einer Zeitung finden wollte.«
»Zu diesem Schluss sind auch wir gekommen. Und an wen wird er sich wenden? An seinen Bruder! Zwei Häuser von seiner eigenen Haustür entfernt – praktisch. Und

niemand konnte etwas hineingeheimnissen, wenn er seinen Bruder besuchte.«

»Ja. Es ist normal.«

»Und nun wüssten wir gern, ob Sie diese Frau kennen.« Klapproth rief erneut das Video auf.

Eric sah es sich konzentriert an.

Auch den zweiten Teil.

»Heute ist nicht mein Tag«, stellte er dann trocken fest.

»Ach?« Nachtigall gelang es, dieses eine Wort wie eine ganze Geschichte klingen zu lassen.

»Meine Mutter war kurz vor Ihnen hier. Ich musste sie reinlassen, sie drohte, die Nachbarschaft in Familienangelegenheiten zu verwickeln. Sie wollte sich in den Garten stellen und Geheimnisse in die Gegend plärren, wie sie sich ausdrückte. So blieb mir keine Wahl, ich ließ sie rein. Trotz ihrer Ablehnung fühle ich eine gewisse Verantwortung Patricks Familie gegenüber. Und nun stehen Sie hier und wollen sich mit mir im Grunde über dasselbe Problem unterhalten, schätze ich.« Er seufzte, strich dem Papagei auf seiner Schulter zärtlich über das Gefieder. Freddy schien das zu genießen. Er kuschelte sich in Hand, machte sich lang und knabberte liebevoll am Daumenballen.

»Um welches Problem ging es bei dem Gespräch mit Ihrer Mutter?«

»Eheliche Treue im weitesten Sinn. Sie wollen doch auch wissen, ob er mit dieser Frau ›was hatte‹, ihr vielleicht sogar ein Kind gezeugt hat. Das haben Sie jedenfalls mit den beiden Videos impliziert.«

»Hatte er nebeneheliche Verhältnisse?« Klapproth brachte es auf den Punkt.

Eric wand sich.

Von den Füßen bis in die Haarspitzen.

Freddy balancierte sich elegant auf der Schulter aus.
Klapproth war fasziniert.
Der Zeuge entrang sich mit Mühe ein: »Ich glaube, so kann man das gar nicht bezeichnen.«

»Nein? Hat er mit anderen Frauen geschlafen?«, präzisierte Klapproth, um eventuelle Verständnishürden auszuräumen.

»Auch das nicht wirklich.«

»Herr van Worten!«, polterte Nachtigall, brachte sein ganzes Gewicht und seine Größe ein. »Nun ist es aber genug! Ihr Bruder wurde ermordet, ich hoffe, Sie haben das nicht gänzlich aus dem Blick verloren! Uns geht es nicht um voyeuristische Details. Wir suchen einen Mörder!«

»Ich denke, das ist klar genug!« Eric holte tief Luft. Atmete geräuschvoll aus. »Patrick hat mit Doreen zwei Mädchen. Insgeheim träumte er jedoch von einem Sohn. Doreen war zu einer weiteren Schwangerschaft nicht zu überreden. Sie würden nicht glauben, wie viele Frauen da draußen unbedingt schwanger werden wollen. Problem: Mit dem eigenen Gatten klappt es nicht.«

»Typischer Fall für ›change the cock‹?« Klapproth kannte sich offensichtlich aus.

»Ja, genau.«

»Soll das heißen, Ihr Bruder hat eine private Samenbank betrieben?«, hakte Nachtigall ungläubig nach.

»Na ja, das ist zu hoch gegriffen. Es war keine Bank – nur ein gefülltes Kondom. Das übergab er sozusagen als Spende an die Frau. Das Ganze lief ziemlich unspektakulär. Sie mietete ein Hotelzimmer, er bekam die Zimmernummer als Nachricht auf sein Handy, fuhr hin, ging ins Bad, füllte das Kondom, übergab es an die Wartende und ging. Er war nicht dabei, wenn das Sperma platziert wurde. Geld floss auch nicht. Ursprünglich wollte er sich mit den Frauen in einer Wohnung treffen, die er gemietet hatte. Aber den Plan habe ich ihm ausgeredet, Nachbarn werden schnell zu Mitwissern. Es gab einen Vertrag – weder die Frau noch das Kind konnten Ansprüche an ihn geltend machen. Er allerdings auch nicht, was Kontakt zu seinem Kind oder dergleichen anging. Keine Kontaktaufnahme, keine Einmischung. Es gab ja eine bestehende Ehe. Die Frauen wollten die nicht gefährden, sondern retten.«

»Das heißt, es gibt möglicherweise Dutzende Kinder von Ihrem Bruder?«

»Ja, vielleicht. Soweit ich weiß, hat er einige Söhne. War ihm wichtig. Er hat immer gesagt, wir mussten es ausbaden Jungs zu sein. Unsere Mutter hasste uns dafür. Aber er würde dafür sorgen, dass das Erbe über Generationen weitergegeben würde, über seine Söhne, die beweisen würden, dass es ein tolles Gefühl sein konnte, Junge zu sein! Glückliche Söhne. Das war sein Ziel. Man könnte es auch eine gewaltige psychische Macke nennen. Wir haben beide unseren Schaden abgekriegt. Life is not easy. Das Ganze lief über Mundpropaganda. Unzählige Treffen dieser Spendenübergaben wird es nicht gegeben haben.«

»Frau Stein weiß nichts davon und ahnt auch nichts?«

»Nein. Wie denn? Es gab ja keine Beziehung zu den Frauen. Nennen Sie es einfach soziales Engagement.« Eric rieb seine Stirn an Freddy. Das Thema war ihm unangenehm, und Freddy schien zu spüren, dass die Stimmung keineswegs positiv bewertet werden konnte.

41

Silke saß einer gut aussehenden Frau Ende 30 gegenüber.
Sehr weibliche Maße.

Um den Hals hatte die Besucherin einen voluminösen Schal mit buntem Muster gewickelt, der farblich exakt zum Blazer passte. Wahrscheinlich hat sie viele davon, überlegte Dreier, wenn ich eine große Narbe verbergen möchte, verfüge ich sicher über einen Fundus.

»Wie haben Sie den Kontakt zu Herrn Stein angebahnt?«, wollte sie von der Zeugin wissen.

»Das haben Sie doch auf dem Video gesehen. Eine Freundin hatte mir den Tipp gegeben, es hat geklappt. Ohne Körperkontakt. Er wollte seine Frau ja nicht betrügen. Und ich gab den Tipp auch weiter.« Die Stimme der Frau war angenehm, weich wie schwerer Samt.

»Aber Ihrem Mann ist das mit der Schwangerschaft seltsam vorgekommen?«

»Ja, logisch. Ich dachte all die Jahre, es läge an mir, dass es mit der Schwangerschaft nicht klappen wollte. Mein Mann suggerierte mir, er wolle unbedingt ein Kind. Erst eine Freundin stieß mich drauf, dass die Ursache der Kinderlosigkeit auch bei ihm zu finden sein könne. Faule Spermien zum Beispiel. Bei ihrem Mann sei das auch so. Ich konnte ja nicht ahnen, dass er schlicht zeugungsunfähig war. Und das auch noch wusste! Mumps. Da kam meine Schwangerschaft für ihn ganz klar überraschend!«

Sie nahm den Schal ab.

Eine Narbe verlief etwa zwei Zentimeter breit quer über den Hals.

Das Seil musste sich förmlich in das Gewebe gepresst haben.

Silke unterdrückte ein Schaudern.

»Das war die Folge. Immerhin habe ich den Angriff knapp überlebt und mein Kind auch. Ein Nachbar hatte uns gehört, durch alle Fenster zu uns reingeschaut und sich gewaltsam Zutritt verschafft. Wenn er damals … Nun ja. Mein Mann sitzt. Insofern ist alles geregelt.«

»Und den Tipp mit der berührungsfreien Schwangerschaftsanbahnung haben Sie an eine Freundin weitergegeben.«

»Ja. Das ist die Frau auf dem zweiten Video. Caroline Schuster. Alles wunderbar. Und ihr Mann weiß tatsächlich nichts. Es sollte auch besser so bleiben«, mahnte die Zeugin.

»Versprechen kann ich das nicht, aber wir werden ihn sicher nicht leichtfertig in die Ermittlungen verwickeln.«

»Ach, Sie denken, er käme möglicherweise als Mörder in Betracht. Nein. Er ist seit Monaten auf Montage. Arbeitet in Norwegen.«

42

Viktoria Stein hörte das Knirschen hinter sich.

Natürlich drehte sie sich nicht um.

Das wäre ein Zeichen von Schwäche, wusste sie. Nur ängstliche Hühner sehen immerzu hinter sich.

Sie joggte auf dem Spreedamm entlang.

Ihre Sportgruppe wartete.

Dieser Abend war fest für Bauch-Beine-Po reserviert.

Voller Vorfreude wurde ihr Schritt elastischer, ein breites Lächeln schleifte ihre strengen Züge sanfter.

Wieder knirschte es.

Vielleicht Wildschweine, schoss ihr ein neuer, alarmierender Gedanke durch den Kopf.

Sie hatte vor ein paar Tagen davon gehört, dass eine ganze Rotte den Damm überquerte, direkt vor einem Läufer. Angeblich seien die Tiere gar nicht an ihm interessiert gewesen.

Gut, das konnte sie nun glauben oder nicht.

Eher nicht.

Ihrer Erfahrung nach waren Schweine dieser wilden Art nicht mit Langmut ausgestattet.

Blieb nur, den Rhythmus beizubehalten und sich nicht aus der Ruhe bringen zu lassen. Dann würden die Tiere sehen, dass sie an ihnen nicht das geringste Interesse hatte – und sich ebenfalls nicht um sie scheren. Über eine lange Strecke würden sie ihr ohnehin nicht folgen.

Also trabte sie entspannt weiter.

Beruhigte sich mit dem Gedanken, dass sie eigentlich

zu alt war, um in das Beuteschema eines Gelegenheitsvergewaltigers zu passen, und dem Vertrauen in ihre Fitness.

Er holte auf.

Sein heißer Atem strich über ihren Nacken – oder bildete sie sich das etwa nur ein?

Auf jeden Fall bewies sein Keuchen, dass ihr Tempo für ihn eine hohe Herausforderung war.

Der Typ war schlicht untrainiert.

Viktoria stoppte abrupt, beugte sich hinunter, tat, als müsse sie den Schuh neu binden.

Lebenserfahrung, dachte sie hämisch, so was fehlt dir noch.

Um eine Situation zu meistern, musste man sich ihr stellen. Und sie hatte nicht vor, in Zukunft aus paranoider Angst auf das Joggen zu verzichten.

Als der ziemlich atemlose Jogger etwa gleichauf mit ihr war, schoss Viktoria aus ihrer gebückten Haltung hoch, kreischte laut auf und riss die Arme vor den Brustkorb. Die Finger der rechten Hand umkrallten ein winziges Döschen.

Der Arm schnellte vor.

Sprühnebel hüllte das Vollmondgesicht des stark übergewichtigen Läufers ein.

Jaulend ging der Mann zu Boden.

Triumph!

Auf der ganzen Linie!

Viktoria war hochzufrieden mit sich.

»Leg dich nie mit älteren Frauen an, du hirnloser Trottel. Die sind dir allemal überlegen«, klärte sie den Mann auf. Trabte an.

Doch eine Hand umklammerte ihren Knöchel.

Ihr hasserfüllter Blick folgte dem Arm …

Der Typ war inzwischen blau angelaufen und japste!

»Jetzt verpasse ich wegen so eines Arschlochs meinen Kurs. Das ist doch nicht zu fassen!«

Wütend tippte sie die Nummer des Notrufs in ihr Handy.

Als die Rettung den Dicken endlich abgeholt und Viktoria endlos ihre Geschichte für die Polizei wiederholt hatte, meinte sie, der Tag sei für sie nun endgültig gelaufen.

Was die Gestalt im Unterholz sicher zu lautem Lachen gebracht hätte.

Schließlich wusste sie um die Zukunft Viktorias besser Bescheid als diese selbst.

43

Emile saß bei Silke, sichtete die Rechercheergebnisse und studierte die Fotos von Tatorten und Fundorten.

»Hm. Wenn ich aus politischen Gründen morde, hinterlasse ich dann nicht wenigstens eine Erklärung? Im Netz, auf dem Handy eines Freundes? Sonst erreicht meine Botschaft den oder die Adressaten gar nicht!«

Emile nickte. »Ja, gerade bei den letzten Taten gab es sogar

Manifeste im Internet, die den Anschlag oder gar Mord zu rechtfertigen versuchten. Das fehlt hier völlig. Eine Mitteilung an die lokale Presse gab es wohl ebenfalls nicht, sonst wüssten wir davon. Kein Video, kein Bekennerschreiben.« Nach einer Pause setzte er hinzu: »Es gibt Taten, die teilen selbstständig ihre Botschaft mit. Der Täter stellt dabei nicht sich, sondern seine Aktion ins Rampenlicht – und Gleichgesinnte verstehen das Signal auch ohne Worte.«

»Wenn ich gegen den Kohleausstieg bin, morde ich dann lieber problemorientiert weiter?«, überlegte Dreier leise.

»Wäre logisch. Aber vielleicht ist es nicht das politische Thema, das den Täter oder die Täterin umtreibt. Jemand ist genervt davon, dass sich alles um Klima und Wölfe dreht. Deshalb tötet er.«

»Dann sind es zufällige Opfer wegen seines Ärgers?«

»Nein, das glaube ich nicht. Er meinte konkret diese Opfer. Denk nur an all die Mühe, die er sich gemacht hat, um die Auffindesituationen zu gestalten. Er musste sogar einen Zweiten einweihen, der helfen konnte. Nein, wir haben noch nicht verstanden, wie die Botschaft an die Gesellschaft tatsächlich lauten soll. Ich will meinen Job in der Kohle behalten, alle Jobs in der Kohle sollen gesichert bleiben und die Wölfe müssen aus der Lausitz verschwinden? Ist das nicht zu einfach gedacht?«

»Wenn ich Patrick Stein töte, folgt ihm ein anderer nach. Es ist die Position seiner gesamten Partei. Oder sollen nun alle Befürworter des Kohleausstiegs Angst um ihr Leben haben?«

»Denkbar. Aber dann eröffne ich gleich ein weiteres Thema?«

»Wer den Wolf schützt, wird sterben?« Silke fröstelte, rieb sich die Oberarme.

»Ungemütliche Vorstellung. Angst verbreitet sich schnell. Aber es gibt auch eine Gegenbewegung. Politiker, die nicht in Deckung gehen, zum Beispiel nachdem auf ihr Büro geschossen wurde, der gemeinte Politiker, der einen Migrationshintergrund hatte, und Menschen, die sich gegen Gewalt organisieren. Die Lage wäre für einen Täter schwer kalkulierbar.«

»Der Prepper, den ich besucht habe, der war so fanatisch, dem traue ich einiges zu. Aber Mord? Eher nicht. Und mit Wölfen war der gar nicht befasst.«

Zaghaft trat eine Frau ein.

Auf dem Arm ein etwa einjähriges Kind.

»Ihr Kollege hat mich hergebracht. Man hat mich angerufen, ich sollte mich wegen einer Aussage melden. Caroline Schuster. Eine Frau Dreier wollte …«

Silke sprang auf. »Ja, wunderbar, dass Sie gleich kommen konnten. Das ist mein Kollege Couvier. Wir hätten ein paar Fragen zu Ihrer Beziehung mit Herrn Stein.« Sie rückte der Zeugin einen Stuhl zurecht.

»Es gab nie eine Beziehung mit Herrn Stein.«

»Soweit wir wissen, ist er der Vater Ihres Kindes.« Silke nahm jede Betonung aus diesem Satz. Frau Schuster sollte auf keinen Fall den Eindruck gewinnen, ihr Vorgehen werde bewertet.

»Ja. Das ist korrekt. Aber das war ein asexueller Akt, mehr nicht.«

»Wie sollen wir uns das vorstellen?«

Die Zeugin beschrieb den Ablauf, den die Ermittler bereits kannten.

»Und das hat sofort funktioniert? Oder mussten sie dieses Treffen mehrfach wiederholen?«

Ein schüchternes Lächeln umspielte Frau Schusters Lippen. Entspannte ihre Züge. Sie drückte dem begeistert juchzenden Kind einen Kuss auf die Wange. »Ich wurde gleich mit meinem Sonnenschein schwanger. Wie Sie sich vorstellen können, weiß mein Mann von der Aktion nichts. Er freut sich über unseren Sohn – und ich möchte, dass das genauso bleibt. Wenn er davon erführe … Ich denke, das wäre das Ende einer glücklichen Ehe.«

»Wo war Ihr Mann vorgestern Abend?«, fragte Silke nach.

»Er ist auf Montage. Norwegen. Während er dort ist, wohnt er mit seinem Team zusammen in einer Containersiedlung. Falls Sie glauben …« Abwehrend hob sie beide Hände hoch. »Er kann nicht einfach nach Hause fahren! Ganz abgesehen davon: Mein Mann neigt nicht zu aggressivem Verhalten.« Ihre Augen schickten wütende Blitze zu Dreier und Couvier.

»Wir brauchen dennoch eine Telefonnummer, unter der wir seinen Chef erreichen können. Patrick Stein wurde ermordet, da möchten wir schon etwas genauer wissen, wo sich Ihr Mann zur Tatzeit aufgehalten hat.« Couvier wählte einen beruhigenden Ton. Die Zeugin entspannte sich sichtbar.

»Aber wenn Sie nach seinem Alibi fragen, wird er wissen wollen, wie Sie glauben können, er habe mit dem Mord an einem ihm unbekannten Mann zu tun!«, gab Frau Schuster zu bedenken.

»Wir werden eine überzeugende Begründung für unsere Nachfrage finden.« Dreier hörte sich genervt an.

»Ich habe Patrick nach diesem Treffen im Hotel nicht wiedergesehen.« Sie rieb ihre Nase tief in die Haare des Kleinkindes, das dankbar gluckerte und versuchte, nach den Haaren der Zeugin zu fassen. »Nur das Danke-Plakat. Mehr war nicht. Ich wollte nur, dass er weiß, wie sehr ich mich freue.«

»Und es gab von ihm keine Reaktion auf Ihr Plakat?«, erkundigte sich Couvier.

»Nein. Ich war nicht einmal sicher, ob er es überhaupt gesehen hatte. Erst als ich in der ›Tagesschau‹ kurz zu sehen war, wurde mir klar, was für eine blöde Idee diese Aktion war.«

»Weil nun auch Ihr Mann wissen wollte, was seine Frau mit diesem Plakat auf einer Wahlkampfveranstaltung von Stein wollte?«, hakte er sanft nach.

»Ja, sicher. Dem erzählte ich, dass ich einfach froh darüber bin, dass sich jemand für den Kohleausstieg einsetzt. Das hat er mir abgenommen. Nein – mir ging es um ihn. Er wollte seine Ehe mit der Samenspende nicht gefährden. Und nun bekäme seine Frau vielleicht Fragen. Wie mein Mann.« Sie stockte. Setzte flüsternd hinzu: »Sogar Freundinnen riefen mich an. Um mir zu gratulieren. Zum tollen Vater meines Sohnes. Ich habe natürlich immer auf meinen tollen Mann verwiesen, gesagt, wir, Louis und ich, seien sehr stolz auf meinen Mann, den Vater meines Kindes.«

»Aber das haben nicht alle geglaubt?«

»Nun ja. Ich glaube, es hat ein bisschen gedauert. Aber nun zweifelt niemand mehr.«

Das Kind auf ihrem Schoß wurde unruhig. »Er langweilt sich. Sind wir fertig?« Sie schob eine Visitenkarte über den Tisch. »Hier erreichen Sie die Firma, für die mein Mann arbeitet. Heizungstechnik. Erdwärme und solche Dinge.«

Silke nickte der Frau zu. »Ihre Telefonnummer und Adresse haben wir, falls noch weitere Fragen …«

Couvier stand ebenfalls auf. »Eine Frage hätte ich gern noch geklärt. Seit wann haben Sie mit Patrick Stein ein intimes Verhältnis? Sie freuten sich auf eine gemeinsame Zukunft – wer wusste davon?«

Frau Schuster wurde bleich, fiel auf den Stuhl zurück.

»Es gab kein Verhältnis«, beharrte sie.

»Das sehe ich anders. Ich weiß, dass Sie …«
»Das können Sie nicht wissen!« Tränen rollten über ihre Wange. Sie wischte sie energisch weg, wohl damit der Kleine nicht merken würde, dass sie weinte. »Es gab nie eines!«
Die Mutter rappelte sich vom Stuhl hoch. Ihr Körper straffte sich. »Sie können mich wegen einer aus der Luft gegriffenen Anschuldigung nicht zum Bleiben zwingen. Deshalb gehen wir jetzt«, verkündete sie und verließ entschlossen das Büro.
Silke folgte ihr.
»Ich begleite Sie zum Ausgang.«
Schweigend gingen die beiden Frauen nebeneinander her.
Louis hatte inzwischen einen Keks bekommen, an dem er glücklich knabberte.
»Lassen Sie uns in Ruhe. Wir drei sind eine Familie. Und das darf Ihr Kollege nicht aufs Spiel setzen.«
Damit verschwand Frau Schuster zu ihrem Auto, brauste wenig später davon.

Im Büro erwartete Couvier die Kollegin schon – mit dem Telefonhörer in der Hand.
»Schnell, frag bei der Freundin nach. Ich weiß, dass sie eine Beziehung zu Stein hatte. Und die Freundin weiß es auch. Und vielleicht sogar noch mehr.«
»Hier ist die Nummer.« Silke legte ihm die aufgeschlagene Handakte parat. »Ich bin gleich zurück.«
Couvier wählte.
Wartete.
»Ja, hallo?«, meldete sich die Stimme von Frau Schubert.
»Kriminalpolizei. Mein Name ist Couvier. Bei einem Gespräch mit Ihrer Freundin Caroline Schuster hat sich eine Frage ergeben. Das Verhältnis mit Herrn Stein besteht

seit dem ersten Treffen mit ihm oder kannten sich die beiden schon vor dem Deal im Hotel?«

»Warum fragen Sie sie das nicht direkt?«

»Ihre Freundin ist schon weg. Der Sohn wurde unruhig.«

»Vor dem Deal, wie Sie das nennen, kannten sich die beiden nicht.«

»Und wann begann …?«

»Das weiß ich nicht. Fragen Sie bei Frau Schuster selbst nach. Ich muss dringend los, auf Wiederhören.«

Damit war der Kontakt beendet.

»Alle Achtung«, murmelte Couvier, »das ist wirklich eine zuverlässige Freundin.«

44

Rudolf Schweizer saß bei Peter Nachtigall im Büro, fühlte sich ganz offensichtlich ausgesprochen unwohl, beäugte misstrauisch das Aufnahmegerät auf dem Tisch.

»Sie sind Rudolf Schweizer, geboren 3.8.86, wohnhaft in der Lessingstraße 5, Cottbus.«

»Ja!«, bestätigte der trainierte Mann unnötig laut und heftig.

»Sie werden heute als Zeuge befragt. Es geht um den Abend, an dem Constanze Blum, die Ehefrau von Christian Blum getötet wurde.« Nachtigall musste sich eingestehen, dass er deshalb so unnahbar formulierte, weil ihn die Vorstellung irritierte, sein Gegenüber ziehe sich grellbunte Frauenkleider an, schminke sich und trete als Frau in Bars und Kneipen auf. Er schüttelte, ärgerlich über sich selbst, den Kopf.

»Ja, toll!«

»Was soll heißen: toll?«

»Seine Frau wird von einem dieser Wolfsgegnerspinner gekillt, und ich sitze hier und vergeude meine Zeit. Schon mal davon gehört, dass Zeit Geld ist? Und gestohlene Lebenszeit ist meiner Meinung nach ein Verbrechen.«

»Dann sollten wir uns beeilen. Ich möchte wissen, wo Sie aufgetreten sind, wann Herr Blum zu Ihnen stieß und wann er ging. Und natürlich, ob er wirklich die ganze Zeit anwesend war.«

»Okay. Das war im Glad-House. Und er war schon da, als ich kam, das war gegen 19.30 Uhr. Der Bernhard ist als Letzter eingetrudelt. Unser Programm dauert ungefähr zwei Stunden, mit Pause etwas länger, mit Autogrammstunde viel länger. Gegen Mitternacht sind wir aufgebrochen. Bernhard, der hatte Stress mit seiner Frau, glaube ich, war fix weg. Christian und ich haben noch gequatscht. Der arme Kerl macht sich im Nachhinein schwere Vorwürfe, dass er nicht direkt nach Hause gefahren ist. Er denkt, wenn er Constanze entgegengefahren wäre, sie und ihr Rad eingesammelt hätte …«

»Wie hieß das Programm?«, fragte Nachtigall, fühlte sich mit der Frage auf sicherem Grund.

»Hä? Drei Grazien. Aber das ist natürlich nicht wörtlich gemeint.«

»Waren Sie den ganzen Abend mit Christian Blum zusammen?«

»Ja. Er fährt einen klapprigen Volvo. Mit dem braucht er schon etwas mehr als eine halbe Stunde bis nach Hause. Dann bringt er seine Frau um. Was allein schon Schwachsinn ist, denn er liebt sie vollkommen närrisch. Nach der Tat kommt er zum Konzert zurück, tut, als wär nix? Insgesamt wäre er über eine Stunde unterwegs gewesen, hätte sein Kleid und sein Make-up ruiniert. Nein. Das wäre uns selbst mit hohem Alkoholpegel aufgefallen.«

Maja Klapproth unterhielt sich mit Bernhard Lembert in einem der Verhörräume.

Auch zwischen ihnen stand ein Aufnahmegerät.

»Was soll das Ganze? Die Frau von Christian wurde ermordet. Er war das nicht, er hatte Party. Und wir beiden anderen auch nicht, wir hatten ebenfalls Party.« Er zog kraftvoll Schleim in der Nase hoch. Klapproth rechnete fest damit, dass er ihn einfach auf den Boden spucken würde.

Doch Bernhard zerrte ein Päckchen Taschentücher aus der Jackentasche, schnäuzte sich laut.

»Wieder alles grün!«, bemerkte er nach einem intensiven Blick ins Tuch. »Nebenhöhleninfekt. Ist chronisch bei mir. Manchmal beeinträchtigt der sogar meinen Auftritt.«

»Waren Sie den ganzen Abend mit Christian Blum zusammen?« Klapproth schob dem Zeugen den Mülleimer mit dem Fuß zu. »Für Ihr Taschentuch.«

»Nee, das brauch ich vielleicht noch mal. Aber wo kriegt man denn hier solche Schnürboots? Wow! Sehen ziemlich geil aus. Passen zu meinem Outfit bei den Auftritten. Ich spiele mit Kontrasten, sagt Christian immer. Also oben Spitzenkleid und an den Füßen Boots.«

»Waren Sie den ganzen Abend zusammen?«, wiederholte Klapproth unbeeindruckt ihre Frage.

»Weißt du, ich glaube, ich kenn dich. Du kommst manchmal zu unseren Konzerten, oder?« Bernhard schloss die Augen zu schmalen Schlitzen und verzog das Gesicht, als müsse er sich beim Gucken und der Verarbeitung der so gewonnenen Daten sehr anstrengen. »Ist doch so. Ich kenn dich.«

»Constanza Emmanuel. Und solange Sie Bernhard Lembert sind, ist die korrekte Anrede beiderseits Sie.« Klapproth fixierte den Mann wütend, wollte sichergehen, dass er sie verstanden hatte.

Fast erschrocken wich der Zeuge so weit zurück, wie es sein Stuhl zuließ, murmelte: »Sorry.«

»Ich möchte von Ihnen wissen, ob Sie den gesamten Abend mit Christian Blum verbracht haben.« Eine Stimme wie Eiswürfel auf nackter, sonnenverwöhnter Haut.

Lembert schauderte. Räusperte sich, setzte zweimal zu einer Antwort an. »Ja. Irgendwie schon. Ich meine, muss ja jeder mal aufs Klo … oder an die Bar. Aber der Christian war nie länger als etwa fünf Minuten weg.«

»Constanze Blum wurde in jener Nacht getötet. Uns interessiert, ob die Eheleute eine gute Beziehung geführt haben.«

»Mit gegenseitigem Respekt und so?«, vergewisserte sich der Zeuge.

»Genau. Ging man liebevoll miteinander um? Gab es Probleme?«

»Pfffft!«, blies Lembert ins Aufnahmegerät. »Also ehrlich, das ist jetzt schwierig.«

»Schwierig zu sagen – oder schwierig, darüber zu erzählen?«, hakte Klapproth gnadenlos nach.

»Wenn ich was Falsches sage, bringe ich einen guten Freund in Schwierigkeiten, wenn ich nichts sage, bekomme ich am Ende Probleme«, präzisierte der Mann seine Bedenken.

Klapproth schwieg.

Ausdauernd.

Beobachtete dabei interessiert das Mienenspiel ihres Gegenübers, das ein vehementes, inneres Ringen deutlich erkennbar abbildete.

Sie würde ihm nicht helfen.

Die Hauptkommissarin wusste, wenn sie drängte, hätte der Zeuge mehrere Optionen – und vielleicht würde er gar irgendetwas behaupten, nur um sich aus der Situation zu befreien, die Polizei milde zu stimmen.

Nein, er sollte es nur mit sich ausfechten.

»Also, irgendwelche Knackpunkte gibt es doch in jeder Ehe.«

Sie wartete.

»Sehen Sie, der Christian hat es nicht leicht gehabt im Leben. Nicht, dass er nun dauernd gejammert hätte. Aber ich weiß ganz genau, dass er nie verwunden hat, dass seine Eltern ihn haben fallen lassen. Die haben irgendwann gemerkt, dass der Sohn nicht in Schema F zu packen ist. Das Gerede der Nachbarn über den Sohn im Frauenfummel. Zu viel für die beiden. Aber Christian hat das tief verletzt. Er erzählte mir von Selbstmordplänen, die er als Jugendlicher hatte, von der Scham, verstoßen worden zu sein. Damals ist was in ihm kaputtgegangen. Sowas heilt nicht, das begleitet dich bis in die letzte Kiste. Er war froh, Constanze gefunden zu haben, die für all seine Sonderheiten Verständnis hatte. Ist ja bei ihr auch nicht gut gelaufen. Ihre Eltern leben nicht mehr. Die beiden kamen gut klar.«

»Na, in manchen Ehen ist Geld ein Dauerthema, in anderen Gleichberechtigung bei Entscheidungen … oder anderes. Zum Beispiel die Planung der Zukunft.«, schob er nach einer kurzen Pause nach.

»Heißt?«

»Na ja, sie wollte wissen, wie ihr Leben sich verändern sollten. Welche Ansprüche haben wir an die Zukunft? Sind wir zufrieden mit dem Erreichten oder suchen wir nach persönlichen und beruflichen Entwicklungsmöglichkeiten? Welche Rolle spielen Auftritte und Wölfe in der Zukunft?«

»Sie wollte wissen, wohin die Energien fließen, welche Schwerpunkte gesetzt werden sollten. Verständlich. Familienplanung?«

»Bestimmt auch. Ist ja wichtig, zum Beispiel, wenn man einen Umzug plant.«

»Welchen Standpunkt konnte man bei Christian feststellen?«

Wieder brauchte der Zeuge erstaunlich lange, bis er eine Antwort formuliert hatte.

»Ich denke, er wollte seine Karriere nicht gefährden.«

»Ein Kind hätte gestört?«

»Nein, nein. Sie missverstehen mich. Christian liebt Kinder. Aber nach seinen Erfahrungen war er in Sorge. Er glaubte, er wäre den Fragen von Aufzucht und Erziehung nicht gewachsen. Und was wäre, wenn sein Kind die Dragqueen abstoßend fände? Wie sollte er in so einem Fall reagieren?«

»Darüber gab es Streit?«

»Nur selten. Christian ist ruhig, neigt nicht zu lautem Ärger oder handgreiflicher Auseinandersetzung. Er geht alles mit Gemach an, was durchaus nervig sein kann. Aber noch tickte bei Constanze die biologische Uhr nicht. Sie hatte jede Menge Zeit für Planung.« Bernhard stockte. Setzte dann hinzu: »Wenn man sie ihr gelassen hätte.«

45

Tagebuch

Eine Mutter zu haben, die einen rundweg ablehnt, ist nicht leicht zu ertragen. Schon gar nicht für ein Kind. Auf Weinen hat sie nicht reagiert, es gab feste »Fütterungszeiten«, mit der Flasche, später dem Löffel. Gestillt hat sie keinen von euch. Dazwischen wollte sie das Kind nicht einmal sehen. Als ihr älter wurdet, Trost gebraucht hättet, begegnete sie euch nur mit Härte. Und mir auch. Gelegentlich verließ sie das Haus. Friseur, Arztbesuch. Dann konntet ihr zu mir auf den Schoß klettern, ich habe vorgelesen, mit euch gelacht, euch über so manchen Ärger hinweggetröstet. Doch kaum war ihr Schritt vor der Tür zu hören, stoben wir drei auseinander, damit sie uns nicht in trautem Sein erwischen würde. Und ihr musstet lernen, dass es nicht Mama, Mutti oder Mami heißt, sondern Viktoria. Schwer auszusprechen für Kleinkinder. »Wenn sie meinen Namen nicht richtig sprechen, dann meinen sie mich auch nicht«, war ihre Reaktion. Bis ihr richtig sprechen konntet, ist sie nicht einmal auf euch eingegangen, wenn ihr eurer Mutter etwas sagen wolltet. Besonders Eric wich sie aus.
Eine Missgeburt wie diese stammt nicht aus meinem Körper. Das hat sie wirklich gesagt.
Natürlich habe ich versucht, möglichst viel Zeit zu Hause zu verbringen. Und doch hatte ich das Risiko für euch unterschätzt.

Ich kam zurück zu euch – und fand eure Mutter mit zufriedenem Gesichtsausdruck auf dem Sofa sitzend.
Ein alarmierender Anblick.
Eine gruselige Ruhe.
Sofort sah ich nach euch.
Eure Mutter (es fällt mir schwer, dieses Wort für diese Frau zu verwenden) hatte euch in die Betten gelegt. Und jedem von euch eine Plastiktüte über den Kopf gezogen! Am Hals zugebunden.
Entsetzt riss ich die Beutel auf, trug euch nach draußen, wartete, ob die ungesunde Gesichtsfarbe verschwinden würde, ihr schreien könntet.
Eure Mutter wurde abgeholt.
Ruhepause für uns drei Männer.

46

Die Tür schwang schwungvoll auf.

»Hallo, da sind wir wieder. Rufen wir alle zusammen, dann werten wir aus und legen weitere Schritte fest.« Nachtigall verschwand nach der Ansage in sein eigenes Büro.

»Ich sehe, ob ich helfen kann«, murmelte Couvier und drückte sich an Klapproth vorbei in den Flur.

»Aha, nun haben wir unser Büro wieder ganz für uns. Offensichtlich wurde es den Männern zu voll«, lachte Klapproth leise und warf die Jacke über die Rückenlehne ihres Stuhls.

Allgemeines Stühlerücken.

Es dauerte einen Moment, bis jeder seinen Platz gefunden hatte.

»Schön, dass alle kommen konnten«, eröffnete Nachtigall die Runde. »Was haben wir?«

»Ich kann beisteuern, was wir bisher nicht haben. Es gibt keine belastbaren Hinweise auf einen politisch motivierten Mord. Keinen Hinweis darauf, dass die beiden Opfer sich auch nur flüchtig gekannt, geschweige denn gemeinsame Aktionen geplant hätten«, begann Couvier.

»Ich habe einige der Freunde von Patrick Stein aufgesucht. Ein paar davon sind sehr seltsam, manche sogar sauer auf ihn, aber bei keinem hatte ich den Eindruck, er wäre aus irgendeinem Grund bereit, ihn zu töten. Das gilt auch für das zweite Opfer. Die meisten kannten es weder vom Sehen noch hatten sie je den Namen gehört. Offensichtlich war sie nur in Kreisen der Wolfsaktivisten bekannt. Ihr Mann dagegen ist offenbar populär.« Silke sah zu Nachtigall, der nickte ihr zu.

»Wir waren an den Tatorten. Haben mit dem Witwer gesprochen. Der Täter hat bei beiden Opfern ein vergleichbares Vorgehen gezeigt. Zum Drehpunkt führt eine Straße, das zweite Opfer wurde in der Nähe der Auffahrt auf die Landstraße abgepasst, vom Rad gestoßen und im Unterholz mit einem Messer wiederholt verletzt. Der Täter ist ein hohes Risiko eingegangen. Schließlich konnte er nicht sicher sein, dass nicht ein verspäteter Heimkehrer nachfolgen würde. Auch von der Straße aus wäre der Überfall möglicherweise zu bemerken gewesen. Vielleicht nicht vom Fahrer eines Wagens, eher vom Beifahrer.«

»Ich habe mir all die Fotos von den Fundorten wieder und wieder angesehen. Und ich glaube, jetzt erklären zu können, wie man die Leichen zu den Ablageorten transportieren konnte, ohne Spuren zu hinterlassen.« Peddersen zog großformatige Aufnahmen aus einem Umschlag und breitete sie auf dem Tisch des Besprechungsraums aus. »So sieht der Bereich um den Ablageort des ersten Opfers aus. Keine Schuheindrücke, keine Fußeindrücke, und doch wurde das Opfer über diese Fläche transportiert. Und wahrscheinlich sogar von zwei Personen.« Er nahm einen Kugelschreiber zu Hilfe und deutete auf schmale Erdverwerfungen. »Hier, hier, hier, hier. Wenn man erst mal eine gefunden hat, sieht man immer mehr. Die Abstände sind nicht wirklich regelmäßig, aber das liegt daran, dass zwei diese Strecke gegangen sind. Dabei hat der Nachfolgende die Aufhäufelungen durch den Vorangehenden platt getreten.«

»Schneeschuhe?«, fragte Couvier ungläubig.

»Nicht ganz, aber durchaus vergleichbar. An manchen Stellen war der Boden leicht abschüssig. Wir können in etwa feststellen, wie breit der ›Schneeschuh‹ war.« Peddersen legte ein anderes Bild obenauf. »Hier zum Beispiel. Etwa 25 Zentimeter war der Schuh breit.«

»Sie haben deshalb keine Schuheindrücke hinterlassen, weil sie den Boden planiert haben.« Nachtigall beugte sich über die Abzüge. »Und so etwas habt ihr auch an der Kanzel gesehen?«

»Ja. Und zwar dort, wo das Fahrrad abgestellt wurde. Wir gehen von zwei Tätern aus, die den Körper getragen haben. Vielleicht hat der eine die Leiche oben in der Kanzel drapiert, während der zweite das Rad in Position brachte. Dabei ist er mit der Kurzplanke in aufgeweichte Erde getreten.« Auch davon gab es ein Foto.

»Sehr gute Arbeit. Wir können also jetzt davon ausgehen, dass die beiden Täter nicht geflogen sind«, kommentierte Klapproth trocken. »Fast ein bisschen schade. Es nimmt dem Fall das Fantastische.«

»Stimmt«, meinte Nachtigall. »Und noch einen Punkt konnten wir aufklären. Die sonderbaren Plakate bei den Wahlkampfveranstaltungen.«

»Unser Politiker hat Frauen zur Schwangerschaft verholfen. Er war eine Art private Samenbank mit nur einem Spender. Angeblich kam es bei diesen Deals nie zum Äußersten. Die Spende wurde in einem Kondom, ohne Spermizid natürlich, übergeben. Er ging, die Frau konnte damit tun, was sie wollte«, fasste Klapproth zusammen.

»Manche Frauen wollten damit nur ihre Ehe retten. Der Mann war nicht zeugungsfähig, wollte das nicht wahrhaben, beschuldigte die Frau, und sie fand eine Lösung ohne Seitensprung. Allerdings hat der eine oder andere es doch geahnt – und einer hat gar versucht, seine Frau umzubringen. Er glaubte an Untreue, nicht an Samenspende.« Silke blätterte in ihren Unterlagen. Ich habe Caroline Schuster gesprochen. Emile und ich glauben, dass es in diesem Fall nicht nur eine emotionslose Samenspende war, sondern die beiden eine Beziehung hatten. Der Ehemann ist auf Montage. Der Arbeitgeber hat uns telefonisch bestätigt, dass er zur fraglichen Zeit auf der Baustelle gearbeitet hat.«

Nachtigall runzelte die Stirn. Räusperte sich leise. »Emile und Silke glauben an eine Beziehung zwischen Stein und Schuster. Dazu passt etwas, das die Mutter Steins uns gesagt hat. Sie meinte, er habe in letzter Zeit aufgeregt und erwartungsvoll gewirkt, wie ein Kind vor Heilig Abend. Möglicherweise hatte er vor, mit Frau Schuster und ihrem gemeinsamen Sohn ein neues Leben zu beginnen. Jetzt.«

»Hat nicht auch Eric eine Andeutung in diese Richtung gemacht? Das Opfer wünschte sich einen Sohn, wollte beweisen, dass auch Jungs zu glücklichen Menschen werden konnten«, steuerte Maja bei.

»Aber das ist interessant. Einer der gehörnten Ehemänner ist im Ausland, wenn ich richtig verstehe, der dessen Frau wohl mit dem Opfer ein Verhältnis hatte – und ein anderer hat versucht, seine Frau zu töten, als er hinter den Samendeal kam. Und wo ist der?«, wollte Dr. Pankratz wissen, neigte sich gespannt über den Tisch.

»Der sitzt ein. Damit hat er ein perfektes Alibi.«

»Doreen Stein konnte uns zu den seltsamen Plakaten angeblich nichts sagen. Oder sie wollte schlicht nicht. Aber falls doch, hätte sie auch einen Seitensprung vermutet. Wer denkt schon, dass der eigene Mann Samentütchen vertreibt. Ob er sich das hat bezahlen lassen? Wer weiß«, meinte Klapproth kalt.

»Nein, er hat sich wohl nicht bezahlen lassen. Nach Angaben der Zeuginnen ist kein Geld geflossen. Es war sozusagen ein Gratis-Service-Paket.« Silke konnte sich ein leichtes Grinsen nun doch nicht verkneifen.

»Dann wissen wir, wie wir die lebenden Spermien, die ich bei der Obduktion gefunden habe, interpretieren müssen. Möglicherweise hat er sehr kurz vor seinem gewaltsamen Tod neues Leben gezeugt.« Der Rechtsmediziner wirkte sehr nachdenklich. »Dann wird die Frau keine Angst haben müssen, dass ihr Deal je rauskommt.« Er räusperte sich. »Es sei denn, sie hat sich jemandem anvertraut.«

»Du meinst, wir sollten Vertuschung als Motiv auf die Liste setzen.« Nachtigall notierte diesen Punkt auf dem Flipchart. »So. Weitere Motive?«

»Eifersucht. Ehefrau oder einer der betrogenen Ehemänner.«

»Beruflicher oder politischer Neid.«

»Erbt die Ehefrau?«

»Kläre ich«, Silke notierte sich den Punkt.

»Schließen wir einen Mord wegen der politischen Ziele der Partei völlig aus?«

»Nicht völlig. Wir behalten dieses Motiv im Blick«, legte Nachtigall fest.

Dann wechselte er das Gespräch zum zweiten Opfer.

»Wie gesagt, auch hier haben wir diese Spuren gefunden. Bretter.«

»Wie sollen wir uns diese Konstruktion konkret vorstellen?« Couvier warf dem Tatortspezialisten einen interessierten Blick zu.

Peddersen stand auf und zeichnete am Flipchart, was er vermutete. »Ein Brett mit Schlaufe, damit man damit gehen kann. Besser natürlich mit zwei Schlaufen, damit es nicht schlappt. Wir haben keinen Anhalt dafür gefunden, dass eine Schnur verwendet wurde. Die hätte man ja rumwickeln müssen, und wir hätten Eindruckspuren des Seils gesehen. Also glauben wir, dass die Haltegurte mit dem Brett von oben verschraubt sind.«

»Läuft sich aber ungelenk«, gab Klapproth zu bedenken.

»Und sie mussten einen Körper tragen. Das zweite Opfer war schlank, aber Patrick Stein sicher nicht.«

»Nein.« Der Rechtsmediziner nickte. »Er war mit mehr als 100 Kilo nicht nur unhandlich.«

»Welches Motiv könnten wir bei Constanze Blum annehmen? Außer ihrer Dauerauseinandersetzung mit den Wolfsgegnern.« Nachtigall schrieb diesen Punkt an.

»Sie arbeitete für den BUND. Die Wölfe waren ihr Spezialgebiet. Ihre Kollegen waren betroffen, als sie von der Ermordung hörten, konnten sich aber durchaus vorstellen, dass einzelne der Wolfsgegner zum Äußersten gehen würden. Ich habe eine Liste mit Namen bekommen, die ich abarbeite. Einige sind für ihre Aggressivität bekannt und durch Drohungen bei Diskussionen aufgefallen.« Silke ergänzte: »Und wir haben ja gehört, dass es in der Nacht auch diffuse Drohungen gegen sie gegeben hat. Herr Bernstein wollte sie sogar mit dem Auto nach Hause bringen, damit ihr nichts geschieht. Er macht sich Vorwürfe, meint, er hätte sie mehr drängen sollen, das Rad stehen zu lassen.«

»Mit welcher Hypothese arbeiten wir nun weiter? Der eine Mord ist wichtig, der andere dient zur Verwirrung der Ermittler, ist Vertuschung?« Nachtigall war hörbar nicht von dieser These überzeugt.

»Wozu der ganze Aufwand, der Transport an einen speziellen Ort, die Hilfe einer zweiten Person, die auch Mitwisser ist. Gefährlicher Mitwisser.«

»In diesem Fall hätte die Ermordung vollkommen genügt.« Klapproth brachte es auf den Punkt. »Zwei Morde an Menschen, die in der Öffentlichkeit ihrer Überzeugungen wegen präsent sind und von Einzelnen angefeindet werden. Der Bagger, der Ansitz – all das Drumherum ein unnötiges Risiko. Und wie leichtsinnig, eine solche Zurschaustellung zu wählen, die einen Mithandelnden braucht. Nein. Die Vertuschung halte ich auch nicht für das Tatmotiv.«

»Constanze Blum war gemeint«, überlegte Dr. Pankratz laut. »Aber das ergibt ebenfalls keinen Sinn. Verdächtiger wäre eventuell ihr Mann. Beziehungstat. Aber der hat ein Alibi.«

»Das ist überprüft«, warf Silke ein. »Die beiden Partner, die mit ihm gemeinsam aufgetreten sind, waren bei euch.«

»Aber er würde sicher angenommen haben, dass wir es

checken. Er behauptet, die Beziehung zu seiner Frau sei eine intensive und liebevolle gewesen«, gab Nachtigall zu bedenken, schrieb aber »Trennung von der Ehefrau« ans Flipchart. »Bei dir war Bernhard Lembert. Konnte er etwas beisteuern?«

Klapproth stand auf, drehte ihren Stuhl um, setzte sich breitbeinig darauf und verschränkte die Arme auf der Lehne. »Erst hat er bestätigt, Blum sei die ganze Zeit mit seinen Partnern zusammen gewesen. Die Ehe habe glücklich und perfekt gewirkt. Auf Nachfrage kamen Spannungen ans Licht. Offensichtlich konnte man sich im Moment nicht auf einen gemeinsamen Zukunftsentwurf einigen. Dramatisch klang das alles nicht. Eher nach latenter, genereller Unzufriedenheit. Und um den Mord an der Ehefrau ... bringt er Patrick Stein um?« Klapproth schüttelte vehement den Kopf. »Das ist weit hergeholt, oder?«

»Vielleicht. Aber ausschließen können wir es nicht«, beharrte Nachtigall. »Wir sind weit von einer Hypothese entfernt. Bei mir war Roland Schweizer, der Dritte im Bunde der Dragqueens. Er hat ungefähr das ausgesagt, was wir gerade von Majas Zeugen gehört haben. Aber er meinte, okay, man kann nach Casel fahren, die Frau umbringen und zurückkommen. Aber dazu hätte Blum mehr als eine Stunde reiner Fahrzeit benötigt. Und wenn er so lange weggewesen wäre, hätte es selbst das Publikum bemerkt. Er war die ganze Zeit vor Ort.«

Schweigen.

»Kannten sich die beiden Opfer?«, fragte Nachtigall schließlich.

»Bisher gab es keinen Anhalt. Christian Blum meinte, seine Frau habe den Politiker nicht gekannt. Aber gut – Ehepartner wissen nicht alles übereinander. Könnte ja auch schon lange zurückliegen, ist längst vergessen. Oder weißt du noch, wie dein Sandkastenfreund hieß?«

»Nein«, räumte Nachtigall ein und schmunzelte. »Es sei denn, ich hätte eine Rechnung mit ihm offen.«

Couvier mahnte: »Lasst uns ein paar entscheidende Dinge klarstellen – dann braucht das Team eine Pause. Wir sind alle müde, das beeinträchtigt die Konzentration.«

Nachtigall war überrascht. Ausgerechnet sein Schwiegersohn, der ewig ausgeschlafene, gestylte und fitte Fachmann für operative Fallanalyse redete von Müdigkeit? Als er in die Gesichter der anderen sah, wusste er: Die Analyse Emiles stimmte, das Team wirkte erschöpft, die Gesichter blass, die Lider hängend, Bewegungen fahrig. Selbst Maja schien angeschlagen zu sein. Nur Emile wirkte, als sei er gerade erst aufgestanden.

»Die Größe des Täters. Entsprach sie ungefähr der des Opfers?«

Der Rechtsmediziner nickte. »Eher war er etwas größer. Der erste Stich wurde im Stehen zugefügt, und der Stichkanal führt ein wenig abwärts. Als sei der Stich zwar auf waagerecht ausgelegt gewesen, doch dann vom Kurs abgekommen.« Er demonstrierte, was er meinte, ein Kugelschreiber diente als Waffe.

»Gut. Das haben wir verstanden. Der Angreifer war größer als sein Opfer. Patrick Stein war 1,82 Meter hoch und wog etwas mehr als 100 Kilo. Eine stattliche Erscheinung. Seine Frau ist eher zierlich?«

Nachtigall nickte.

Es klopfte.

Als sich die Tür öffnete, rollte Fabian Klapproth in den Raum, gefolgt von seinem Freund und Betreuer.

»Fabian, ist irgendwas passiert?« Maja sprang auf. Setzte sich aber, als ihr Bruder eine besänftigende Handbewegung machte.

»Nein. Uns ist nichts passiert. Aber wir haben gehört, dass die junge Wolfsaktivistin umgebracht wurde«, erklärte Fabian. »Wir waren gestern dort. Und weil meine Schwester bei der Polizei ist, habe ich ein Gespür für brenzlige Angelegenheiten entwickelt. Wir haben also gestern von der Veranstaltung ein Video gedreht. Heimlich.«

Er legte sein Handy auf den Tisch. »Leider konnte ich nicht bis zum Ende bleiben. Meinem Begleiter erschien die Lage zu unübersichtlich, und so brachen wir auf, als die ersten Stühle flogen.« Er warf seinem Freund einen bitterbösen Blick zu. »Aber wir haben vor dem Start der Veranstaltung mit dem Dreh angefangen. Einige Vorgespräche sind mit drauf. Zu hören allemal, der Sprecher ist nicht immer erkennbar. Wir wollten ja nicht als Spione enttarnt werden.«

47

»Du glaubst gar nicht, wie viel Hass auf diesem Video zu erkennen war. Unglaublich. Mir scheint, die meisten wollten gar nicht diskutieren, die haben es direkt darauf angelegt, dass es Randale gibt.«

Nachtigall saß bei seiner Frau in der Küche und sah zu, wie sie Speck-Omelettes briet.

Der würzige Duft zog durchs Haus und rief die beiden Katzen herbei, die wohl befürchtet hatten, heute falle das Essen aus, die Menschen würden sich aufs Duschen beschränken.

Umso hoffnungsvoller strichen sie um Nachtigalls Beine und schnurrten ihren Dank vorab. Strategisch sehr geschickt. Denn für bereits gebotene Leistung würde der Herr des Hauses die Gegenleistung niemals verweigern.

»Ist das nicht häufig so? Man kennt sich und weiß um die Argumente des anderen. Es geht nur um Kraft und Macht. Ich kann lauter als du! Ist ein bisschen so wie bei den Menschenaffen, die sich gegen die Brust trommeln«, amüsierte sich Conny.

»Nur, dass nach dem Trommeln eine Aktivistin ermordet wurde.« Nachtigall koste sich weiter durch das weiche Fell der beiden Bettler. Flüsterte: »Gleich. Ein paar Momente dauert es noch.«

»Ja, das habe ich im Radio gehört. Erst dieser Politiker und nun die junge Frau. War es denn derselbe Täter?«

»Ehrlich gesagt, wir tappen im Dunkeln.« Couvier tauchte frisch geduscht hinter Nachtigall auf. »Grüße an euch vom Rest der Familie.«

»Danke schön! Kommt Jule bald mal wieder mit?«, fragte Conny. »Ich würde so gern mit ihr und den Kindern in den Tierpark gehen. Vielleicht könnt ihr zu Pfingsten eine Visite bei uns einplanen – dann ist das Lichtfest. Du weißt schon ›Nachts im Tierpark‹. Das würde sicher allen gefallen.«

»Ich frage nach«, versprach der junge Vater und lachte warm. »Wir kommen immer gern zu euch!«

»Der zweite Täter war ebenfalls kräftig, möglicherweise

kleiner. Es ist wie verhext. Immerhin haben sich bei der Auswertung einige sehr interessante Aspekte ergeben, die nehmen wir nach dieser kleinen Pause in Angriff. Und: Wenn es tatsächlich nur um die beiden ging, wird es keinen weiteren Mord geben.«

Maja Klapproth schulterte ihr Rad und lief die Treppe zu ihrer Wohnung hoch.

Fabian hatte ihr angeboten, sie könne im Auto mitfahren, Platz sei schließlich genug, doch sie wollte ein bisschen Ärger abradeln. Gelungen war ihr das allerdings nicht.

Zu viele ungelöste Rätsel in diesem Fall.

Schon, als sie den Gang entlang sah, erkannte sie, dass auf ihrem Fußabtreter etwas lag.

Nein, dachte sie, das darf doch nicht wahr sein! Der Kerl hat wieder zugeschlagen!

Vorsichtig näherte sie sich der eigenen Wohnungstür.

Pirschte sich förmlich an.

Und tatsächlich.

Ein bunter Pappstreifen, daneben eine Blume, an deren Stiel ein Zettel mit der Aufschrift »Maja« hing.

Hektisch drehte sie sich um, rotierte einmal um sich selbst.

Außer ihr war keiner da!

Und dennoch: Sie fühlte sich beobachtet.

Wenige Minuten später stand das Rad geparkt im Flur, der Kater hatte seinen Nachschlag bekommen und Majas Essen wartete würzig duftend auf dem kleinen Tisch vor der Couch. Auflauf. Das Beste für jemanden, der so unregelmäßige Zeiten zur Nahrungsaufnahme hatte.

Sie stocherte mit der Gabel in der Glasform, schob eine kleine Menge des Nudel-Tomaten-Käsegemischs in den

Mund. Starrte dabei konzentriert auf das »Geschenk« von ihrem Fußabtreter.

Jeffrey Dahmer schlenderte herbei, kaute noch an seinem letzten Bissen, schnurrte gleichzeitig und rieb sich demonstrativ auffordernd am Bein seiner Mitbewohnerin. Als sie seinen Augen begegnete, konnte sie seine Enttäuschung über ihre abwesende Reaktion darin lesen.

Mit der freien Hand streichelte sie liebevoll durch sein weiches Fell. »Ja, du hast recht. Den ganzen Tag hast du dich nach Gesellschaft gesehnt, nun ist sie da und beschäftigt sich mit ganz anderen Dingen. Das ist unfair, ich gestehe es ein. Aber hier liegt ein handfestes Problem auf dem Tisch.«

Jeffrey legte die Vorderfüße auf den Tisch und sah nach, wie das Problem denn diesmal aussah. Gefährlich schien es dem Kater nicht zu sein. Es lag ganz ruhig neben dem Abendessen seiner Menschin, machte keinerlei Anstalten anzugreifen. Also presste der Kater seinen Kopf fest gegen die streichelnde Hand, versuchte zu demonstrieren, dass Maja nichts passieren könne, er passe ja auf sie auf.

Maja musste trotz der Überlegungen, die hinter ihrer Stirn randalierten, schmunzeln.

»Genau. Du bist immer für mich da. Und ich kümmere mich schlicht zu wenig um dich.« Sie beugte sich zu seinem großen Kopf und flüsterte über die Ohren: »Dabei habe ich extra zwei junge Männer für dich angeheuert, die dir Futter richten und dich durchkneten, wenn ich längere Zeit nicht nach Hause kommen kann. Welcher andere Stubentiger hat das schon?«

Das zustimmende Schnurren wurde lauter.

»Das Problem hier auf dem Tisch besteht in der Frage, was das bedeutet.« Sie schob sich eine weitere Gabel mit Auflauf in den Mund, kaute genussvoll. »Denn«, nuschelte sie,

»es könnte bedeuten, dass jemand ermordet wurde. Natürlich sollte ich Jannik Peters anrufen, ihm davon«, sie deutete mit der Gabel auf die beiden Objekte, »erzählen. Es ist sein Fall; die Informationen früh zu bekommen, wäre vielleicht wichtig. Auf der anderen Seite kann ich nicht genau sagen, seit wann die Sachen dort liegen. Wenn Jannik meint, er könne einen Mord in letzter Sekunde verhindern, begeht er einen Denkfehler. Beim letzten Mal waren die Morde bereits begangen, bevor ich ›benachrichtigt‹ wurde. Auf der anderen Seite: Gehe ich jetzt einfach schlafen und nehme das Zeug morgen mit ins Büro, wird er wieder sauer auf mich sein, glaubt dann, ich hätte ihm bewusst wichtige Informationen vorenthalten und macht ein großes Palaver. Das ist für seine Ermittlungen schlecht und für unseren Fall auch. Verstehst du jetzt das Problem?«

Jeffrey sprang auf die Couch, setzte sich aufrecht neben Maja und zeigte offensichtliches Interesse an diesem Gespräch.

»Außerdem werde ich nicht schlafen können, weil ich weiß, dass ich Jannik wenigstens hätte anrufen sollen.« Klapproth seufzte tief. »Alles Mist.«

Mit dem letzten Nudelrest wischte sie sorgfältig die Glasform aus.

Zwinkerte Jeffrey zu, der sich zu einem Knäuel zusammenrollte, den Schwanz über die Nase legte und seine WG-Partnerin aufmerksam beobachtete.

Klapproth lehnte sich zurück, tippte eine Kurzwahltaste.

»Na dann. Du hast natürlich recht, ich muss ihm Bescheid geben. Alles andere wäre unfair.« Während sie mit dem Kollegen sprach, kraulte die andere Hand hingebungsvoll den Kater, der sich mit wohligem Schnurren bedankte.

48

Eric überlegte mit Freddy, was das alles zu bedeuten haben sollte.

Bisher war ihr Leben relativ entspannt verlaufen, doch nun war es mit der Ruhe ganz offensichtlich vorbei.

Selbst Viktoria war bei ihm aufgetaucht.

Das war wirklich eine Überraschung gewesen, auf die er lieber verzichtet hätte.

Freddy spürte, dass sein Freund gereizt war.

Er versuchte, ihn durch Reiben seines Köpfchens an der Schläfe zu beruhigen. Er war doch da, also brauchte Eric sich keine Sorgen zu machen. Alles war wie immer. Diesmal jedoch schien sein Lebenspartner die eigentlich eindeutige Nachricht nicht zu verstehen.

Er tigerte durchs Wohnzimmer, von dort in die Küche und zurück.

Sehr seltsam.

Dabei murmelte er ständig vor sich hin.

»Weißt du, Freddy, vielleicht hätte ich nicht so aggressiv reagieren sollen. Gut, sie hat damit angefangen. Aber deshalb muss man ja nicht mit gleicher Münze ... du verstehst schon.«

Freddy wartete.

»Immerhin hat sie gerade einen Sohn verloren. Und es wäre durchaus möglich, dass sie nur verbergen wollte, dass ihr der Mord an Patrick zusetzt. Und ich habe durch meine harsche Reaktion ihren Schmerz vertieft.«

Eric schenkte sich ein Glas Apfelsaft ein. Nahm einen Schluck, stellte das Glas ab.

Stützte sich auf der Arbeitsplatte der Küche ab.

Seufzte.

»Auf der anderen Seite war sie auch zu mir rücksichtslos. Ich habe den Bruder verloren an einen Mörder. Sie hätte überlegen können, ob sie sich mir gegenüber richtig verhält.«

Damit schien die Sache entschieden.

Eric griff nach dem Telefon.

Natürlich. Sie war nicht zu erreichen!

Als die Welle seines Ärgers abschwoll, erinnerte er sich an die Sporttage von Viktoria.

Er würde vor dem Studio auf sie warten.

Der Papagei war über den Wandel der Situation wenig begeistert.

Als Eric ihn auf dem Sofa absetzte, guckte er den Freund verstimmt an und sandte ihm beleidigte Geräusche nach, bis die Tür hinter ihm zugefallen war.

Freddy war nicht gern allein zu Haus.

49

»Wer so eine schwere Sporttasche dabei hat, der macht schon auf dem Weg ausreichend Sport«, begrüßte die freundliche Mitarbeiterin den Neuankömmling.

»Bin mit dem Auto«, gab der zurück, löste eine Saunakarte und verschwand im Umkleidebereich.

Wenige Minuten später war der Mann vergessen.

Die gut gelaunte Dame wandte sich den Kunden zu, die auf ihre Shakes warteten.

Clothilde Brenner arbeitete gern.

Und hier machte es ihr besonders viel Spaß.

Man kannte sie, wer ihr begegnete, war freundlich, hatte in der Regel ein paar nette Worte für den Tag parat.

Sie pfiff leise vor sich hin, als sie ihre Arbeitskleidung überzog.

Sauna und Außenbecken waren heute ihr Einsatzgebiet.

»Guten Morgen!«, rief ihr der Neue hinter dem Tresen zu. »Alles gut bei dir?«

»Klar! Ist bei mir Normalzustand!«

Es musste ja nicht jeder wissen, dass das eine faustdicke Lüge war.

Helfen konnte ihr eh keiner, sie wusste, dass man das Schicksal besser in die eigenen Hände nahm, als es denen anderer zu überlassen.

Und wenigstens hatte sich ihr gutes Aussehen gehalten.

Dichte schwarze Haare türmten sich auf ihrem Kopf zu einer Frisur, die aus einem Zeichentrickfilm hätte stammen können. Gesicht und Körper waren durch innere Reserven gestrafft. Alles gut. Federnden Schrittes zog sie lächelnd am Tresen vorbei.

»Clothilde, du sollst heute am Becken anfangen. Die Jungen üben noch. Du weißt, diese Challenge um den besten Saunaaufguss plus Begleittheatereinlage. Gib ihnen eine halbe Stunde, dann kannst du sie rausschmeißen!«

»Kein Problem. Wer gewinnen will, muss trainieren. Ist wie überall«, streute sie ihre Lebensweisheit kostenfrei in den Raum.

Hinter dem Tresen rechts.

Wenigstens regnete es heute nicht. Sonst wäre die Aktion sinnlose Liebesmüh.

Sie schepperte mit dem Eimer gegen die Tür. »Sorry. Ich muss erst die Brille aufsetzen«, informierte sie. »Mann, ich glaube, da hat wieder einer seine private Party gefeiert. Da liegen Handtücher im Becken.«

Sie nestelte an der Schmuckkette, die an den Brillenbügeln befestigt war, zerrte die Sehhilfe schließlich ungeduldig aus der Kitteltasche, setzte sie auf.

Erkannte ihren Fehler allerdings erst auf den zweiten Blick.

Ungläubig schloss sie die Augen, riss sie wieder auf, wiederholte diesen Vorgang drei Mal – und rannte zur Bar zurück.

Doch der junge Mann war nicht mehr da.

Typisch, dachte Clothilde, wenn man wen braucht, sind alle in den Löchern verschwunden.

Zornig stapfte sie zur vorderen Saunatür, riss sie auf und brüllte den völlig überraschten Mitarbeiter in einem hitzeangepassten Clownskostüm an. »Du spielst den Vollidioten und direkt hinter deinem Rücken liegt eine absolut tote Leiche im Becken! Sag unten Bescheid! Aber nimm vorher wenigstens die rote Nase aus dem Gesicht, sonst glaubt dir niemand auch nur ein Wort!«

Damit wandte sie ihre stattliche Masse zum Gehen.

Schnaubte vor sich hin: »Und da behauptet ihr immer, ihr kontrolliert alles, bevor ihr abschließt! Ertrunken ist die Tote nicht. Wahrscheinlich war der Letzte gestern Abend blind, ist doch nicht zu übersehen, verdammt noch eins.«

Dann baute sie sich drohend und imposant vor der Tür zum Außenbecken auf.

Nahm entschlossen ihren Schrubber als zusätzliches Bollwerk quer vor die Brust, verschränkte die Arme.

An ihr käme jedenfalls keiner vorbei – sei es nun ein Mörder oder eben nicht!

50

Maja wollte gerade in den Besprechungsraum zurückkehren, da klingelte das Telefon.

»Morgen! Peddersen. Wir haben eine Leiche, sieht übel aus. In der Jacke war ein Ausweis. Im System steht sie als vermisst.«

»Okay. Hat Jannik schon die Blume und das Lesezeichen bei euch vorbeigebracht?«

»Wie?«

»Na, das Mordopfer gehört doch sicher zu Janniks Fall vom Gräbendorfer See.«

»Nein, nein. Wir haben hier eine Leiche im Außenbecken des Chakra, Herrmann-Löns-Straße. Eine Mitarbeiterin hat sie gerade gefunden. Dem ersten Eindruck nach, würde ich sie eurem Fall zuordnen. Viktoria Stein.« Er räusperte sich, ergänzte dann: »Die Meldung ging gestern Abend ein. Der Sohn vermisste die Mutter. Sie wollte zum Sport gehen – dort kam sie allerdings nach Auskunft des Betreibers nicht an.«

»Tatsächlich wurde sie aber genau dort gefunden? Im Studio? Okay, ich gebe Peter Bescheid, und wir kommen sofort.«

Die Kollegen vom ersten Angriff warteten auf dem Parkplatz.

»Morgen.«

»Morgen. Sie wurden vom Studio verständigt?«

»Ja. Eine Reinigungskraft habe eine Leiche im Außenbecken gefunden.«

»Dem war auch so?« Klapproth war ungeduldig.

»Ja. Die Reinigungskraft hatte sich vor dem Zugang postiert und wartete auf uns. An der wäre keiner vorbeigekommen. Sehr beeindruckend.«

»Gut. So können wir sicher sein, dass nichts verändert wurde.«

»Die Frau, Viktoria Stein, das ist schon seltsam.«

»Heißt?« Klapproth sah aus, als wäre sie bereit, durch handgreifliche Maßnahmen den Informationsfluss zu beschleunigen. Der Kollege zog den Kopf zwischen die

Schultern, wich ihrem Blick aus und konzentrierte sich auf Peter Nachtigall.

»Wir hatten früher am Abend schon mit ihr zu tun. Also nicht wir, sondern die Kollegen. Sie hatte nämlich einen Angreifer auf dem Spreedamm niedergestreckt. Pfefferspray. Offensichtlich reagierte der Mann allergisch, brach zusammen und bekam Luftnot. Frau Stein sah sich genötigt, die Rettungsleitstelle zu informieren.«

»Ach. Und?«, mischte sich Klapproth ein, die ein Gespräch unter Männern nicht zulassen wollte.

»Wegen unterlassener Hilfeleistung. Sie hat mal einen Selbstverteidigungskurs besucht. Deshalb war ihr klar, dass sie den Kerl nicht liegen lassen durfte. Die Kollegen haben den Vorgang aufgenommen, der Mann kam ins Carl-Thiem-Klinikum.«

»Wir überprüfen, ob er stationär aufgenommen wurde. Danke schön«, schloss Nachtigall das Gespräch ab.

Peddersen und seine Leute hatten die Umkleidebereiche abgesperrt und sicherten bereits Spuren am Tatort. Überall standen die Kärtchen, die dafür sorgten, dass niemand etwas verwischen konnte. Klapproth und Nachtigall warteten trotz ihrer Schutzanzüge vor der Tür zum Außenbereich.

Peddersen entdeckte die beiden und trat zu ihnen in den offenen Bereich zwischen dem Tresen und den unterschiedlichen Saunen.

»Sie war tot, als sie hier abgelegt wurde. Stichverletzungen, hoher Blutverlust – wie bei den anderen beiden Opfern. Ob es derselbe Täter war, wird sicher der Rechtsmediziner feststellen können.«

»Wie ist sie in dieses Becken gekommen? War sie regelmäßiger Saunagast?«, fragte Klapproth nach.

»Sie kommt regelmäßig zu einem der Sportkurse. Da treffen sich die Teilnehmerinnen seit Jahren. Viktoria Stein hat nur selten einen Termin verpasst.« Peddersen wandte sich zum Tresen um. »Die Dame dort drüben, Clothilde Brenner, hat sie gefunden.«

Clothilde wusste sofort, dass sie an der Reihe war.

Die beiden, die wie Kriminalkommissare aussahen, kamen zu ihr herüber.

Sie straffte sich, bereitete sich auf ein hartes Verhör vor. Wie neulich im Tatort, als die beiden Beamten den Zeugen so richtig in die Mangel genommen hatten. Weil sie geahnt hatten, dass er in den Fall verwickelt war – und klar, er war der Mörder.

Bei ihr verhielt sich das völlig anders. Sie wusste mit ziemlicher Sicherheit, dass sie diese Frau nicht umgebracht hatte.

»Frau Brenner, können wir Ihnen ein paar Fragen stellen?«, erkundigte sich der riesige Mann im schwarzen Outfit sanft und freundlich bei ihr. »Nachtigall und Klapproth. Kriminalpolizei.«

Taktik, wusste Clothilde. Er wollte sich einschmeicheln, damit sie sich im Gespräch verhaspelte.

»Aber ja. Ist ja nicht meine erste Leiche.« Sie hätte sich ohrfeigen können.

»Nein?«, hakte der Kerl natürlich sofort nach.

»Nein«, gab sie patzig zurück. »Ich finde ständig Leichen.«

»Das erklärt, warum Sie sofort erkannten, dass die Frau tot war.«

»Nun. Sie schwamm reglos auf dem Bauch, das Gesicht im Wasser. Da habe ich gleich vermutet, dass sie nicht mehr unter uns weilt, wenn Sie verstehen, was ich meine.«

»Ja, das verstehe ich. Hätte sie nicht eine sonderbare

Tauchübung machen können? Zur Entspannung?« Der Mann ließ nicht locker.

»Nein, hätte sie nicht. Es ist klar, wenn jemand tot ist. Ich habe früher mal im Pflegeheim gearbeitet. Und wenn jemand nicht nur schläft, taucht oder die Luft anhält, dann wird alles ganz ruhig. Ich habe sehen können, dass sie nicht mehr atmet.«

»Kannten Sie die Tote?«, schaltete sich Klapproth ein.

»Aber ja, seit einiger Zeit. Sie wohnt in der Seniorenanlage hinten in Sachsendorf. Dort putze ich gelegentlich. Viktoria Stein. Sie hat einen überraschend großen Feindeskreis.« Mist, dachte Clothilde, du verdienst eine Tracht Prügel für dein lockeres Mundwerk!

»Tatsächlich?«, stieß die Frau wie ein Raubvogel nach.

»Ja, irgendwie schon. Alle haben über sie geschimpft, wenige fanden sie nett. Sie hat einige Kränzchen, dort trifft sie auf andere ältere Frauen – und die haben sich oft über ihre Ansichten gewundert.«

»Sie passte nicht ins Klischee?«, wieder dieser Vorwärtsstoß mit dem Schnabel.

»Könnte sein«, formulierte Clothilde vorsichtiger. »Es herrscht über manche Dinge unter meinen Kunden hohe Einigkeit – und Frau Stein war anders. Zupackend, kompromisslos, fordernd – und wie manche fanden – lieblos, ohne jedes Mitgefühl.«

Eine Pause entstand.

Die Bestatter trugen schweigend den Sarg vorbei. Nach wenigen Schritten wandte der hintere der beiden Männer sich um: »Wir bringen sie in die Rechtsmedizin. Der zuständige Arzt war schon kurz hier und hat alles veranlasst.«

»Gut. Wir fahren später dort vorbei«, bestätigte Nachtigall. Chlothilde schluckte, fuhr dann fort: »Vielleicht kennen

Sie auch so jemanden: Sie erzählen, dass sie seit drei Tagen unter einer heftigen Migräneattacke leiden, sich sogar erbrechen müssen, und ihr Gegenüber meint nur, gegen Kopfschmerz gäbe es Tabletten, und man möge eine einwerfen und mit dem Jammern aufhören.«

»So eine war Frau Stein?«

»Ja. Früher hätte man vielleicht gesagt, sie war eine patente Frau. Eine, die in jeder Lage die Lösung kennt. Heute heißt das im positiven Fall kompetent, ansonsten arrogant.«

»Hm. Wen könnten wir denn in dieser Wohnresidenz fragen?«, erkundigte sich Nachtigall.

»Ich mache Ihnen eine Liste meiner Damen. Man war sich einig: Weder ihr Mann noch ihre Söhne könnten ein gutes Leben an ihrer Seite gehabt haben. Und ihre Schwiegertochter konnte sie auch nicht leiden, obwohl die für zwei Enkelchen gesorgt hat.«

»Der Saunabereich bleibt heute auf jeden Fall geschlossen. Die Kollegen haben Ihre Adresse?«

Clothilde nickte und durfte gehen.

Nachtigall telefonierte mit Silke.

»Sieht aus, als habe derselbe Täter zugestochen. Viktoria Stein ist das Opfer. Wir brauchen den Bericht über einen Einsatz gestern am späten Nachmittag. Tatort Spreedamm, Höhe etwa Hermann-Löns-Straße. Frau Stein war auf dem Weg zum Chakra, hat einen vermeintlichen Angreifer mit Pfefferspray niedergestreckt, musste allerdings dann einen Notarzt für den Mann rufen. Der hat wohl allergisch reagiert.«

»Gut, ich besorge den Bericht. Ich habe im Umfeld von Doreen Stein recherchiert. Ist seltsam. Ich habe herausgefunden, dass ihr Mädchenname Neumann lautet, kann aber über ihre Historie nicht viel finden. Seit zehn Jahren ist sie mit Patrick Stein verheiratet. Mehr ist nicht im Netz. Auch bei den social media hält sie sich wohl zurück. Auch was Vereine oder andere Aktivitäten angeht, taucht Doreen Stein nirgendwo auf.«

»Hm«, mischte sich Klapproth ein, »sie hat zwei Kinder. Manche Frau ist schon mit einem Gör hoffnungslos überfordert. Vielleicht blieb neben Erziehung, Hausaufgaben, Ehemann und Haushalt keine Zeit mehr für anderes.«

»Ja«, lachte Silke, »das mag gelegentlich vorkommen. Allerdings ist es bei den meisten Frauen, die ich kenne, kein Problem.«

»Patrick Stein war womöglich doch nicht der wunderbare Vater, den man uns gezeichnet hat. Er hat alle Arbeit seiner Frau überlassen und ging selbst in Beruf und Politik auf. Er hat den gesamten privaten Bereich auf seine Frau abgewälzt«, meinte Nachtigall, klang dabei ein bisschen schuldbewusst.

»Bei Ermittlern ist Planung der Freizeit nicht das große Thema. Mach dir keine Gedanken. Partner und Angehörige von Polizisten wissen um dieses Problem.« Klapproth schmunzelte. »Fabian wäre es sehr viel angenehmer, wenn ich mich noch mehr mit meinem Beruf beschäftigen würde und viel weniger Zeit für ihn hätte. Er fühlt sich gegängelt.«

»Gut«, beendete Nachtigall das Gespräch, »wir werden jetzt die Alibis checken. Wo war Eric van Worten? Wo war Doreen Stein? Wo waren Klaus Bernstein und Christian Blum?«

»Danach kommt ihr her?«

»Ja. Und bitte organisiere, dass alle zu einer Besprechung kommen. Sicher, sie ist die Mutter des ersten Opfers, aber selbst, soweit wir wissen, nicht Aktivistin in politischem Sinn. Dieser dritte Mord passt nicht zu den anderen. Das muss einen Grund haben!«

51

Eric van Worten öffnete verschlafen.

Gähnte, als er die beiden Beamten erkannte, drehte sich um und schlurfte Richtung Küche.

»Für Sie auch einen Kaffee?«

»Nein danke. Wir müssen Ihnen eine traurige Nachricht überbringen«, Nachtigalls Pause an dieser Stelle sollte die Aufmerksamkeit des Gegenübers wecken. Bei Eric schlug das fehl.

»Aha? Doreen ist abgehauen, hat die Kinder zurückgelassen und mich als Vormund eingesetzt?«

»Nein. Wäre das denn für Sie eine traurige Nachricht?«

»Für die Kinder sicher. Erst der Papa ermordet, dann die Mama weg. Und was bleibt, sind eine Oma, die sie nicht mag, und der Onkel mit einem Gesicht aus einem Horrorstreifen, der mit Kindern nicht Bescheid weiß. Tolle Aussichten!«

»Es tut uns leid, aber die Oma fällt auch weg«, kommentierte Klapproth unsensibel.

»Ach. Sie ist die Mörderin von Patrick und hat sich ins Ausland abgesetzt, als ihr klar wurde, dass Sie ihr auf der Spur sind.«

Entschlossen mischte Nachtigall sich ein: »Es tut uns leid, aber Ihre Mutter wurde heute Morgen tot aufgefunden.«

Eric setzte sich. Freddy sprang sofort auf seine Schulter, produzierte wie so oft beruhigende Laute, knabberte tröstend am Ohr des Freundes.

»Wo?«

»Im Chakra. Aber dort wurde sie nicht Opfer des Angriffs.«

»Wann?«

»Das wissen wir noch nicht genau. Sie war auf dem Weg zum Sport in einen Vorfall auf dem Spreedamm verwickelt. Die Streife wurde involviert, Ihre Mutter verpasste den Kurs, den sie sonst regelmäßig besuchte. Mehr wissen wir noch nicht.«

»Ach, deshalb.«

Der Kommentar war unerwartet und erschien dadurch kryptisch.

Nachtigall sah sich genötigt nachzufragen. »Deshalb?«

»Nun ja. Ich wollte eine Aussprache mit ihr. Natürlich weiß ich von ihrem Kurs. Ich fuhr zum Chakra. Wartete auf dem Parkplatz. Doch sie kam nicht, meldete sich nicht, als ich versuchte, sie auf dem Phone zu erreichen. Da war sie wohl schon tot?«

»Das wird sich zeigen. Wann erreichten Sie den Parkplatz und wie lange haben Sie gewartet?« Klapproth arbeitete sich zielstrebig voran.

»Der Kurs beginnt um 17 Uhr. Ich war zu spät, um sie vor dem Start anzusprechen. Etwa um zehn nach fünf war ich dort, entschied mich dann, auf das Ende gegen 18 Uhr zu warten. Doch es dauerte gar nicht lange, da waren alle mir bekannten Teilnehmerinnen raus. Also beschloss ich, am Tresen nachzufragen, ... und erfuhr, sie sei heute gar nicht gekommen. Äh, gestern.«

»Und dann?«

»Versuchte ich, sie anzurufen. Und als das vergeblich war, ging ich in die Sauna. Zwei Stunden später war ich wieder zu Hause.«

Er musterte die Beamten nachdenklich, klatschte sich dann mit der flachen Hand kraftvoll gegen die Stirn. »Ach! Sie denken, ich hätte sie abgemurkst, wie mein Bruder das bezeichnet hätte. Ich habe kein Alibi. Im Gegenteil, es ist schlimmer noch: Ich war am Tatort! Und um von mir abzulenken, habe ich das freiwillig und ungefragt erzählt. Geschickter Schachzug oder Dummheit, das ist die Frage.«

»Gibt es jemanden, der Ihre Version der Geschichte bestätigen kann?« Klapproth sah kurz von ihren Notizen auf. Unbeteiligt glitt ihr Blick über den jungen Lyriker.

»Freddy?«, grinste Eric schiefer.

52

Doreen Stein war stadtfein angezogen, hohe Stöckelschuhe zu dunklem Kostüm, cremefarbene Bluse. Das Rot war von den Fingernägeln verschwunden.

»Sie?«, fragte die Witwe nur, wandte sich um und ging voraus ins Wohnzimmer.

»Der Mörder ist gefasst?« Sie bot den beiden Ermittlern keinen Platz an, ihre Körperhaltung war so ablehnend wie nur vorstellbar.

»Nein«, blieb Klapproth einsilbig.

»Was wollen Sie also?«

»Ihre Schwiegermutter wurde getötet. Gestern.« Nachtigall hielt die Informationen so knapp wie möglich.

»Aha, Sie wissen, dass wir uns nicht nahestanden. Großes Bedauern erwarten Sie demnach sicher nicht. Also führt Sie etwas anderes hierher. Die Frage nach meinem Alibi, könnte ich mir vorstellen.«

»Na, dann erzählen Sie uns bitte, wo Sie den gestrigen Abend verbracht haben und wer das bezeugen kann.« Nachtigall sah sie auffordernd an.

»Was glauben Sie, wohin man als Neuwitwe gehen kann? Alles führt dazu, dass sich die Leute das Maul zerreißen über die Witwe, die offensichtlich nicht ausreichend trauert. Sowas muss man nicht unbedingt provozieren. Zu einer Party? Indiskutabel. Ins nächste Restaurant auf eine Pizza mit den Mädchen? Undenkbar. In eine Bar, ohne die Kinder? Ausgeschlossen. Also waren wir drei hier. Und haben ein Video gesehen. Die Mädchen lieben ›Fluch der Karibik‹.«

»Wann haben Sie Ihre Schwiegermutter das letzte Mal gesehen?«, bohrte Klapproth, die sich in ihrer praktischen Kleidung neben der schicken Frau ein wenig seltsam vorkam. Aber in dem Outfit hätte sie natürlich nie jemanden einholen und überwältigen können. Im Grunde, dachte sie und bekämpfte ein süffisantes Lächeln, waren diese Frauchen in Stilettos zum Bleistiftrock lebensuntüchtig. Unbewusst streckte sie sich.

»Als sie bei Eric war. Ich konnte die beiden bis in unseren Garten streiten hören. Die Mutter meines Mannes verließ Erics Haus über die Terrasse und stiefelte zornig davon. Eric habe ich weder gehört noch gesehen. Er neigt nicht zu Tobsuchtsanfällen. Patrick meinte, das sei bei allen Schwulen so. Wobei ich nicht weiß, wie viele Homosexuelle er außer Eric noch kannte.«

»Sie haben nicht gefragt, wie Ihre Schwiegermutter gestorben ist.«

»Weil es mich nicht interessiert.«

»Sie starb auf ähnliche Weise wie Ihr Mann und die Wolfsaktivistin Constanze Blum. Man fand ihre Leiche im Chakra. Im Außenbecken der Sauna.«

»Tja – dabei ist sie nie in die Sauna gegangen. Reine Pilz- und Bakterienschleudern, hat sie behauptet, wer die besuche, müsse von bemerkenswert robuster Konstitution sein. Alles Unsinn. Wahrscheinlich ging es eher um zerfließendes Make-up und ruinierte Frisur. Nur Kurse hat sie dort besucht. Aber eher wegen der sozialen Kontakte. Blieben ihr ja sonst nur die trotteligen Weiber aus der Wohnanlage.«

Nachtigall tat etwas Unerwartetes, etwas, das Klapproth noch nie bei ihm erlebt hatte. Er schlug kraftvoll mit der Hand auf eine Kommode: »Frau Stein, ich glaube, es wäre angepasst, Sie würden Ihren Ton überdenken. Alter ist ein Schicksal, dem man nicht ausweichen kann«, wies er die Zeugin donnernd zurecht. »Arroganz ist nicht Schicksal, sondern ein schlechter Charakterzug.«

Die blieb völlig unbeeindruckt. »Ich weiß gar nicht, was Sie wollen. Meine Schwiegermutter war eine lästige, böse Frau. Sie hat ihre Kinder schikaniert, ihren Mann in den Tod getrieben. Ich bedaure ihren Tod nicht eine Sekunde lang. So! Und nun muss ich Sie bitten zu gehen. Schließlich habe ich eine – vielleicht gar zwei – Bestattungen zu organisieren. Kümmern Sie sich nicht um mein Seelenheil, fangen Sie lieber einen Mörder! Oder sind drei Opfer noch nicht genug?«

53

Es klopfte einmal kurz und hart an der Tür, die aufgerissen wurde, bevor der Schall verklungen war.

»Oh, Dr. März.«

»Guten Morgen. Wo ist der Rest des Teams?«

»Im Besprechungsraum.«

»Ah, das freut mich, dass dieses Team doch noch arbeitet«, fauchte der Staatsanwalt. »Bei mir klingelt ständig das Telefon. Tenor der Antwort: Wir haben leider keine neuen Erkenntnisse. Das ist peinlich. Immerhin kann ich sagen, dass wir ein weiteres Opfer haben! Es gibt also eine interessante Entwicklung«, bemerkte er zynisch.

»Ein Politiker und eine Aktivistin wurden getötet. Wir sind dran. Aber es ist nicht klar, ob die Morde mit Politik oder Engagement zu tun haben. Wir glauben, eher nicht, vermuten einen völlig anderen Hintergrund. Und nun wurde die Mutter von Herrn Stein tot aufgefunden.«

Wieder einmal störte das Telefon.

»Klapproth!«

»Noch mal Peddersen. Wir haben den mutmaßlichen Tatort gefunden, an dem das dritte Opfer getötet wurde. Sie hatte ja diesen Zwischenfall mit dem vermeintlichen Angreifer auf dem Spreedamm. Dort haben wir auch etwas gefunden.«

»Wo ist das genau?«, hakte Klapproth nach.

»Ich schicke dir die GPS-Daten. Es wäre sicher gut, wenn ihr schnell vorbeikommen könntet.«

»Noch eine Leiche?«, erkundigte sich Dr. März besorgt.

»Nein. Der Erkennungsdienst hat offensichtlich den Tatort im Fall Stein gefunden.«

Silke stürmte ins Büro, prallte regelrecht zurück, als sie erkannte, dass Maja nicht allein war.
»Oh, Dr. März. Gibt es wieder eine Pressekonferenz?«
»Nein. Wir können die Journalisten damit nicht ruhigstellen. Sie spekulieren wild – und ich bin es, der dann alles Mögliche richtigstellen muss.«
»Wir haben ein drittes Opfer.«
»Ich weiß.«
»Peter wartet unten am Auto auf dich«, informierte sie die Kollegin, die sofort aufsprang und aus dem Büro stürmte.
»Bis später!«, rief sie und war verschwunden.
Silke schob sich hinter ihren Monitor.
Gab den Namen Viktoria Stein ein.
»Ach, na das ist ja interessant …«, murmelte sie, beugte sich zum Bildschirm und scrollte.
Dr. März schloss leise die Tür hinter sich.

54

Tagebuch

Als sie nach fast einem Jahr aus der Klinik für Psychiatrie entlassen wurde, war sie anders.
Euch hat sie nicht wiedererkannt. Bei mir fiel es ihr auch schwer. Regelmäßig nahm sie Medikamente.
Auf der einen Seite herrschte Ruhe.
Auf der anderen Grauen.
Natürlich wollte ich mich eigentlich scheiden lassen.
Doch die Ärzte hielten das für ein falsches Signal. Ich solle warten, was die Therapie erreichen könne, erst danach entscheiden. Ein Fehler.
Nach dem Frühstück setzte sie sich auf die Couch und blieb dort.
Wortlos.
Bei euch war die entsetzliche Tat nicht ins Vergessen gesunken. Also umschlich ihr die Frau, behieltet sie stets im Auge. Alle Plastiktüten wurden aus dem Haushalt verbannt. Ohne meine Anwesenheit wurde nicht gekocht, das übernahm ich persönlich am Abend. Aber bevor ich begann, zählte ich die Tabletten in dem kleinen Glasfläschchen nach, um sicher zu sein, dass sie euch nicht etwas untergeschoben hatte. Eine Atmosphäre des Misstrauens.
24 Stunden am Tag.
Lastend.
Beklemmend.

Eine Therapie löste die andere ab.
Ihr wurdet älter, konntet auf euch selbst achtgeben.
Und doch blieb die Angst fester Bestandteil unseres Alltags.
Neue Medikamente brachten Viktoria wieder in Bewegung. Sie unterhielt sich mit anderen Menschen, lachte gelegentlich. Unser Misstrauen schlief nie.
Wieder veränderte sie sich.
Und diesmal verschwand die Lethargie vollends, und sie hatte wieder ein Ziel: unsere Vernichtung.
Triebfeder waren überbordende Eifersucht und grenzenloser Hass.
Sie schrieb hinter meinem Rücken Briefe an meinen Chef, beschuldigte mich des Mordversuchs an meinen Söhnen, verfolgte mich mit aus der Luft gegriffenen Anschuldigungen, verleumdete mich, wo immer sie konnte. Ich verteidigte mich, erreichte einstweilige Verfügungen, gewann Unterlassungsklagen. Ihr Hass hat mich in den letzten Jahren sehr beschäftigt gehalten.
Doch damit nicht genug.
Eric neidete sie seine Wortkunst.
Patrick seine Präsenz in der Öffentlichkeit.
Ich wusste, es würde kein gutes Ende nehmen, und war doch zum Zuschauen verdammt.

55

Dr. Pankratz beugte sich über das Opfer, inspizierte gründlich jeden Zentimeter Körper.

»Stichwunden wie bei den anderen beiden. Sie wurde durch einen gezielten Stich ins Herz getötet. Möglicherweise hat der Täter diesmal gut getroffen, weil sie zu keiner Gegenwehr mehr fähig war. Allerdings hat er sie erst erlöst, nachdem ein hoher Blutverlust eingetreten war. Na gut, fangen wir an. Die Kollegen der Polizei sind wohl noch beschäftigt.« Damit begann er, die ersten Daten zu diktieren. »Opfer in gutem AZ und EZ, Muskulatur ...«

Peddersen winkte von Weitem.

»Hier!«

Die beiden Ermittler schlüpften in die Tatortanzüge.

Der Spreedamm war abgesperrt, die Beamten des Erkennungsdienstes suchten gründlich den verdächtigen Bereich ab.

»Das ist unweit der Stelle, an der das Opfer den Angreifer niedergestreckt hatte. Im Laub sind deutliche Spuren erkennbar. Dort hinten hat jemand gewartet, wahrscheinlich in Hockstellung. Der Bereich, in dem das Laub zertreten wurde, ist eng. Möglicherweise hat der Angreifer an dieser Birke gewartet. Zeitgleich kam der Verfolger des Opfers von hinten näher. Nach Aussage des Opfers erwartete es ihn direkt auf dem Weg, schaltete ihn mit Pfefferspray aus. Das muss der Wartende alles beobachtet haben. Wenn er den Mord geplant hatte, hat er sich vielleicht sogar unglaublich über all die Action geärgert. Polizei und Rettungsteam. Der vermeintliche Angreifer wird abtransportiert, die Polizei nimmt die Aussage auf. Und plötzlich sind alle weg und er mit dem Opfer wieder allein. Seine Chance. Und er nutzt sie. Wie er das Opfer ins Chakra gebracht hat, kann ich nicht erahnen. Aber hier ist so viel Blut, dass ich davon ausgehen muss, dass sie hier gestorben ist.«

Peddersen wies auf das glänzende Laub. »Ist sogar noch feucht.«

»Wo könnte ein mögliches Fahrzeug geparkt gewesen sein?«, wollte Nachtigall wissen. »Beim Chakra?«

»Entlang des Damms sind überall Parkmöglichkeiten. Und wenn man direkt am Sportzentrum steht, fällt das Auto nicht auf. Auch gegenüber der Physiotherapie im Wald wäre ein abgestelltes Auto unverdächtig, selbst beim Bestatter.«

Nachtigall nickte verstehend. »Okay, wir können nicht davon ausgehen, dass er einen knallgelben Porsche benutzt hat. Und ein normales Auto fällt niemandem auf. Hm. So kommen wir nicht weiter. Wir müssen direkt nach Eric van Wortens Wagen fragen – am besten mit Bild.«

»Er hat ja ausgesagt, dass er hier war. Vor dem Chakra gewartet hat.«

»Ja. Aber ab wann genau hat der Wagen dort gestanden und wie lange? Dazu haben wir nur seine Aussage. Es wäre gut, wenn er jemandem aufgefallen wäre.«

»Hältst du ihn für verdächtig?« Maja war etwas überrascht. »Ich sehe ihn nicht als kaltblütigen Mörder. Und wer sollte ihm geholfen haben? Freddy?«

»Ja, Eric war gestern hier. Eine Runde Sauna. Das gönnt er sich manchmal, als Ausgleich zur Denkarbeit, sagt er immer. Er meint, Sport brauchen die einen, Entspannung in der Sauna die anderen.« Der junge Mann lachte, wurde aber sofort wieder ernst. »Hoffentlich ist das kein so großer Schock für ihn, dass seine Mutter im Außenbecken … Vielleicht kommt er nicht mehr zu uns. Könnte ich ja verstehen. Nach der Hitze in das Becken, in dem die tote Mutter … uuuuuhh. Gruselfaktor.«

»War er gestern anders als sonst?«

»Nein. Schien mir nicht so. Er ist letztlich immer ein wenig besonders.«

»Seine Kleidung derangiert? Schmutzig?«, half Klapproth weiter.

»Oh, nein, nein. Immer adrett. Mit frisch gewienerten Schuhen.«

»So kommt er zum Saunabesuch?«, staunte die Ermittlerin. »Die meisten meiner Bekannten gehen in Jogginghose und lockerem T-Shirt.«

»Eric meinte, mit dem Gesicht könne man sich Nachlässigkeiten in anderen Bereichen nicht leisten. Schließlich würde man überall sofort erkannt – oder zumindest auffallen.«

»Na gut. Damit liegt er wohl richtig«, kommentierte Nachtigall.

»War sonst jemand hier, der sich seltsam benommen hat?«

Der junge Mann schüttelte den Kopf. »Nicht bei mir. Aber ich kann meine Kollegin fragen. Ich war nicht die ganze Zeit hier.«

Auf dem Weg über den Parkplatz konnte man Klapproths Schritten ihre Unzufriedenheit anhören. Ihre Boots knallten regelrecht über den Asphalt, was man nur mit großer Anstrengung erreichen konnte.

»Ja, du hast recht. Wir drehen uns im Kreis.«

»Nicht nur das. Wenn wir glauben, wir hätten einen Zipfel der Wahrheit in der Hand, stellt sich heraus, dass er keinerlei Bedeutung hat.«

Maja reihte sich in den Verkehr auf der Straße der Jugend ein.

»Der dritte Mord hat nun eindeutig keinen Bezug zur Politik. Dennoch müssen wir wohl davon ausgehen, dass es sich um denselben Täter handelt. Warum also Viktoria Stein? Weil sie die Mutter von Patrick war? Unwahrscheinlich, aber vorstellbar. Wir müssen in der Vergangenheit dieser Familie graben. Weil sie eine fitte Frau war, unerschrocken und wehrhaft? Unwahrscheinlich, aber möglich, wenn der Angreifer genau so eine Herausforderung gesucht hat oder uns auf neue Fährte locken wollte.«

»Wir fahren in die Wohnanlage. Sie hat sich sicher dort mit anderen getroffen. Die Zeugin heute Morgen sprach doch von irgendwelchen Kränzchen. Fragen wir mal, was jemanden so gegen sie aufbringen konnte, dass er sie umbringen würde«, entschied Nachtigall, und Klapproth bog schwungvoll links ab in Richtung Bahnhof.

»Toll geworden die Kreuzung«, lobte die Kollegin sarkastisch. »Seit der Neugestaltung, die ja nur ein paar Jahre gedauert hat, wie man mir erzählte, ist es viel leichter geworden, mit einer Straßenbahn zu kollidieren. Einige trauen sich schon nicht mehr, über den Bahnhofsberg zu fahren. Echte Fortentwicklung.« Sie grinste und bog in die Thiemstraße ein.

Es dauerte nicht lange, und die sechs Damen, die enger mit Frau Stein bekannt waren, hatten sich in einem kleinen Freizeitraum versammelt. Erwartungsvoll sahen sie die beiden Ermittler an. Niemand tuschelte, eine tiefe Stille lag über der Gruppe.

»Es tut uns leid, Sie mit einer solchen Nachricht überfallen zu müssen: Frau Stein wurde heute am frühen Morgen tot aufgefunden.« Nachtigall ließ die Worte wirken, beobachtete, wie unterschiedlich die Damen reagierten. Einige wurden erwartungsgemäß blass, andere plötzlich fahrig, doch manche blieben unbeeindruckt.

Es setzte leises Tuscheln ein.

»Wir stehen erst am Anfang dieser Ermittlungen, möchten von Ihnen erfahren, was für eine Frau Viktoria Stein war.«

»Tot aufgefunden?«, eine schrille Stimme meldete sich zu Wort. »Was heißt das genau? Sehen Sie, wenn bei uns jemand im Bett tot aufgefunden wird, kommt in den seltensten Fällen die Polizei. Und das Personal hat von Mordermittlung gesprochen. Was ist passiert?«

»Die Umstände des Todes lassen darauf schließen, dass Frau Stein Opfer eines Mordes wurde«, formulierte Nachtigall bewusst unscharf.

»Ermordet?«, Hildegard klang schockiert. »Das hätte ich nun nicht vermutet. Eine starke Frau, intelligent – Reichtümer hatte sie nicht in ihrer Wohnung, warum sollte jemand sie umbringen?«

»Genau das möchten wir von Ihnen wissen! Sie waren jeden Tag mit ihr zusammen. Welchen Grund hätte es geben können, sie gewaltsam zu Tode zu bringen?«, brachte Klapproth das Anliegen der Beamten auf den Punkt.

»Reich war sie nicht. Schmuck trug sie wenig. Habgier kann natürlich viele Formen annehmen, aber bei Viktoria war nicht viel zu holen, wie mein Enkel das formulieren würde.«

»Erst der Sohn, dann die Mutter? Das hat doch System!«, stellte Annelie fest. »Weiß Eric schon davon? Vielleicht ist er das nächste Opfer!«

»Ja, Eric van Worten haben wir bereits informiert.«

»Ich bin dafür, dass wir ehrlich sind. Viktoria hatte einige widerwärtige Züge, die sie nicht gegen jeden auslebte. Sie konnte auch nett. Aber viel zu oft war sie kaltherzig, intrigant, gemein. Gegen ihre Schwiegertochter hat sie besonders gern agitiert. Und nach der Ermordung von Patrick wirkte sie etwa so mitgenommen, als habe sie beim Putzen auf dem Balkon versehentlich eine Spinne mit eingesaugt. Über Tote soll man nicht schlecht sprechen, ich weiß. Aber ehrlich darf man sein – gerade, wenn es um Mord geht.«

»Da hat sie recht. Und es könnte ja sein, dass sie jemandem gehörig auf die Zehen getreten ist. Wenn Viktoria von einem Verbrechen gewusst hätte, wäre ein Mord unter Umständen die einzige Methode gewesen, sie zum Schweigen zu bringen.«

»Angela! Du guckst zu viele Krimis.«

»Gab es denn innerhalb der Gruppen, an denen sie teilnahm, Spannungen?«

»Klar. Öfter. Sie hatte in vielen Fällen eine andere Meinung als die Mehrheit, was sie aber in keinem Fall je zu einem Umschwenken gebracht hätte.« Angela fasste zusammen, was die meisten dachten: »Was aber nicht bedeutet, dass eine von uns …«

»Neulich haben wir über Organspendeausweise diskutiert. Sie hatte einen. In der Handyhülle. Aber Verständnis für andere, die ihre Organe nicht spenden wollten, ging ihr völlig ab.«

»Sie kann ihre nicht zur Verfügung stellen. Darüber wäre sie sicher sehr enttäuscht. Es war ein faszinierender Gedanke für sie, dass einzelne Organe noch Leben retten könnten. Wie ist sie eigentlich gestorben?«, fragte Hiltrud.

»Darüber dürfen wir keine Aussagen treffen«, wand sich Nachtigall aus der Situation.

»Sie war eine schwierige Persönlichkeit. Ihre Söhne konnte

sie nicht leiden, die Enkelchen auch nicht, die Schwiegertochter war ihr ein Gräuel. Sie war mal in psychiatrischer Behandlung. Es war eine Bemerkung am Rande, beim Nordic Walking, die mich darauf brachte. Zu einer Zeit, als die Kinder ziemlich jung waren. Der Vater habe sie in dieser Phase total verweichlicht und für ihr Leben verdorben. Und vor Eric fürchtete sie sich.« Annelie sah in die Runde. »Na ja, sie sagte, sie habe ihm schon als Baby verboten, sie anzustarren. Er wurde geschlagen, wenn er sie anguckte. Ich persönlich halte Gewalt nicht für eine gute Erziehungsmethode, bei Babys schon gar nicht. Es müssen damals tiefe Gräben zwischen ihr und dem Rest der Familie entstanden sein.«

56

Klaus Bernstein wartete vor Silke Dreiers Büro.

Sie würde ihn gleich reinholen, hatte die dynamische Frau gesagt. Nun, gleich war, begriff er, ein ausgesprochen dehnbarer Begriff.

Ganz in Gedanken sah er nicht auf, als sich jemand neben ihn setzte.

»Ach nee, na gucke da: der andere Wolfskuschler!«
Bernstein schrak auf.

»Ach nee, na gucke da: einer von den Wolfsfressern«, konterte er.

»Auch bestellt?«, erkundigte sich Heinz nach der ritualisierten Begrüßung.

»Ne. Ich bin freiwillig hier.«

»Quatsch! Niemand geht aus freien Stücken zur Polizei.«

»Warum Sie hier sind, ist mir klar. Die Beamten, die nach dem Tumult angerückt sind, haben alle Namen der größten Randalierer aufgenommen. Da war Ihrer mit Sicherheit dabei.«

»Ganz oben auf der Liste«, bestätigte Heinz mit stolzgeschwellter Brust. »Nur weil die Politiker kein Vieh auf der Weide haben, finden die den Wolf und seine Ansiedlung toll. Wir sind die Betroffenen – und haben die Schnauze voll, dass wir nach deren Pfeife tanzen sollen. Früher, unter Fritz, da konnte die Regierung sowas erzwingen. Ich sage nur: Kartoffel! Aber heute haben wir Bürger und Bauern auch Rechte. Und setzen uns zur Wehr!«

Bernstein warf seinem Sitznachbarn einen vernichtenden Blick zu. »Ihr setzt euch zur Wehr? Bringt erst Wölfe um«, als Heinz widersprechen wollte, schnitt er ihm mit einer entschiedenen Geste das Wort ab. »Wir wissen es genau! Und ihr bringt auch eure menschlichen Gegner um!«

»Bei dir klirrts wohl im Koppe, wenn ich dich schüttle!«

»Ach was, wir haben euch reden hören. Schon vor der Veranstaltung wart ihr aggressiv und gewaltbereit. Und dann, nach der Diskussion, bleibt eine Wolfsaktivistin auf der Strecke. Im wahrsten Sinne des Wortes.«

»Du bist ja total durchgeknallt. Alle wissen, dass du in die Kleine verschossen warst, aber anderen einen Mord zuschreiben wollen – du, das ist schon wirklich ein starkes Stück.«

Heinz nahm nun seinerseits eine drohende Haltung ein. »Soll ich dir mal sagen, was so gemunkelt wird? Dass du dein Herzblatt umgebracht hast, weil es dich nicht lieben wollte. Da hast du dir so eine Mühe gegeben, dich ranzuwanzen, alles über den blöden Wolf gelernt und warst immer bei allen Veranstaltungen präsent – und dann treibt sie es doch lieber mit ihrer fetten Schwuchtel, die im Weiberfummel und aufgebrezelt wie ein Pfau zur Balz in verrauchten Kneipen miese Lieder schlecht vorträgt. So sieht es nämlich aus.«

Klaus sah aus wie vom Trecker angefahren.

Dann wurde er krebsrot.

Sprang auf.

»Was weiß einer wie du schon von echter Liebe! Bei euch wird nur geheiratet, was hart arbeiten kann, der Rest ist egal. Aber Constanze, die war was Besonderes!«

Damit packte Bernstein den anderen am Kragen, zerrte ihn vom Stuhl und begann mit beiden Fäusten auf ihn einzuschlagen – doch die Gegenwehr setzte augenblicklich ein.

Silke riss die Tür zu ihrem Büro auf. »Das kann ich nicht glauben!« Entschlossen packte sie einen am Kragen, ein Kollege kam zu Hilfe und griff nach dem Zweiten. Mit vereinten Kräften entzerrten sie das sich balgende Bündel, stellten jeder einen schwer atmenden Mann auf die Füße.

»Schluss damit! Sie sind bei der Polizei. Wenn Sie nicht warten können, ohne eine üble Prügelei zu beginnen, verpasse ich jedem von Ihnen schicke Handfesseln.«

»Herr Bernstein! Sie sollten warten. Hatte ich mich missverständlich ausgedrückt und Sie glaubten, Sie sollten jemanden verletzen?«

Erst jetzt bemerkten die beiden Streithähne, dass jeder dem anderen erfolgreich mindestens eine Platzwunde zugefügt hatte.

»Ich hole mal eben den Verbandskasten«, erklärte der uniformierte Kollege und lief den Gang entlang.

»Das glaube ich nicht, zwei erwachsene Männer.«

Nachdem die Wunden versorgt waren, Herbert das Büro verlassen hatte, wurde Bernstein hineingebeten.

Als Dreier die Tür schloss, konnten die beiden hören, wie sich die Männer auf dem Flur kameradschaftlich begrüßten.

»Na, dem hast du aber ordentlich eine verpasst!«, lobte Herbert.

»Hat er nicht anders verdient! Und ganz ehrlich, ich habe mich noch zurückgehalten, sonst sähe der so anders aus, dass die eigene Mutter ihn nicht mehr erkennen würde!«, gab Heinz stolz zurück.

Unter derbem Gelächter zog Herbert davon.

»So, Herr Bernstein. Nun zu Ihnen.« Dreier bot dem Zeugen einen Stuhl an.

»Sie haben ausgesagt, den Parkplatz als Letzter verlassen zu haben. Constanze Blum entschied sich für ihr Fahrrad. Waren Sie nicht enttäuscht, dass die junge Frau Ihr freundliches Angebot ablehnte?«

»Nein. Es war einfach nur ein Angebot. Constanze war nicht ängstlich. Sie sah sich als unkaputtbar.«

»Das war sie nachweislich nicht. Sie haben Frau Blum nicht nur als Aktivistin geschätzt.«

Bernstein sah auf die Pflaster an seinen Fingern hinunter. Schwieg.

»Ihnen bedeutete Constanze Blum viel mehr. Sie waren verliebt in sie.«

Schweres Atmen von Seiten des Zeugen.

»Ich denke, Sie wollten Constanze bitten, ihren Mann zu verlassen. Zu Ihnen zu kommen. Und nun war sie nicht einmal bereit, in Ihren Wagen zu steigen. Ich wette, Sie waren enttäuscht, verletzt, wütend.«

»Dieser idiotische Ehemann. Der wusste gar nicht, welch ein Juwel da mit ihm das Leben teilte. Für ihn war sie selbstverständliche Begleiterin. Er war rücksichtslos egoistisch! Diese Weiberfummel, all diese albernen Auftritte. Eine einzige Peinlichkeit für Constanze. Sie musste all diese hirnlosen Kommentare über sich ergehen lassen. Er hat nicht mal bemerkt, dass sie unter diesem Musikkram litt.«

»Und an Ihrer Seite ...«

»Wäre das Leben für sie wunderbar geworden. Ich hätte ihr jeden Wunsch erfüllt. Natürlich sind mir die Wölfe auch ein Anliegen, wir hätten gemeinsam Seite an Seite für ihren Schutz eintreten können. Und wir hätten in kurzer Zeit eine kleine Familie gegründet. Dieser Weiberfummelheld wollte noch warten. Constanze tat so, als sei sie nicht in Eile.«

»Das hat sie mit Ihnen besprochen?«, staunte Silke.

»Äh, nein. Ich habe zufällig gehört, wie sie mit Annamaria darüber gesprochen hat. Annamaria ist schwanger, und seither drehen sich die meisten Gespräche mit ihr um Menschenwelpen, Ärzte, Hebammen und Geburtskliniken. Ist wohl normal beim ersten Kind.«

»Als Sie an jenem Abend abgeblitzt sind, haben Sie auf Constanze gewartet. Dann schlossen Sie mit dem Wagen auf, stießen sie vom Rad und töteten die Frau, die Sie lieben. Auf dem Weg nach Leuthen setzten Sie Constanze in einen Ansitz, drapierten ihr Rad darunter und fuhren nach Hause. So könnte es gewesen sein.« Dreier sah Bernstein neugierig an. Seine Pupillen weiteten sich, er wurde kurzatmig. Fahrig fuhren seine Hände durch die Luft, als wollten sie zeigen, wie unfassbar diese Unterstellung ist.

»Nein! Ich war sicher längst weg, als Constanze die Straße nach Casel überhaupt erreichte. Und hätte ich sie in meinem Auto transportiert, müssten sich dann dort nicht Spuren finden? Wissen Sie auch schon, wie ich es bewerkstelligt habe, sie in die Kanzel zu bringen?« Hinter jedem Wort drängten Tränen in seine Stimme.

»Wir werden Ihr Auto untersuchen.«

»Nur zu! Ich habe Constanze geliebt – das ist unwidersprochen. Aber nur weil diese Liebe nicht erwidert wird, bringe ich nicht die Frau um, mit der ich den Rest meines Lebens verbringen möchte. Ehrlich gesagt würde es sinnvoller erscheinen, wenn ich ihren Mann umbrächte, damit ich mich vorsichtig der Witwe nähern könnte!«

57

Emile Couvier sprach mit Friederike Schultheiß, genannt Fritz.

Sie saß auf dem giftgrünen Sofa, er ihr gegenüber auf einem Hocker. Entspannt.

»Sie konnten Patrick Stein nicht ausstehen. Warum?«

»Männer, die unverhohlen auf Sex mit möglichst vielen Frauen aus sind, ihre eigene Familie lästig finden – ne, die sind nicht mein Ding.«

»Das glaube ich Ihnen nicht ganz.«

»Aha. Das ist mir ziemlich egal.«

»Ich glaube, es geht um etwas anderes. Sie wissen sehr gut, dass es Stein nicht um Sex ging – sondern um Reproduktion.«

»Er hielt sich für so toll, dass er meinte, es müsse möglichst viele kleine Patrickmischlinge geben, damit sein herrliches Erbgut über Generationen hinaus ein wichtiger Faktor in allen Lebensbereichen sein wird. Und wie nennt man das? Hypertroph? Übersteigertes Selbstwertgefühl?« Sie zerriss das Papiertaschentuch, das sie in den Händen gedreht hatte.

»Ihre eigene Familienplanung sieht anders aus? Ehe und Familie sind nicht oberstes Ziel?«

»Nein. Sicher nicht!«, spuckte sie förmlich auf den Boden des Parteibüros.

»Sie wollten diesen lästigen Durchstarter längst loswerden. Er hat Sie aus der Parteiführung verdrängt, benahm sich verantwortungslos, verriet seine Familie.«

»Na und? Ich habe ihn nicht umgebracht.«

»Das stimmt. Aber ich bin auch nicht des Mordes wegen hier.«

»Nicht.« Die junge Frau schlug die Beine übereinander und verschränkte die Arme unter der Brust.

Panzer, konstatierte Couvier.

»Sie waren gezwungen zusehen, wie dieser Typ alle Macht an sich riss. Charismatisch die Öffentlichkeit erreichte, die Ihnen verwehrt war. Er musste weg.«

»Und?«

»Sie haben ihm all diese Drohmails geschrieben. Haben gehofft, er würde sich aus der ersten Reihe zurückziehen. Als das nicht klappen wollte, haben Sie ihm Briefe an die private Adresse geschickt, damit seine Frau ihn überreden würde, sein politisches Engagement aufzugeben. Auch das hat nicht funktioniert. Er blieb.«

»Hartleibig, der Arsch. Und deshalb bin ich ihm nachgejoggt und habe ihn umgebracht. Weil man Probleme am besten auf diese Weise löst«, höhnte Fritz.

»Er wusste, wer ihm diese Drohmails schickt. Er hat Sie zur Rede gestellt.«

»Woher wissen Sie das? Hat dieser Arsch etwa Tagebuch geführt?«

»Es war demütigend. Ausgerechnet der Kerl, dessen Lebensweise Ihnen zuwider ist, ertappt Sie bei einer Straftat. Sie müssen sich entschuldigen – bei ihm!«

Couvier beobachtete Fritz genau.

Dann meinte er: »Und um die Katastrophe komplett zu machen, hat er Ihre Entschuldigung, in diesem Fall tätige Reue, abgelehnt.«

Fritz wich dem Blick des Fallanalytikers aus.

»Wenn Sie eh schon alles wissen …«, murmelte sie. »Er meinte, Sex habe er nur mit wirklichen Frauen!«

»Autsch.«

58

»Die Damen konnten nicht wirklich helfen. Dass Viktoria Stein eine schwierige Persönlichkeit war, konnten wir schon selbst feststellen.«

»Ich möchte wissen, wie ihr Mann gestorben ist«, überlegte Nachtigall laut.

»Du meinst, sie könnte nachgeholfen haben«, stellte Klapproth trocken fest. »Gut möglich.«

»Drei Männer waren ihr vielleicht schlicht zu viel.«

Schweigen.

»Ich habe auf meinem Fußabtreter wieder ein ›Geschenk‹ gefunden. Diesmal eine prächtige Blüte und ein Lesezeichen.«

»Wie furchtbar!«, reagierte der Kollege empathisch. »Glaubst du …?«

»Ich weiß es nicht. Natürlich habe ich Jannik angerufen und ihm beides gegeben. Seither werde ich den Gedanken nicht los, dass irgendwo wieder Mordopfer warten.«

»Aber bisher hast du noch nichts gehört. Jannik würde sich doch sofort bei dir melden.«

»Ja, sicher. Aber der Gedanke, dass Menschen sterben, weil irgendjemand eine offene Rechnung mit mir hat, ist unbehaglich. Fabian meint, es schleicht jemand hinter uns her. Aber bisher ist er uns nicht aufgefallen.«

»Die beiden Opfer auf dem Dach des schwimmenden Hauses hatten keine Beziehung zueinander. Jannik konnte bisher nicht mehr herausfinden?«

»Nein. Sie müssen zu Lebzeiten nicht einmal ein einziges Wort miteinander gewechselt oder sich je gesehen haben.

Möglicherweise waren sie schon bei ihrer allerersten Begegnung im Kofferraum eines Wagens oder Transporters tot. Der Mörder war nur an den Körpern interessiert. Das ist krank.«

Das Telefon klingelte.

Nachtigall schaltete auf Lautsprecher.

»Ja, Silke?«

»Ich hatte mir Bernstein und die beiden Lautesten von der Wolfsversammlung einbestellt. Ihr glaubt es nicht. Kaum treffen Bernstein und einer der Viehzüchter im Gang aufeinander, gehen die aufeinander los. Eine echte Schlägerei. Ich habe ihn in die Enge getrieben, gedroht, dass wir sein Auto kriminaltechnisch untersuchen lassen – und nun ist klar: Er liebte sie; sie ihn nicht. Er glaubte, sie habe es eilig, eine Familie zu gründen; tatsächlich fand sie aber, es sei allemal genug Zeit für ruhige Planung. Er könnte ausgerastet sein, könnte aus enttäuschter Liebe … aber zwingend drängt sich das nicht auf. Er hat immerhin von Spannungen zwischen den Eheleuten erzählt. Aber da ist vielleicht der Wunsch der Vater der Aussage. Und bei euch?«

»Viktoria Stein war nicht so beliebt, wie sie vielleicht vermutete. Sieht so aus, als wollten sich viele mit ihr gutstellen, damit sie ihnen nicht gefährlich wird. Das Verhältnis zu beiden Söhnen ist angespannt gewesen, die Enkel und deren Mutter mochte sie offensichtlich nicht. Aber ein echtes Mordmotiv drängt sich uns noch nicht auf. Silke, kannst du für mich herausfinden, wie der Ehemann gestorben ist?«

»Uiii, noch ein Mord in der Familie? Ich krieg's raus, bis ihr wieder im Büro seid.«

Kaum hatte er das Gespräch beendet, meldete sich der Rechtsmediziner.

»Die Obduktion Viktoria Stein ist abgeschlossen – ihr habt wohl keine Zeit zu kommen, das verstehe ich schon. Dr. März kam vorbei. Kurz: Messerstiche in den Rücken, dann viele Einstiche im Bereich der Organe. Sie hat nicht so lange geblutet wie die anderen Opfer, der Täter hat bei ihr das Herz gut getroffen. Die Leichenflecken sind blass, aber man kann erkennen, dass der Körper nach dem Tod bewegt wurde. Das Team des Erkennungsdienstes ist noch vor Ort?«

»Ja, ich denke nicht, dass die fertig sind.«

»Gut, dann rufe ich Peddersen an. Ich habe nämlich ein paar spezielle Fragen. Und Besprechung?«

Nachtigall warf einen Blick auf die Uhr. »Okay. In zwei Stunden? Ist das für dich machbar?«

»Klar, bin da.«

»Weißt du, dieser Fall ist so schwer aufzuklären, weil wir viel zu viele Informationen, Indizien und Spuren haben. Ein einziger Wust. Und eine Beziehung zwischen den Opfern ist nicht zu erkennen. Mit Viktoria Steins Tod ist nicht alles klarer geworden, wie du gehofft hattest. Es ist noch rätselhafter!«

»Nein, das sehe ich nicht. Er zeigt uns die Richtung«, stellte Klapproth trocken fest.

59

»Dein Frauchen hat wieder eine Blume geschenkt bekommen. Und ein Lesezeichen.« Der Kater auf seinem Schoß drehte die Ohren nach hinten, wollte genau verstehen, was der junge Mann ihm erzählte.

»Da wird die liebe Maja jetzt in Sorge sein. Wo hat der Mörder wieder einen Tatort arrangiert? Damit hat dieser Parasit sich endgültig Zutritt zu ihrem Denken und Sein verschafft, weißt du?« Jeffrey Dahmer schnurrte leise, was vielleicht bedeuten sollte, er habe diesen Zutritt schon lange, Felidae wüssten genau, wie Mensch funktioniert.

»Ja, das stimmt schon, ihr habt uns im Griff«, bestätigte Fabian zuvorkommend. »Aber ihr Fellträger erobert unser Denken und Sein durch andere Methoden. Ihr schnurrt euch in unser Herz, tobt in unsere Seele, macht uns abhängig davon, euch glücklich zu sehen. Dieser Täter nimmt einen konträren Weg. Er will, dass Maja schmerzhaft leidet. Sie denkt sicher den ganzen Tag über den nächsten Fundort nach, beschäftigt sich mit einem parasitären Sadisten, der sich in ihr Hirn gebohrt hat. Und weder du noch ich können ihn packen, zerreißen, auffressen oder anderweitig vernichten. Er hat eine ungeheure Macht über uns.«

Jeffrey wirkte nicht besorgt.

Fabian lachte leise. »Du glaubst, neben dir und mir und vielleicht Nicola ist kein Platz? Auch wenn dich das jetzt enttäuschen wird: Doch, da ist Raum für Schuld, Angst, Verzweiflung … Aber vielleicht finden wir heraus, wer hinter diesen perfiden und menschenverachtenden Aktionen steckt.

Nur dann können wir Maja und weitere denkbare Opfer retten«, murmelte er leise, und Jeffrey rieb seinen mächtigen Kopf an Fabians Stirn.

Zu dieser Zeit versammelte Nachtigall gerade sein Team.
»Was haben wir?«
»Frau Stein hat tatsächlich die Rettung alarmiert. Genau um 16.24 Uhr. Sie habe in einem Akt der Selbstverteidigung Pfefferspray gegen einen Angreifer anwenden müssen, der in der Folge nun alle Reaktionen einer heftigen allergischen Reaktion zeige. Er habe zunehmend Atemnot, man solle sich besser beeilen. Das taten die Kollegen. Laut Einsatzprotokoll fanden sie eine muntere ältere Dame vor neben einem heftig nach Luft ringenden Mann am Boden. Man habe Sofortmaßnahmen eingeleitet und ihn in die Notaufnahme gebracht. Die Kollegen, die mit dem Streifenwagen im Gebiet unterwegs waren, haben ein Protokoll geschickt. Hier steht sinngemäß, die Joggerin habe sich bedroht gefühlt, weil der Verfolger zunehmend aufrückte. Um sich seiner zu erwehren, habe sie einen Trick angewandt und ihn mit Spray attackiert, das sie selbstverständlich sonst nur zur Abwehr von aggressiven Hunden verwende. Natürlich wisse sie, dass man bei einer gesundheitsgefährdenden Allgemeinreaktion den Notarzt rufen müsse. Das habe sie getan. Das Protokoll wurde direkt im Wagen aufgenommen, weil die Dame behauptete, einen Termin in der Nähe wahrnehmen zu müssen. Die Kollegen nahmen ihre Personalien auf. Sie konnte sich ausweisen. Fertig.« Silke legte die entsprechenden Dokumente auf den Tisch im Besprechungsraum.

»Das bedeutet, Viktoria Stein blieb zurück. Ging aber nicht ins Chakra.«

»Tatort ist der Spreedamm. Sie muss also vom Parkplatz des Streifenwagens aus zurückgegangen sein«, stellte Nachtigall fest. »Vielleicht hatte sie etwas verloren.«

»Mag sein«, räumte Klapproth gedehnt ein. »Der Täter hat sie jedenfalls dort erwartet. Er wusste, dass sie zurückkommen würde.«

»Wenn ihr der Schlüssel aus der Tasche gefallen war, konnte er mit großer Sicherheit davon ausgehen, dass sie kommen würde, um ihn zu suchen. Heutzutage sind das Schlüssel für Schließanlagen, einer passt für alles. Da ist es teuer, wenn du den Verlust meldest und einen neuen brauchst.« Peddersen machte ein unglückliches Gesicht. »Ist mir schon mal passiert.«

»Der Täter nahm das Bund an sich, lauerte im Unterholz. Als sie kam, überwältigte er das Opfer, stach es nieder, tötete es. Und dann?« Couvier seufzte. »Hat er sich die Frau über die Schulter geworfen und ins Fitnessstudio getragen? Dabei ist er niemandem aufgefallen, auch nicht am Tresen, als er sich eincheckte? Unwahrscheinlich.«

»Zumal er sich nicht einfach eingecheckt haben kann. Es gibt ein Kartensystem. Die Mitglieder sind bekannt. Dass jemand mit einer fremden Karte einchecken kann, ist unwahrscheinlich. Er konnte als Fremder nur mit einer Zehner- oder Tageskarte rein. Eventuell musste er bezahlen. In jedem Fall wurde er gesehen«, wusste Peddersen. »Ich gehe da auch zum Sport. Unbemerkt kommst du nicht rein.«

»Eric hatte sich eingecheckt. Er wurde gesehen und erkannt. Auch als er ging.« Klapproth hielt ein sehr schmales Buch mit einem Autorenfoto hoch.

»Okay. Er ist auffällig.« Couvier schrieb mit. »Dieser Mord passt nicht zu den anderen. Zwar wurde das Opfer ebenfalls vom Tatort entfernt und neu in Szene gesetzt, aber es war nicht politisch engagiert. Damit können wir zumindest diese Basis ausschließen.«

»Die Waffe war dieselbe wie bei den anderen Morden.« Dr. Pankratz legte ein Foto auf den Tisch.

»Hier ist deutlich sichtbar, dass der Täter die Waffe jeweils mit viel Kraft in seine Opfer stößt. So weit, dass sich der Schaftring deutlich auf der Haut abbildet. Deshalb wissen wir, dass es immer dieselbe Waffe ist – der Ring weist eine deutliche Beschädigung auf. Die sehen wir um einzelne Einstiche bei allen drei Opfern.«

»Okay, damit wäre die Hypothese hinfällig, es gäbe mehrere Täter«, stellte Nachtigall klar. »Es ist nicht sehr wahrscheinlich, dass die Mordwaffe von Hand zu Hand wandert wie bei ›Mord im Orientexpress‹ von Agatha Christie. Drei Opfer, ein Täter. Es gibt wahrscheinlich einen mitwissenden Helfer.«

»Und noch etwas ist bemerkenswert«, schaltete Couvier sich ein. »Angeblich wusste niemand genau, wo Patrick Stein am Nachmittag Laufen wollte. Nur der Täter scheint die Strecke gekannt zu haben. Unser Ansatz: Es ist nicht wahrscheinlich, dass jemand den Politiker zufällig bemerkte, zufällig ein geeignetes Messer in der Tasche hatte und eine sich zufällig ergebende Chance genutzt hat. Danach gab er das Messer zur weiteren Nutzung an einen Bekannten weiter, der zufällig auch gerade einen Mord plante. Niemand konnte mit Sicherheit davon ausgehen, dass Constanze Blum mit dem Rad nach Hause fahren würde, aber es war sehr wahrscheinlich, und in ihrem Umfeld dürften das viele Leute gewusst haben. Was wir klären müssen, ist, ob Viktoria Stein regelhaft über den Spreedamm zum Sport lief. Wenn nicht – noch ein zufälliges Aufeinandertreffen.« Er schüttelte den Kopf. »Das ist nicht das Szenario, von dem wir ausgehen können. Wir haben es mit einem detailversessen planenden Täter zu tun. Er weiß, wo er seine Opfer treffen kann, plant ihren Abtransport und die Situation, in der sie aufgefunden werden sollen. Er ist unfassbar nah an seinen Opfern dran, weiß mehr als zum Beispiel die Ehefrau. Da er einen Helfer braucht, hat er sich mit Sicherheit jemanden ausgesucht, der ihm die Treue hält – oder einen, den er nach Vollendung der Serie umbringen kann, einen, der ihm nichts bedeutet.«

»Dann wird noch jemand sterben?«, fragte Silke. »Jemand, der von der Gefahr nichts ahnt.«

»Ich glaube, die anderen haben es auch nicht geahnt«, kommentierte Dr. Pankratz.

»Was wir klären müssen, ist: Welcher Mord war ihm der wichtigste – und warum? Ehebruch kommt bei Viktoria Stein nicht in Betracht.«

»Oh, das sollte ich ja klären. Ihr Mann hat sich vor zehn Jahren das Leben genommen. Und zwar ziemlich spektakulär. Er hat sich selbst verbrannt.«

»Aus politischen Gründen? Als Fanal?«

»Genau weiß ich das natürlich nicht. Aber in den Presseartikeln ist an keiner Stelle politisches Engagement erwähnt, man spricht von persönlichen Motiven. Er hat unter der familiären Situation gelitten.«

»Hm, eine gewaltige Belastung für die Hinterbliebenen. Stand in einem der Artikel etwas darüber, wer ihn gefunden hat?«, wollte Couvier wissen.

»Ja. Leider einer der Söhne. Eric kam an dem Wochenende bei ihm vorbei, entdeckte ihn. Er war nach den Presseaussagen bis zur Unkenntlichkeit verkohlt, der Identitätsnachweis musste über einen DNA-Abgleich vorgenommen werden. In einem Interview, zum fünften Todestag des Vaters, erklärte der Lyriker, er sei noch immer betroffen über den Tod und die Art des Sterbens, die sein Vater gewählt habe, aber es sei nicht an ihm, den Verstorbenen zu kritisieren.«

»Es muss schwierig für die beiden gewesen sein – die Mutter kaltherzig und der Vater begeht solch einen dramatischen Suizid.« Nachtigall schüttelte betrübt den Kopf. »Zurück zu unseren Ermittlungen. Also, es gibt eine Tatwaffe, einen Mörder, einen Helfer. So weit sind wir uns einig. Motive für die Morde an Stein und Blum waren, wenn wir die politische Seite ganz ausblenden, Eifersucht, Hass der betrogenen Partner, Streben nach Freiheit und Neubeginn – wobei uns Beweise fehlen. Diese Motive passen nicht auf die Person Viktoria Stein. Welchen Grund sollte Christian Blum gehabt haben, welchen Doreen Stein? Gut, die Schwiegertochter wäre die Schwiegermutter losgeworden, doch lohnt sich ein Mord, wenn die Frau ohnehin mit der Familie keinen Kontakt hat oder auch nur anstrebt? Doreen hat ein Alibi für die Tatzeit, und Christian Blum kommt für den Mord an seiner Frau nicht infrage. Wir suchen nicht mehr nach einer Verbindung zwischen dem ersten und dem zweiten Opfer – vielleicht sollten wir uns auf eine Verbindung zwischen den Hinterbliebenen konzentrieren. Silke, du hast schon danach gesucht.«

»Ja. Und nichts gefunden. Keine gemeinsame Schulzeit, keine Schulfreizeit mit Partnerschulen, keine gemeinsamen privaten Interessen. Doreen Stein kann die Musik von Dragqueens nicht ab, Christian Blum kann wahrscheinlich mit den sphärischen Stücken, die bei ihr ständig im Hintergrund laufen, nichts anfangen. Sie hat mal in einem Presseinterview erzählt, sie liebe Ólafur Arnalds Musik.«

»Wollte Constanze Blum ein Kind von Patrick Stein?«, stieß Couvier einen neuen Gedankengang an.

Es klopfte.

»Frau Klapproth, könnten Sie bitte mal kurz rauskommen?«, erkundigte sich das Gesicht eines Kollegen durch den Türspalt.

Nachtigall nickte ihr kurz zu.

»Nein, wir haben keinen Anhalt dafür. Es gibt diesen Klaus Bernstein, der liebend gern der neue Lebenspartner von Constanze Blum geworden wäre, aber selbst er sagt, Constanze hatte es mit Kindern nicht eilig. Grundsätzlich wollte sie, aber die biologische Uhr tickte noch nicht. Er ist vor meinem Büro in Streit geraten, weil man ihm unterstellte, er habe ein Motiv für den Mord an Frau Blum. Sie habe ihn abblitzen lassen und er habe daraufhin beschlossen, dass ihr Mann sie nun auch nicht länger besitzen solle.«

»Interessanter Ansatz. Aber aus welchem Grund hätte er Patrick Stein töten sollen? Kannten die beiden sich?« Couvier notierte diese Information.

»Bisher habe ich dafür keinen Anhalt«, räumte Silke ein.

»Tatsache ist, dass wir für die Morde sehr wohl Motive und Verdächtige finden könnten. Erst wenn wir alle Taten unter einen Hut bringen, bleibt plötzlich keiner mehr übrig.« Nachtigall seufzte genervt. »Caroline Schuster. Sie hat ein Kind von Patrick, einen Mann auf Montage und ein Verhältnis mit Patrick Stein. Was, wenn es diesmal ernst gewesen wäre? Patrick seine Familie aufgeben wollte, vorhatte, eine neue zu gründen. Wäre das nicht für seine Frau ein Motiv zu handeln?«

»Hat sie nicht euch gegenüber bestritten, dass es ein Verhältnis mit einer anderen gäbe?«

»Ja, Silke, das hat sie. Aber das muss ja nicht stimmen.«

»Wäre es nicht logischer, das Verhältnis zu ermorden und den Ehemann zu behalten?«, meinte Peddersen.

»Vielleicht. Aber nicht in jedem Fall. Angenommen, der Ehemann hat noch mehr Fehler ...«

Klapproth kehrte an ihren Platz zurück. Kreidebleich.

»Ist was passiert?« Couvier war sofort alarmiert, wusste er doch, dass die Kollegin hart im Nehmen war.

»Jannik hat anonym einen Link geschickt bekommen. Wenn man den anklickt, landet man live in meiner Wohnung und kann in jede Ecke gucken, jedes Wort mithören. Sogar das Schnurren von Jeffrey Dahmer. Fabian ist gerade dort und kümmert sich um meinen haarigen Lebenspartner. Ich konnte ihn sehen und jedes Wort verstehen! Das ist verdammt unheimlich.«

»Das wirft ein neues Licht auf die Geschenke, die du gefunden hast. Nun ist klar, dass jemand dich sehr persönlich meint. Shit!«, stellte Nachtigall aufgebracht fest. »Was ist das bloß für ein kranker Typ!«

»Es ist nicht klar, wie lange diese Überwachung schon existiert. Mir guckt vielleicht schon seit Wochen jemand beim Leben zu! Bei allem, was ich tue!«

»Kann die Technik verfolgen, an wen die Bilder gesandt werden?«, fragte Nachtigall beunruhigt. »Oder sind die schlicht für jedermann sichtbar?«

Peddersen zerrte sein Telefon aus der Hülle. »Das kläre ich sofort!«

Aufgeregt sprach er leise mit einem der Mitarbeiter, schilderte die Situation.

»Das Team ist in deiner Wohnung. Sie versuchen, alle Fragen zu klären.«

»Jannik hat einen Einsatz. Ich hoffe, der hat nichts mit mir zu tun«, ächzte Klapproth. »Wenn ich den erwische ...«

Offensichtlich erholte sie sich schnell von dem Schreck. »Ein Team ist also vor Ort und sucht nach Kameras in meiner Wohnung. Beruhigend.«

Peddersen schob wütend seinen Stuhl zurück und sprang auf. »Das ist doch nicht zu fassen. Sicher ein Psychopath, der am Werk war. Wir werden jede Linse finden«, tobte er und war raus auf dem Gang. Nur seine zornigen Schritte waren zu hören.

»Lasst uns zu den Verdächtigen zurückkehren. Wir sollten dem Kerl nicht die Chance geben, unsere Ermittlungen zu stören!«, verlangte Klapproth, und Nachtigall nickte.

Ihm war bewusst, dass dies wahrscheinlich nicht die letzte Hiobsbotschaft für diesen Tag sein würde.

»Eric könnte an Patrick ein privates Trauma abarbeiten, vielleicht auch Rache dafür nehmen, dass er wahrscheinlich nie eine Familie haben wird.«

Couvier schrieb am Flipchart mit.

»Doreen könnte ihren Mann aus Eifersucht getötet haben oder weil sie sich rächen wollte für eine ganze Reihe von Demütigungen. Falls sie wusste, dass er ein außereheliches Verhältnis hatte, sie verlassen wollte ...«

»Carolines Mann, der sich für die Samenspende rächen wollte, die seiner Meinung nach unnötig war ...«

»Viktoria könnte die Eskapaden ihres Älteren beenden wollen – wir wissen, dass sie sich darüber sehr aufgeregt hat ...«

»Fritz Schultheiß. Sie hat offen zugegeben, dass sich nur mal einer trauen musste. Vielleicht war sie es selbst. Immerhin wissen wir, dass sie ihm die Drohmails geschickt hat. Dieser Plan ihn loszuwerden schlug fehl, also ...«

»Constanze wollte vielleicht Christian verlassen. Das würde alles, was er über die Beziehung erzählt hat, Lügen strafen. Niemand verlässt eine Dragqueen!«

»Oder genau umgekehrt. Jemand hat die lästige Frau beseitigt, damit Christian wieder zu haben war.«

»Viktoria Stein, weil sie solche Typen nicht ausstehen kann.«

»Das meinst du doch nicht ernst?«, lachte Nachtigall, und Klapproth räumte ein: »Nein, wohl nicht.«

»Eric kannte den Mann gar nicht.«

»Für morgen: Bilder von Eric sollten wir in den Konzerträumen der Dragqueens zeigen. Vielleicht war er regelmäßiger Gast. Caroline Schuster bestellen wir noch mal ein. Mit Doreen Stein müssen wir sprechen, und Christian Blum muss uns mehr über Klaus Bernstein erzählen. Könnte wirklich sein, dass er eifersüchtig war.«

»Zu Viktoria?«

»Doreen konnte sie bestimmt nicht leiden, aber ihr Mann ist tot, das familiäre Verhältnis, das wohl in der Realität nie bestand und nicht gelebt wurde, ist damit beendet. Die Oma hat sich für die Enkelinnen nicht interessiert, das würde sich nach dem Tod des Vaters nicht geändert haben.«

»Eric leidet noch immer unter seiner Mutter. Sie war dominant, vielleicht ungerecht. Seine Beziehung zu Freddy hat sie ohnehin nicht verstanden. Aber warum gerade jetzt? Hat er vielleicht geglaubt, seine Mutter habe Patrick umgebracht? Wie eng war das Verhältnis der Brüder zueinander wirklich?«

Nachtigall wusste, dass er eine neue Richtung vorgeben musste.

»Das Messer. Kannst du uns zeigen, wie es ungefähr aussehen muss? Dann suchen wir danach. Ist es eine übliche Variante Messer oder etwas Besonderes?«

»Ich schicke euch nachher Fotos von Messern, die infrage kommen. Wie gesagt, der Abdruck ist rund, es fehlt ein Stück. Es ist ein Messer, wie man es in jedem Haushaltswarengeschäft erwerben kann. Bestimmt nicht allzu teuer, bei

richtig guter Qualität, wäre der Rand nicht ausgebrochen.«
Dr. Pankratz fuhr sich über die makellose Glatze. »Aber ob es aus einem besonderen Stahl gefertigt wurde, kann ich dem Stichkanal nicht ansehen. Nur, dass es sehr scharf geschliffen sein muss. Es glitt mühelos in den Körper.«

»Wir befragen Eric, Klaus Bernstein und Caroline Schuster erneut. Wie tief war die Beziehung zu Stein? Konnte Doreen Stein davon gewusst haben? Wo waren die einzelnen Verwickelten gestern Abend? Und wir brauchen ein Phantombild von all denen, die im Chakra ohne Mitgliedskarte waren – zum Sport, Kurs oder Sauna und Wellness.«

Er verteilte die Aufgaben.

Emile Couvier würde dem Team nicht mehr zur Verfügung stehen, ahnte er. Seine Fragestellung war geklärt.

»Drei Tage, drei Morde. Das ist ein Fall von besonderer Brisanz. Ich werde nachfragen, aber eigentlich bin ich sicher, dass ich euch unterstützen werde«, erklärte der Fallanalytiker in diesem Moment, als könne er Gedanken lesen.

»Gut, dann möchte ich, dass du Maja und mich bei der erneuten Vernehmung von Christian Blum unterstützt. Ich muss wissen, was ich ihm glauben kann und was nicht. Er hat ein gesichertes Alibi für den Mord an seiner Frau. Zwei Zeugen bestätigen seine Angaben. Aber die drei sind ein Team. Vielleicht. Und wir haben keine Verbindung zwischen Christian Blum und Patrick Stein gefunden. Silke, klemm dich dahinter! Vielleicht findest du eine Verbindung zu Bernstein, dem abgewiesenen Liebhaber. Check bitte, ob er aktenkundig geworden ist. Vielleicht hatte er in früheren Beziehungen Ausraster bei Eifersuchtsszenen, außerdem gibt es Menschen, deren Liebe sich immer auf andere fokussiert, die gebunden sind und diese Bindung auch nicht lösen werden. Möglich, dass er so einer ist. Vielleicht erliegt er generell Schwärmereien für verheiratete Frauen.«

»Warum sollte man sich ausgerechnet jedes Mal in jemanden verlieben, der bereits einen festen Partner hat?« Maja schüttelte verständnislos den Kopf. »Masochismus?«

»Eine Möglichkeit, ja«, bestätigte Couvier. »Eine andere ist allerdings, dass er schon bei der Anbahnung sicher sein kann, dass er mit der erwählten Person auf keinen Fall dauerhaft verbunden bleiben muss. Keine Verpflichtung. Aber Jagderfolg.« Er grinste.

»Doreen Stein. Hätte sie ihren Mann umbringen können, bevor sie die Kinder aus der Schule abholte und zum Einkaufen fuhr?«

»Der Todeszeitpunkt liegt bei Patrick Stein zwischen 16 und 19 Uhr«, meinte Dr. Pankratz. »Natürlich gibt es Möglichkeiten der Manipulation in diesem Bereich. Aber die erfordern viel Aufwand und Wissen.«

»Sie ist eine gut trainierte Frau. Treibt sicher viel Sport. Wir werden sie nach ihrem Studio fragen. Und den Erkennungsdienst vorbeischicken. Gab es auf dem Grundstück eine Laube? Aber auch, wenn sie körperlich in der Lage gewesen wäre, ich denke, das Zeitfenster ist zu eng. Und wer geht nach einem Mord ruhig und fröhlich mit den Kindern zum Einkaufen?«, überlegte Nachtigall. »Motiv wäre allerdings klar. Aber eben auch nur für den Mord am Gatten.«

»Wir brauchen die Querverbindungen.«

»Gut. Pause. Wir haben die Aufgaben verteilt. Maja, Emile und ich sprechen mit Frau Schuster und Christian Blum. Silke, du weißt …«

Die Angesprochene nickte.

»Ich fahre im Chakra vorbei und bestelle denjenigen ein, der mit den Abendbesuchern zu tun hatte. Wegen der

Phantombilder. Geht nach Hause. Maja, du hast den Erkennungsdienst in deiner Wohnung. Das wird dauern. Möchtest du …?«

»Nein, Peter. Ich darf sicher mit meinem Kater bei Fabian unterkriechen. Kein Problem. Hoffentlich ruft Jannik mich nicht an einen Tatort des Phantoms.« Sie lächelte tapfer, griff nach Jacke und Rucksack. »Ich gehe dann. Wann kommen wir ins Büro?«

»Ich denke, wir brauchen eine etwas längere Pause. Vier Stunden Unterbrechung?«

In diesem Moment trat Dr. März in den Raum.

»Frau Klapproth? Ich hatte nicht erwartet, Sie hier zu treffen. Ich habe von den Kameras in Ihrer Wohnung gehört – meinen Sie, das hat mit den Morden am Gräbendorfer See zu tun? Derselbe Täter? Wie konnte er sich Zutritt zu Ihrer Wohnung verschaffen?«

»Ich bin gerade dabei, Antworten auf Ihre Fragen zu finden. Auf meinem Fußabtreter lagen eine sicher seltene Blüte und ein Lesezeichen, ein Schildchen mit ›Maja‹. Jannik ist dran.«

Damit nickte sie dem Staatsanwalt zu. »Ich fahre hin!«

Als die Tür hinter ihr zugefallen war, sah Dr. März jeden einzeln an.

Dann wanderte sein Blick zum Flipchart.

»Sie haben den Eindruck voranzukommen?«, erkundigte er sich in einem Ton, der ausdrücklich ein Nein als Antwort implizierte.

»Wir haben drei Morde, eine Waffe für alle drei Taten. Für jeden Mord könnten wir sehr wohl Verdächtige finden, aber keiner von unserer Liste käme für alle drei in Betracht. Wir suchen Querverbindungen«, fasste Nachtigall die Ergebnisse zusammen.

Dr. März machte kehrt, erreichte die Tür und legte schwer die Hand auf die Klinke. »Dann hoffe ich, dass während Ihrer Suche nicht weitere Morde verübt werden.«

60

Conny war auf der Couch eingeschlafen.

Aber die beiden Katzen hatten die Hoffnung auf die Rückkehr des Hausherrn nicht aufgegeben. Mit erwartungsvoll hochgereckten Schwänzen umschnurrten sie die beiden Heimkehrer.

Leise schlichen sich Männer und Katzen in die Küche.

»Brot? Käse? Ein gerührtes Ei?«

Couvier nickte.

»Silke hat mir in Ergänzung zu den anderen Verbindungsnachweisen auch den von Viktoria Stein mitgegeben. Wir haben die Nummer von Bernstein, Patrick Stein ohnehin, Constanze Blum und auch von Doreen Stein und Eric van Worten.« Nachtigall begann mit den Vorbereitungen für ein schnelles Arbeitsessen.

»Gib mir inzwischen die Listen – ich such schon mal.«

Couvier zog ein kleines Mäppchen mit verschiedenfarbigen Markern aus der Sakkotasche. War schnell völlig vertieft in die Suche.

»Dass Patrick und seine Frau miteinander telefoniert haben, ist nicht überraschend. Aber tatsächlich gehen die Kontaktversuche eher von ihr aus. Und offensichtlich wurde sie gern auf die Mailbox umgeleitet. Er wollte von ihr nicht gestört werden. Aber hier ist eine Nummer, mit der hat er häufig telefoniert – durchaus auch länger als fünf Minuten.«

»Sein Steuerberater?«, mutmaßte Nachtigall und schnitt saure Gurken in Scheiben, wusch Tomaten ab.

»Caroline Schuster?«

»Möglich. Das kriegen wir schnell raus.«

»Lass mal, ich mach das.« Conny stand unerwartet in der Tür, nahm ihrem Mann das Messer ab. »Wie lange ist die Pause?«

»Vier Stunden. Wir haben noch eine Leiche.«

»Ein Täter, drei Morde in drei Tagen. Was ist das für eine Hektik. Hat er nicht mehr viel Zeit? Austherapierter Patient, der weiß, dass er in wenigen Tagen sterben wird?« Sie kicherte. »Ist eher Sujet für einen Schmalzfilm. Im wahren Leben wissen wir nicht auf die Minute genau, wann wir sterben. Nicht einmal den Tag, wenn nur wenige Tage bleiben. Aber offensichtlich ist Eile geboten.«

»Aber warum?«

»Ein planbares Ereignis, dem man zuvorkommen will. Der Besuch der Schwiegermutter ist so ein Termin. Bevor sie kommt, sind unglaublich viele Dinge zu erledigen. Putzen, waschen, entrümpeln, gründlich aufräumen, Gästebett richten … Und wenn sie dann da ist, hörst du sie deinen Mann fragen, ob mit der Gattin alles in Ordnung sei, sie wirke so gestresst, sei blass.«

»In diesem Fall ist die Schwiegermutter gerade getötet worden«, grinste Emile.

»Ach herrjeh. Dann hat sich dieser Punkt erledigt«, lachte Conny und stellte die beiden Teller auf dem Tisch ab. »Oder jemand hat endgültig den stressigen Besuchen ein Ende gesetzt.«

»Aber ein anderer Termin könnte eine ähnliche Wirkung gehabt haben.« Nachtigall biss hungrig in sein Käsebrot, probierte vom Rührei, teilte heimlich Käse und Ei mit den haarigen Kostgängern. »Hm. Wann wollte dieser Ehemann von Montage zurückkommen?«

»Darüber wurde gar nicht gesprochen, denke ich. Seine Frau hat nichts erwähnt. Wir fragen morgen nach.« Couvier zog einen Notizblock hervor und notierte sich diesen Punkt am Kopf der nächsten Liste.

»Christian Blum hat sicher einen Job, der ihm ein Einkommen sichert. Nur vom Honorar für die Auftritte kann er nicht leben, denke ich. Aber es ist denkbar, dass Constanze ihr Leben finanziert hat. Sie war eine Art Wolfsbeauftragte für Brandenburg beim BUND. Informationsveranstaltungen wurden von ihr organisiert, wissenschaftliche Ergebnisse zusammengetragen und ausgewertet, Gespräche mit Schützern und Jägern hat sie auch geführt, Infomaterial zur Verfügung gestellt, Unterschriftensammlungen in Innenstädten organisiert.«

»Der Wolf hatte eine zentrale Position in ihrem Leben.«

»Vielleicht dachte Klaus Bernstein tatsächlich, er könne mit dem Wolf als Vehikel einen Platz in ihrem Herzen erobern. Klingt sehr nach Liebesschnulze, ich weiß, aber denkbar wäre es.«

»Also zumindest in der Vorbereitungszeit der Diskussionsrunde haben sie viel miteinander zu besprechen gehabt.

Manchmal bis zu zehn Anrufe in kürzester Zeit.« Nachtigall staunte. »Was ist das? Schusseligkeit? Ist doch unwahrscheinlich, dass ständig ein neuer Punkt auf der Agenda nachrückt.«

»Feinabstimmung. Da tauchen manchmal unerwartete Fragen auf.« Conny lachte leise. »Ich glaube, die beiden haben jetzt genug genascht. Die müssen keinen Mordfall lösen, sind immer pünktlich zu den Mahlzeiten zu Hause. Sie sind besser versorgt als du.«

»Welches ist die Liste mit den ermittelten Telefonnummern?«, versuchte Nachtigall schnell abzulenken.

Couvier legte eine neue Liste obenauf. »Wir werden sie so nicht finden. Die sind schlau. Wahrscheinlich haben sie für die Einsätze nur Prepaid-Handys benutzt.«

»Ihr seid schon so lange ein Team, da sollte euch ein Verhörtrick einfallen, der Täter und Mittäter in die Falle tappen lässt«, ermutigte Conny die beiden Ermittler.

»Der Trick fällt uns sicher erst nach dem Duschen ein«, beteuerte Couvier und verschwand ins obere Stockwerk.

Conny kuschelte sich an ihren Mann.

Er spürte ihre Wärme tröstlich auf seiner Haut. »Ach Conny. So viele Verdächtige, und keiner kennt den anderen, käme als Mittäter in Betracht. Dabei wissen wir, dass es zwei Personen waren, die Patrick Stein abtransportiert haben.«

»Ich weiß, ihr fürchtet, während ihr grübelnd Rührei und Brot vertilgt, räumt ein Wisser den Mitwisser aus dem Weg.«

Nachtigall nickte. »Drei Morde – und vielleicht weiß nur ein einziger anderer Mensch, wer der Täter ist.«

Maja Klapproth saß bei Fabian auf der Couch.

»Ich kann das kaum glauben. Da bringt einer überall in meiner Wohnung Kameras an – und ich merke nichts davon.«

»Es war zumindest niemand hier, der irgendetwas kontrollieren oder überprüfen wollte. Kein gefakter Handwerker oder einer von der Betreuungsgesellschaft. Der Kerl muss eingebrochen sein.«

»Spurlos? Das halte ich für unmöglich. Und die Kollegen haben nun wirklich gründlich nach Hinweisen jeder Art gesucht.«

Jeffrey Dahmer lag zwischen den Geschwistern und zuckte manchmal im Traum.

»Ein Werkater hätte keinen reingelassen! Aber Jeffrey ist eher von der netten Sorte.« Majas Finger wühlten sich durch das weiche Fell des Kartäusers.

»Er hat es gut getroffen bei dir. Und in mir hat er jederzeit eine verständnisvolle Aushilfsnanny, wenn du nicht da bist. Das ist perfekt.«

»Fabian, ich habe Angst.«

Der junge Mann legte seine Hand auf ihren Oberschenkel. »Ich weiß. Aber ich weiß nicht, wer der Kerl ist. Immer wenn wir rausgehen, gucken wir uns ständig um. Nie ist einer zu sehen. Und doch ist klar, dass wir beobachtet werden. Scheißgefühl!«

»Sogar in Schlafzimmer und Bad waren Kameras. Ich habe keine Geheimnisse mehr vor ihm.«

»Du hast zwei Stunden Pause. Geh duschen. Wir richten dir bei uns ein Bett. Und morgen früh ist deine Wohnung wieder überwachungsfrei.«

»Danke. Ist lieb, dass wir heute bei euch übernachten dürfen«, flüsterte sie in Fabians Ohr und der Bruder antwortete: »Glaub bloß nicht, das sei deinetwegen. All meine Fürsorge gilt ausschließlich dem Kater. Du weißt, Menschen kann ich nicht ausstehen.«

61

Tagebuch

Manche wissen nicht, wann das Ende der Fahnenstange erreicht ist.
Zu denen gehöre ich nicht.
Meine Frau quälte die Kinder und hat sogar mehrfach versucht, mich zu töten.
Das kann ich nicht länger ertragen.
Natürlich ist mir bewusst, dass sie krank ist. Sehr krank. Immerhin kann sie den Kindern nicht mehr wirklich gefährlich werden; die wissen, ihre Mutter einzuschätzen.

Meine Söhne, ihr seid erwachsen. Eric wird wohl immer Probleme im Leben haben, aber Patrick auch – nur völlig andere. Vielleicht könnt ihr zusammenhalten und euch gegenseitig stützen. Aber da eure Mutter euch gründlich entzweit hat, gehe ich nicht davon aus, dass ihr das hinkriegt.
Mir ist bewusst, dass zwei junge Männer wie ihr neue Wege finden müssen, um sich zu beweisen, dass sie sind. Patrick wird sich mit viel Sex und Reproduktion zeigen, dass er den Kampf ums Dasein gewonnen hat. Je mehr Nachkommen, desto besser. Die ganze Stadt in der Hand von Patrickabkömmlingen. Aber was kann Eric tun? Ich weiß, dass er homosexuell ist. Reproduktion ist nicht sein Thema. Er schreibt Gedichte. Moderne

und herkömmliche. Toll, wenn man Gefühle so auszudrücken in der Lage ist. Eric, wenn du dies eines Tages liest: Ich bin sehr, sehr stolz auf dich!
Für mich ist diese Erdenqual vorbei.
Ich brenne darauf zu gehen!
Lebt wohl und macht alles besser als ich!

62

Zurück im Büro versammelte sich das Team.

Es ging darum, eine geschickte Strategie für die Vernehmungen zu entwickeln, damit am Ende beweisbar und gerichtsfest feststehen würde, welche beiden Verdächtigen zusammengearbeitet und womöglich die Morde begangen hatten. Dann hätten sie endlich ein Ende des roten Fadens und könnten sich daran entlanghangeln.

Nachtigall grüßte bewusst dynamisch in die Runde, meinte: »So, zu dieser frühen Stunde werden unsere zukünftigen Gäste wohl noch schlafen. Wir rufen an bei Christian Blum, Doreen Stein und Eric van Worten. Die werden sicher kommen. Die Streife holt Caroline Schuster, Klaus Bernstein und die Partner von Blum ab. Haben wir inzwischen ein Phantombild der nicht persönlich bekannten Gäste des Fitnessstudios? Wir brauchen einen Durchsuchungsbeschluss für die Räume von Christian Blum und Doreen Stein. Wir suchen nach einer Verbindung zu einem der anderen. Es gilt keine Zeit zu verlieren, wenn unsere Überlegungen richtig sind, schwebt der Mittäter in Lebensgefahr. Ich möchte, dass ein jeder sieht, dass er nicht allein einbestellt wurde. So verunsichern wir sie, und jeder muss glauben, wir kennen die Verbindung zum anderen. Und man weiß ja nie, wie stark der Partner sich bei einem Gespräch erweist. Die Sicherheit, unentdeckt zu bleiben, schwindet. Natürlich dürfen sie keine Gelegenheit bekommen, sich etwas zuzurufen, zuzustecken oder dergleichen.«

»Gut, dann brauchen wir eine intelligente Raumbesetzung. Ein gutes Zeitmanagement.« Couvier begann mit einer Liste. »Wie viel Räume stehen uns zur Verfügung? Dein Büro, das Büro von Silke und Maja, zwei zusätzliche Räume? Kontakt während der Gespräche über Laptop. So geht es lautlos, und jeder weiß über die gerade erreichten Ergebnisse bei den Kollegen Bescheid. So kann man jeweils sofort nachhaken. Bitte den Ton unbedingt ausschalten, sonst stört die Hintergrundkommunikation das aktuelle Gespräch.«

Alle nickten. Das war selbstverständlich.

»Wir setzen jeweils einen Zeugen mit einem Beamten in einen Raum. Gesprochen wird nicht. Schon gar nicht über die Morde. So, wer arbeitet nun mit wem?«, fragte Nachtigall, sah Silke an und schlug vor: »Klaus Bernstein kommt zu dir? Er kennt dich, wird also sicher nicht ausfallend. Was ist mit diesen drei lauten Wolfsfeinden? Heinz, Herbert, Johannes?«

»Heinz und Herbert konnten nachweisen, dass sie unmittelbar nach der Aufnahme der Prügelei im Drehpunkt nach

Hause gefahren sind. Dafür gibt es Zeugen. Die beiden waren so wütend, dass die Nachbarn ihre Heimkehr hören konnten. Alle haben das telefonisch bestätigt, meinten aber immer noch sauer, wenn man die Polizei wegen nächtlicher Ruhestörung mal brauche ...« Silke schmunzelte.

»Und Johannes Kurz?«

»Der konnte nicht kommen, hatte einen Termin für eine Augen-OP. Er ist neu einbestellt, für heute gegen 8.30 Uhr.«

»Gut, dann schickt ihn zu Maja und mir.

Zu dir und Emile setze ich Herrn Blum. Er kennt euch nicht. Schwerpunkt ist klar.«

Die beiden nickten.

»Zu uns kommt auch Caroline Schuster. Sie hat bisher ein Verhältnis zu Patrick Stein vehement geleugnet. Mal sehen, was sie heute zwei neuen Ermittlern zu sagen hat. Nach den Gesprächen geht keiner unserer ›Gäste‹ einfach weg. Sie warten mit einem Beamten in gesonderten Räumen.«

»Was möchtest du sehen? Ich werde auf dem Gang stehen, wenn man die Zeugen zu uns bringt. Christian Blum und Doreen Stein sollen sich begegnen. Meinst du, einer von ihnen erschrickt, zuckt zusammen?«, wollte Couvier wissen. »Nonverbale Kommunikation ist nicht so leicht zu entziffern, aber ich gebe mir Mühe.«

»Wenn die beiden sich gar nicht ansehen, ist das auch ein Indiz. Denn die normale Reaktion, die wir hier tagtäglich bei Begegnungen auf dem Gang beobachten, ist Neugier.«

»Gut. Ich achte darauf. Danach kommt?«

»Das Gespräch mit Doreen Stein. Sie hat viel Zeit, die sie unbeobachtet verbringen kann. Der Mann arbeitet außer Haus, die Kinder gehen in die Schule. Ihre Freizeit ist gut planbar. Falls es einen Geliebten gibt, könnte sie ein sehr diskretes Verhältnis mit ihm leben. Wir suchen im Haus nach

Beweisen für eine Beziehung zu Blum. Vielleicht finden wir noch einen weiteren Zeugen ... Alles ist möglich.« Nachtigall zuckte mit den Schultern. »In diesem privaten Bankhaus hat sich niemand negativ über Stein geäußert, die Kundenbeurteilungen alle positiv. Da scheint er beliebt gewesen zu sein. Was daran liegen könnte, dass in diesem kleinen Bankhaus in der Abteilung Finanzberatung keine Frauen arbeiten. Kein Feld, das er hätte beackern können, deshalb kein Stress unter Kollegen.«

»Jan-Peter Schneider mochte ihn nicht. Aber das war ein persönliches Ding, glaube ich. Dessen Meinung über Stein war vernichtend.« Silke dachte an das Gespräch zurück. »Er war ziemlich erkältet. Keiner, der in diesem Zustand hinter einem sportlicheren Mann her joggt. Seine Frau war eindrucksvoll, er nur krank.«

»Dann notieren wir den Namen für spätere Termine. Jetzt brauchen wir erstmal die Phantombilder. Dann kommen unsere ersten Gäste. Maja und ich bilden ein Team, Silke und Emile ein zweites. Emile kommt zu Gesprächen dazu, wenn wir ihn darum bitten. Wir schicken in diesem Fall eine Nachricht. So! Fangen wir an!«

Der Kollege, der die Phantombilder erstellte, hatte einen Umschlag auf Nachtigalls Schreibtisch hinterlassen. Der Cottbuser Hauptkommissar brachte ihn ins andere Büro über den Gang.

»Hier sind die Bilder drin. Mal sehen, ob wir einen unserer Zeugen erkennen.«

Er zog zwei Bögen heraus, und vier Köpfe beugten sich darüber.

»Hm.«

»Tja.«

»Nun ja. So auf den ersten Blick ...«

Enttäuscht schoben sie die Bilder zur Seite. »Aber wenn jetzt einer von den beiden reinkommt, wissen wir genau, dass er am Tattag im Chakra war.«
»Blutige Kleidung ist bei niemandem aufgefallen. Dieses Rätsel bleibt bis auf weiteres ungelöst.«

Couvier stand wie versprochen im Gang, als sich die ersten Gesprächspartner einfanden.
Caroline Schuster würdigte ihn keines Blickes, hob sogar ihren Sohn höher, damit sie Couvier ignorieren konnte. Johannes Kurz wurde in einen Extraraum gebeten, Klaus Bernstein ebenfalls. Er tat so, als kenne er Kurz nicht, aber diese Reaktion war vielleicht auf dessen Verhalten im Drehpunkt zurückzuführen.
Der Fallanalytiker notierte sich alle Besonderheiten.

»Sie sind Caroline Schuster, geborene Pfalz, wohnhaft in Cottbus, Uhlandstraße 65«, diktierte Maja ins Aufnahmegerät.
»Ja.«
»Sie kannten Patrick Stein persönlich, hatten eine Beziehung mit ihm.«
»Nein. Das stimmt so nicht. Das ist schlicht unwahr. Er hat mir nur zu meinem Kind verholfen.«
Nachtigalls Augenbraue zuckte in Richtung Haaransatz.
Auf dem kleinen Computer erschien die Mitteilung, man habe den Herrn des Hauses in der Wohnung bei seiner Frau angetroffen.
»Sie wissen längst von seiner Freigiebigkeit. Das lief ohne jeden Körperkontakt. Ein Verhältnis gab es nicht.« Sie drückte das Kind fest an sich, und der Kleine protestierte unwillig. »Er ist es nicht gewohnt, dass wir um diese Zeit nicht zu Hause sind.«

»Wann ist Ihr Mann nach Hause gekommen? Vorsicht! Wir überprüfen das gründlich.«

»Vor anderthalb Wochen«, räumte sie zögernd ein.

»Also haben Sie uns belogen. Er war nicht in Norwegen.« Maja beugte sich näher zur Zeugin über den Tisch. »Das ist ja interessant. Dann war er in Cottbus, als der Mord an Patrick begangen wurde.«

»Ja und? Er hat ihn schließlich nicht getötet.«

»Das wissen Sie genau?«

»Ja. Er hat einen verdammten Gips. Es gab einen blöden Unfall auf der Baustelle. Er hätte niemanden umbringen können – und er hatte gar keinen Grund, denn er weiß nichts von dem Deal mit Patrick, er kennt ihn nicht einmal.«

»Wir werden ihn dazu befragen«, stellte Maja ruhig fest.

»Nein! Dies ist unser Sohn. Und Sie dürfen das nicht zerstören!« Tränen schwammen in den Augen der Frau. Der Kleine sehr still geworden, merkte, dass etwas nicht stimmte. »Das dürfen Sie nicht!«

»Natürlich dürfen wir. Es ist eine Mordermittlung. Und Ihr Mann rückt gerade in den Kreis der Tatverdächtigen auf.«

Die Zeugin schwieg.

Kuschelte ihre Nase an den Kopf des Kindes, das leise zu glucksen begann.

»Patrick hatte mit seiner Frau nur Töchter. Er wollte sie zu einer weiteren Schwangerschaft überreden, er wünschte sich so sehr einen Sohn. Doch Doreen wollte nicht noch einmal schwanger werden. Sie lehnte kategorisch ab. Patrick begann daraufhin, an fremde Frauen sein Sperma zu spenden. Und so kam er zu einer Anzahl männlicher Nachkommen, die selbstverständlich nicht wussten, dass er ihr biologischer Vater war – und er umgekehrt auch von ihnen nichts wusste. Als ich schwanger wurde, trafen wir uns zufällig in der Stadt, er lud mich auf ein Eis ein. Von da an sahen wir uns in lockeren Abständen. Mein Mann hat nie etwas bemerkt. Und das will ich erhalten.«

»Was würde passieren, wenn er erführe, dass sein Kind nicht von ihm ist?«, fragte Maja nach.

»Das weiß ich nicht genau. Und ich möchte es auch nicht herausfinden.« Diesmal kullerten Tränen über ihre Wange.

Klaus Bernstein war nicht begeistert.

Silke tat, als bemerke sie die aggressive Grundstimmung gar nicht, die den Mann wie eine leuchtende Aura umspielte.

»Guten Morgen, Herr Bernstein. Ich habe gleich Zeit für Sie. Der Kollege wird Sie in einen Warteraum bringen.«

Belustigt beobachtete Silke das Mienenspiel ihres Zeugen, als dieser erkannte, dass auch Christian Blum in einen separaten Raum geführt wurde.

Befriedigung pur. Ein bisschen Triumph spiegelte sich in der Körperhaltung Bernsteins.

Couvier nickte ihr zu, und sie kehrte zu Johannes Kurz zurück.

Mit dem Verband über dem Auge hätte der vierschrötige Mann wie ein Pirat aussehen können, wäre der Zellstoff schwarz statt weiß gewesen. So wirkte Kurz eher wie ein Versehrter, der aus den Kampfhandlungen als Verlierer hervorgegangen war.

»Sie konnten gestern nicht kommen, wegen des Auges«, stellte Silke mitfühlend fest. »Was haben Sie nur gemacht?«

»Ach, bei der Kontrolle der Tiere musste ich über unwegsames Gelände. Und da bin ich blöd abgerutscht und habe einen Ast quer übers Auge bekommen. So ein Mist. Ich habe jetzt einen Schaden an der Hornhaut. Alles bloß, weil das eine Mutterschaf sich versteckt hat.«

»Aber Sie haben das Tier gefunden?« Silkes Empathie war deutlich zu hören.

»Sie mögen Schafe?«

»Ja, schon immer. Am liebsten sind mir die Heidschnucken. Aber die niedlichen kleinen Skudden, die würde ich auch halten, wenn ich einen Hof hätte.«

»Na, da müssten Sie aber ständig auf der Hut vor dem Wolf sein. Die Kleinen mag der auch besonders gern.«

»Und Sie haben das Muttertier gefunden?«

»Nein, Madame hat mich gefunden. Und weil ich da so gejammert habe, hat Madame geblökt, der Hund ist angerannt gekommen – der sollte natürlich bei der Herde bleiben. Aber der Manni kam angetobt und hat gebellt. Das hat mein Sohn gehört, und der hat mich runtergeführt. Ich hab ja nix gesehen. Aber Blut in den Tränen. Na ja. Nun heißt es abwarten.«

»Tut es noch weh?«

»Nur so ein bisschen. Ich bin hart im Nehmen.«

»Bei der Rauferei nach der Diskussion im Drehpunkt hatten Sie auch einiges abbekommen. Im Protokoll der Kollegen sind ein paar Verletzungen aufgeführt – unter anderem ein gebrochener Finger, eine Platzwunde am Hinterkopf, die genäht werden musste, und eine Schnittwunde am linken Oberarm, beigebracht durch eine Glasscherbe, als Sie versucht haben, durchs eingeschlagene Fenster abzuhauen. Aber die Kollegen haben Sie eingesammelt.«

»Ja. Da ging's gut zur Sache. Was muss diese blöde Aktivistin auch derartig provozieren.« Er demonstrierte seinen eingegipsten Arm.

»Herr Kurz, wir haben ein Video der Veranstaltung. Darauf ist klar zu erkennen, dass nicht Frau Blum provoziert hat. Sie und Ihre Freunde haben angefangen, und Sie haben einen Stuhl zertrümmert, um sich bewaffnen zu können.

Kann man genau sehen.« Couvier übernahm den freundlichen Ton von Silke, nannte aber knallharte Fakten, die den Zeugen offensichtlich nicht amüsierten.

»Was heißt da Video! Niemand hat uns gesagt, dass der Raum videoüberwacht wird. Das darf man gar nicht ohne Einwilligung! Den zeig ich an, den Wirt!«

»Machen Sie mal halblang. Aufregung tut Ihrem Auge sicher nicht gut. Es ist ein privates Video, das einer der Besucher gedreht hat.«

»Ist mir auch egal. Die blöde Schlampe. Ist mit einem Mann verheiratet, der als Frau auftritt. Mit der stimmt ja was nicht. Keine anständige Frau gibt sich mit so einem Kerl ab. Der hat's im Bett sicher nicht draufgehabt, sonst wär die Kleine ja längst schwanger gewesen.«

»Sie werden unsachlich, Herr Kurz. Und beleidigend.« Silke versuchte die Wogen zu glätten.

»Ach was, wenn die Frau mit so einem verheiratet ist, dann tickt sie nicht ganz richtig. Ist nicht schlimm, dass sie sich nicht vermehrt.«

»Herr Kurz!«

»Ist doch wahr. Lebt schon genug krudes Gesindel auf dieser Welt.«

Silke legte ein Foto von Patrick Stein auf den Tisch.

»Ist Ihnen dieser Mann bekannt?«

»Bekannt – nein. Gesehen habe ich ihn schon mal. Das ist dieser Politiker, der uns die Kohle nehmen will. Als ob nicht jeder hier wüsste, dass die Kohle sozusagen der Lebenssaft der Lausitz ist. Und erst hieß es, wir bekommen jede Menge Geld als Ausgleich, können was Neues aufbauen. Und jetzt? Die Sachsen werden die meiste Kohle für den Ausstieg einsacken! Ist ja klar. CDU liebt CDU. In Brandenburg ist SPD. Klar, da hat die Regierung kein Interesse an uns.«

Couvier unterdrückte ein lautes Stöhnen. Für Johannes war die Welt ganz einfach.

»Der Politiker wurde ermordet. Frau Blum ebenfalls. Wir suchen nach einer Verbindung zwischen den Opfern.«

»Ich habe den Stein – so heißt der doch – mit Frau Blum gesehen. Ich musste wegen meines Rückens zur Physiotherapie – und da kamen mir beide entgegen. War in der Ecke bei der Stadthalle.«

Silke und Emile warfen sich einen knappen Blick zu. Waren die beiden dort im Hotel gewesen?

63

Eric legte den Hörer auf.

Schon wieder. Polizei. »Bitte kommen Sie bei uns vorbei. Juri-Gagarin-Straße.«

»Ach Freddy, mir scheint, das nimmt gar kein Ende. Patrick mit seinen idiotischen Vermehrungswünschen. Er ist tot, und ich werde involviert. Du liebe Güte. Mein Bruder wurde ermordet, meine Mutter ebenfalls – und mich schikaniert die Ermittlungsbehörde. Also nett oder mitfühlend ist anders.«

Er griff nach einer Sporttasche.

»Vielleicht packe ich lieber gleich ein paar Dinge ein. Wer weiß, manchmal braucht es nicht viel und du wanderst in U-Haft. Du musst dir keine Sorgen machen, wenn es zum Äußersten kommt, wird sich Doreen um dich kümmern.« Er streichelte den Papagei, dessen aufgeregtes Schnattern sofort in ein leises Schmusegeräusch wechselte.

»Bloß gut, dass ich mit dieser Wolfsaktivistin nicht auch noch verwandt bin. Sonst würden die behaupten, ich wolle die ganze Familie ausrotten. Dabei – mal ganz ehrlich – diese Familie frühzeitig auszurotten, wäre nicht der schlechteste Gedanke gewesen. Eigentlich erstaunlich, dass ich relativ normal bin. Wenn man vom optischen Eindruck mal absieht.« Er lachte leise.

Der Vogel auf seiner Schulter balancierte sich aus, während Eric Slips, Unterhemden und Socken aus der Schublade nahm und in die Tasche legte.

»Bestimmt fragen sie mich dasselbe wie gestern. Schließlich wissen sie, dass ich im Chakra war, wissen, dass ich wusste, dass meine Mutter dort zum Sport geht. Aber natürlich ist das alles ein bisschen schwierig für die Ermittler. Drei Tote und kein Mörder in Sicht. Mag sein, sie brauchen einen Erfolg. Für die Presse zum Beispiel. Da kommt ihnen Eric van Worten gerade recht.«

Lange stand er vor dem Schrank und überlegte. Dann entschied er sich gegen Hemden und packte T-Shirts ein. Der Kulturbeutel war schnell bestückt. Zur Sicherheit nahm er zwei der flauschigen Handtücher mit.

Seufzend setzte er Freddy auf der Lehne der Couch ab, stellte ihm ein paar Leckereien parat, nahm Schlüssel, Papiere und Reserveschlüssel mit und verließ das Haus.

Warf im Vorbeigehen die Tasche in den Kofferraum und

brachte den Reserveschlüssel zum Haus der Schwägerin. Er hatte einen Zettel daran befestigt.

»Falls ich nach dem Termin bei der Polizei nicht zurückkomme, kümmere dich bitte um Freddy. Die Mädchen wissen, wo sein Futter steht. Gönnt ihm auch einige Streicheleinheiten. Seine Seele braucht Nähe. Danke, Eric.«

64

Christian Blum erhaschte einen Blick auf Klaus Bernstein, als sie im Flur aneinander vorbeigeführt wurden. Kurze Zeit später sah er, wie Johannes Kurz den Gang entlangging – in Richtung Ausgang.

Dann schloss sich die Tür zu seinem Wartebereich, den er sich mit einem schweigsamen Beamten teilte.

Nachtigall las: »Kurz muss sich wegen Sachbeschädigung und Körperverletzung verantworten. Er ist auf dem Video klar zu identifizieren.«

»Wir wollten gemeinsam in eine neue Zukunft starten. Er hatte die Schnauze voll von seiner Frau – und ich kenne meinen Mann kaum, der ist ja immer weg. An dem Tag, an dem man ihn umgebracht hat, waren wir verabredet. Er hatte die Entscheidung für sich und seine Familie getroffen, das heißt, er hatte mit Doreen darüber gesprochen, dass er sie und die Mädchen verlassen wollte. Ich sollte das mit meinem Mann klären.« Sie schluchzte. »Aber mein Mann stand plötzlich in der Tür. Ich konnte keinen erklärenden Brief nach Norwegen schicken. Er war plötzlich da. Deshalb war es mir nicht möglich, mich mit Patrick treffen. Ich habe ihm aber eine WhatsApp geschickt. Er wusste, dass ich versuchen würde … am nächsten Tag … Ich habe ihn so sehr geliebt! Und nun bleibt mir nur sein Sohn als Erinnerung an den fabelhaftesten Mann, den man sich nur denken kann.« Nun weinte sie hemmungslos. »Mein Mann hat gar nicht bemerkt, wie traurig ich war, oder er dachte, es geht um seine Verletzung. Aber meine Freundin, die am Abend schnell vorbeikam, um ein Strickmuster zu holen, hat mich gleich in den Arm genommen. Sie dachte erst, es sei jemand gestorben. Ich erzählte ihr von der Verletzung meines Mannes. Es durfte niemand von meiner Liebe zu Patrick wissen. Seit jenem Tag bin ich zu Hause bei meinem Mann. Der ist chronisch eifersüchtig und hat mich ständig im Blick.«

Couvier las: »Caroline Schuster hat ein Alibi für den Mordabend. Aber Doreen Stein wusste wohl davon, dass ihr Mann sie verlassen wollte.«

Klaus Bernstein wirkte gereizt.
Er rutschte unruhig auf dem Stuhl umher, der zugegeben nicht wirklich bequem war.

»Mein Name ist Nachtigall, dies ist meine Kollegin Klapproth«, stellte der Hauptkommissar vor.

»Klaus Bernstein, mein Name. Und ehrlich gesagt weiß ich nicht, warum ich nun schon wieder hier sitze.« Die Platzwunde über dem Auge leuchtete frisch. »Immerhin wird mich keiner tätlich angreifen.«

»Sie waren auf dem Gang mit einem der Viehzüchter in Streit geraten, es kam zu einem Wortgefecht und anschließend zu einem gewalttätigen Übergriff. Worum ging es dabei?« Nachtigall wählte einen betont sachlichen Ton.

»Um Constanze Blum. Und ihren Mann, der immer wieder mit seinen albernen Auftritten für Peinlichkeiten aller Art sorgt«, empörte sich der Zeuge. »Seine Frau musste sich ständig für ihn einsetzen, weil er als schwul, krank oder sogar Schlimmeres bezeichnet wurde. Und der Heinz hat gestern gesagt, es sei nur gut, dass aus dieser kranken Verbindung nicht auch Kinder … Da bin ich laut geworden, und schon kam es zur Gewalt gegen mich. Da musste ich mich doch zur Wehr setzen.«

»Sie hatten ein besonderes Verhältnis zu Frau Blum, das weit über Ihr Engagement für die Wölfe hinausging.« Maja mischte sich ein, und zum ersten Mal fiel sein Blick auf die sportliche Frau.

»Ja. Wir waren befreundet.«

»Es wäre von Ihrer Seite sehr viel mehr möglich gewesen, nicht wahr?«, fragte die Frau weiter.

Bernstein wand sich.

Hustete.

»Nun«, begann er und verstummte.

»Nun?«

»Nun ja. Aber es war so, dass sie ihren Mann liebte. Das hat sie mir deutlich gesagt. Freundschaft sei okay, mehr aber nicht. Sie wollte abwarten, was die Zeit so bringt, sagte sie mir. Noch sei sie nicht in Eile, was Familienplanung anging. Also blieb ich ihr bester Freund, der sogar diesen peinlichen Ehemann anderen gegenüber verteidigte und in Schutz nahm. Sie halten mich sicher für total bescheuert.«

»Gar nicht«, versicherte Klapproth und hoffte, ihre Züge drückten dasselbe aus.

»Was würden Sie denken, wenn Sie Constanze Blum mit Patrick Stein gesehen hätten? Auf dem Weg in ein Hotel«, übernahm Nachtigall den Gesprächsball.

»Nichts. Ich hätte gedacht, sie haben eine Besprechung. So unendlich weit sind unsere Wölfe vom Umwelt- und Naturverständnis der Grünen nicht entfernt.«

»Und wenn Sie wüssten, dass dieser Mann Frauen zu Schwangerschaften verhilft?«, stocherte Maja weiter.

»Constanze hatte solch einen Service nicht nötig. Christian kann Kinder – aber er will im Moment noch nicht!«

»Und Ihnen wäre nicht in den Sinn gekommen, dass sie sich nur mit Ihnen hätte zusammentun müssen? Sie wollen gern Kinder, nicht wahr?«, hakte Nachtigall ein.

»Und? Ich gehöre nicht zu der Art Mann, die ständig nachdrängelt. Zwischen uns war alles besprochen. Constanze wusste, dass ich jederzeit und bei jedem Problem an ihrer Seite stünde. Mehr war nicht zu sagen.«

»Wo waren Sie am Abend vor der Diskussionsrunde?«

»Beim Bestatter. Wenn Sie möchten, gebe ich Ihnen die Telefonnummer und die Adresse. Meine Tante ist gestorben, ich bin der letzte Angehörige. Wir haben alle Formalitäten erledigt, einen Sarg ausgesucht und das Begräbnis besprochen. Sie wird übermorgen beigesetzt. Viele Gäste werden nicht kommen, vielleicht bin ich mit dem Trauerredner allein. Meine Tante ist sehr selbstständig gewesen –

erst eine Woche vor ihrem Tod wurde sie krank und starb binnen Wochenfrist. Es war ein erfülltes Leben.«

Klang der letzte Satz etwas neidisch, überlegte Nachtigall, ein wenig so, als sei Bernstein überzeugt, sein Leben würde diesen Punkt nie erreichen?

Couvier las: »Bernstein hat ein Alibi für den Mord an Stein. Und in der Akte steht, ein Nachbar bestätigt, dass er gegen Viertel vor eins zu Hause war.«

Doreen Stein war angespannt.

Silke bot ihr ein Wasser an, sie nickte dankbar.

»Sehen Sie, normalerweise ist es schon stressig genug, was auf einen einstürmt, wenn der Gatte stirbt. Aber wenn er ermordet wird, potenziert sich das. Ständig steht die Polizei vor meiner Tür oder will, dass ich sie besuche. Bloß gut, dass die Mädchen das alles nicht mitbekommen, die sind in der Schule.«

»Könnten nicht die Großeltern einspringen und Sie ein wenig entlasten?«

»Meine Eltern sind bei einem Unfall ums Leben gekommen. Und meine Schwiegermutter wurde auch ermordet. Großeltern haben wir nicht.«

»Freunde?«

»Nein. Eric ist auch einbestellt, oder? Er ist der Onkel der Kinder. Er könnte, aber richtig wild aufs Nichtenhüten ist er nicht.« Doreen putzte sich die Nase. Sehr bedeutungsschwanger, sehr elegant und damenhaft. »Und er ist unheimlich. Aber meine Mädchen mögen Freddy, seinen Graupapagei. Das beschäftigt sie schon mal für 2-3 Stunden.«

»Wir wissen, dass Ihr Mann andere Frauen traf, um ihnen ihren Kinderwunsch zu erfüllen.« Couvier ließ es so klingen, als sei solches Verhalten üblich und weit verbreitet. Silke kämpfte ein Prusten nieder.

»So ein Quatsch! Mein Mann hatte keine nebenehelichen Verhältnisse.«

»Nein. Nicht mit allen. Aber den Wunsch nach einem Kind erfüllte er den Frauen dennoch.« Couvier beschrieb das Prozedere.

Doreen lachte schallend. »Das glauben Sie im Ernst?«

»Ja. Mehrere Frauen haben uns sein Vorgehen dabei dezidiert beschrieben. Es war ein Deal. Geld hat er dafür nicht genommen.«

Doreens Züge verhärteten sich. »Sie sind sicher, dass lauter Nachkömmlinge meines Mannes rumlaufen? Er wollte immer einen Sohn. Mit mir hatte er Mädchen. Vielleicht suchte er Bestätigung dafür, dass er auch Jungs kann.« Ihr Ton war schneidend. »Das ist doch nicht zu glauben!«

»Frau Stein, eine dieser letzten Erzeugungsbegegnungen führte in eine echte Beziehung. Ihr Mann wollte Sie verlassen, mit einer anderen und deren Kind, das er gezeugt hatte, ein neues Leben beginnen. Das hat er Ihnen auch gesagt. Er wollte sich von Ihnen und den Mädchen trennen.« Silke fasste die harten, unbequemen Fakten zusammen.

»Ach was. Dazu hatte er keinen Grund. Nur, weil die einen Sohn von ihm hatte, wäre die Verbindung doch nie eine gute Ehe geworden!«

Couvier las: »Abtreibung vor zwei Jahren.«

»Sie haben ein Kind abtreiben lassen. Ist gerade zwei Jahre her.«

»Ja. Woher wissen Sie das?«

»Wir haben einen Durchsuchungsbeschluss für Ihr Haus.

In Ihrem Arbeitszimmer haben die Kollegen die Rechnung Ihres Arztes gefunden. Und einen Brief Ihrer Freundin Susi aus Hannover, die davon schreibt, dass es ein Sohn geworden wäre und anmerkte, sie hätte das Geschlecht in einem solchen Fall lieber nicht erfahren wollen.«

»Ja und? Er hat auch beides gefunden und sich furchtbar aufgeregt. Natürlich bin ich davon ausgegangen, dass er niemals mein Tagebuch lesen würde. Und von seinem Zweitschlüssel zu meinem Schreibtisch hatte ich auch keine Ahnung. Nie hätte ich dieses Stöberverhalten bei ihm für möglich gehalten. Eine Schwangerschaft austragen und die Geburt durchleben – alles Aufgabe der Frau. Ich wollte kein weiteres Kind.«

»Woher kennen Sie eigentlich Christian Blum?«, wechselte Silke etwas ruckartig das Thema.

»Seit ... quatsch. Christian Blum? Kenne ich gar nicht.«

»Sie wissen, dass er hier ist. Was, glauben Sie, wird er uns antworten, wenn wir ihn nach der Beziehung zu Doreen Stein fragen?« Couvier wusste mit Sicherheit, dass sie log.

»Er würde ebenfalls wahrheitsgemäß antworten, dass er mich nicht kennt.«

»Wo waren Sie vorgestern Abend?«

»Zu Hause. Ich weiß, da wurde meine Schwiegermutter getötet. Meine Kinder können bestätigen, dass ich zu Hause war. Gegen sieben kam eine Nachbarin zum Kondolenzbesuch vorbei. Und Eric rief mich an, um wegen der Beerdigung nachzufragen. Aber das war gegen 20 Uhr.«

»Ihre Schwiegermutter war eine Belastung«, stellte Silke fest.

»Oh ja. Aber es ist mir in den letzten Jahren ganz gut gelungen, sie von uns fernzuhalten. Sie hatte einen negativen Einfluss auf Patrick. Viktoria wirkte demoralisierend, entwertend. Patrick war nach einem Besuch von ihr klein, wehrlos und mutlos. Ich wollte verhindern, dass sie den Mädchen auch so etwas antut. Je seltener wir sie sahen, umso besser für uns alle.«

Couvier las: »Pause! Sorg dafür, dass er sieht, dass sie geht! Sie bleibt aber im Wartebereich.«

Sie versammelten sich im Besprechungsraum.
»So, wir sehen etwas klarer. Das Team des Erkennungsdienstes hat interessante Dinge in beiden Wohnungen gefunden. Bei Steins die Rechnung über die Abtreibung.
Bei Blums ein Foto. Ballontour über Cottbus, Christian und Doreen in inniger Umarmung. Die Kollegen sind gleich mit dem Bild hier. Dann konfrontieren wir beide damit. Gucken mal, was ihnen dazu einfällt«, erklärte Nachtigall.
»Die Verhältnisse sind klar. Stein mit Schuster, Blum mit Stein. Tut mir fast ein bisschen leid für Bernstein. Ich denke, er hat seine Constanze wirklich geliebt. Warum Viktoria sterben musste, finden wir auch raus. Die Abtreibung bei Steins war offensichtlich nicht zwischen den Partnern abgesprochen. Ich schätze, das war der letzte Tropfen, der das Fass zum Überlaufen gebracht hat. Die Strategie wird nicht aufgehen.«
Maja schüttelte den Kopf. »Ich sehe dennoch nicht, dass unsere Strategie aufgehen wird.«
Couvier erklärte: »Sie waren nie wirklich vertraut. Eine geheime Chose ohne Tiefe. Sie wissen nicht, ob sie einander vertrauen können – und sie sind maßlos egoistisch. Es funktioniert. Schnell.«
»Silke, in dieser Seniorenwohnanlage gibt es aus dem Kreis um Viktoria Stein eine alte Dame, die Hildegard heißt. Frag sie bitte, ob Frau Stein ihr kurz vor oder nach dem Tod des Sohnes etwas anvertraut hat.«

65

Hildegard saß mit der netten, jungen Frau im Café, genoss ein Stück Torte und ein Glas Prosecco.

»Das ist aber lieb von Ihnen, mich ins Café einzuladen«, freute sich Hildegard. »Ohne Hintergedanken wird das nicht sein. Wie kann ich Ihnen helfen?«

»Wir sind mitten in den Ermittlungen zum Mord an Ihrer Freundin. Und wir fragen uns, ob sie Ihnen kurz vor oder nach dem Tod des Sohnes ein Geheimnis anvertraut hat. So was wie: Hildegard, ich erzähle dir jetzt was, aber das darfst du niemandem verraten ...« Silke lächelte die alte Dame tapfer an.

»Tja, mein Gedächtnis ist nicht das Beste, aber wenn Viktoria mir so etwas gesagt hätte, sollte ich es wohl behalten haben.«

»Zumal es mit dem Tod ihres Sohnes zu tun hatte«, half die junge Frau weiter.

»Nein, direkt nicht. Sie hatte Eric besucht. Nicht, weil er es gewollt hätte – solche Überlegungen spielten für Viktoria keine Rolle –, sondern weil sie ihn mal wieder motivieren wollte, etwas Richtiges zu arbeiten. Dabei schreibt er so wunderbare Gedichte. Und wenn man etwas besonders gut kann, soll man dabei bleiben, sage ich immer.«

»Das ist ein guter Ansatz.«

»Eric bezieht so etwas wie eine Apanage aus der Hinterlassenschaft des Vaters, zusätzlich zu seinem Erbteil. Hat sein Vater so verfügt. Autoren verdienen kein großes Geld, er wollte Eric den Rücken finanziell freihalten. Viktoria drohte damit, ihm das Geld streichen, wenn er nicht ernsthaft versuchen würde, einen Beruf zu erlernen. Und sie verlangte, dass er eine Therapie macht. Nicht wegen des Vogels, sondern weil er schwul ist. Ich habe ihr gleich gesagt, dass das Quatsch ist, weil man Schwulsein nicht wegtherapieren kann, ist wie die Länge der Nase oder die Farbe der Haare. Alles angeboren. Therapie nutzlos, ja sogar extrem schädlich. Und nach dem Besuch bei Eric wollte sie bei ihrem Großen noch was regeln, aber sie kam nur bis zur Hecke. Die Schwiegertochter war am Telefonieren. Und da hat sie was Seltsames gehört ...«

Christian Blum wurde zu Couvier und Klapproth ins Zimmer gebracht.

»Das wird aber auch Zeit. Wissen Sie eigentlich, wie lange ich schon warte?«

»Ja. Das tut uns wirklich leid, aber dies ist eine Mordermittlung. Da sind Wartezeiten nicht ausgeschlossen.«

»Was wollen Sie noch? Beamte durchwühlen meine privaten Dinge, ich sitze hier und kann nicht über meine Besitztümer wachen. Das ist eine regelrechte Unverschämtheit!«

»Das mag Ihnen so vorkommen. Wir haben ein Foto gefunden.« Nachtigall legte das Bild auf den Tisch. Täuschte er sich oder wurde der Zeuge plötzlich blass?

»Sie werden ab sofort als Beschuldigter vernommen.« Nachtigall erklärte ihm seine Rechte. »So. Die Frau in Ihrem Arm ist Doreen Stein. Wann haben Sie Frau Stein kennengelernt, seit wann haben Sie ein Verhältnis mit ihr, wusste Herr Stein davon? Hatten Sie Ihre Frau eingeweiht?«

»Ich habe kein Verhältnis zu Frau Stein! Ich liebe meine Frau. Liebte.«

»Mit Frau Stein hatten wir vorhin ein sehr interessantes, aufschlussreiches Gespräch.« Nachtigall ließ diesen Satz im Raum stehen. Mochte Herr Blum mit der Information beginnen, was er wollte. Immerhin hatte er gesehen, dass

Frau Stein zum Gespräch kam, abgeholt wurde und erneut wartete. Bewacht von einem Beamten.

»Na, dann wissen Sie ja Bescheid.« Blum atmete tief durch, rang mit sich. Dachte darüber nach, was Doreen wohl erzählt haben mochte. Und sprudelte dann hervor: »Es war alles ihre Idee. Wahrscheinlich hat sie das Ihnen gegenüber anders dargestellt. Hätte ich mir ja denken können, dass auf sie kein Verlass ist. Und alles nur weil sie zufällig ein Gespräch belauscht hatte. Wenn er sie verlassen hätte, wären sie und die Mädchen in finanzielle Schwierigkeiten geraten. Wir sind schon lange ein Paar, immer diskret. Dies ist das einzige Foto, das uns gemeinsam zeigt. Offiziell konnte Doreen keine Dragqueens ausstehen, mochte nur beruhigende Musik. Ich hatte mit Politik nichts zu tun, lebte von den Auftritten und meiner Frau. Für die Gesellschaft ein Leben mit leicht parasitärem Touch.« Er war nach dieser Zusammenfassung atemlos.

»Aber Patrick wollte seine Familie verlassen.«

»Das hat er am Telefon versprochen, fragte sich nur, wem. Da erzählte mir Bernstein, er habe Constanze in der Stadt mit Stein gesehen. Alles klar.«

»Alles klar?«, bohrte Nachtigall.

»Ja. Er ist promiskuitiv, hatte mit meiner Constanze … Doreen und ich schmiedeten einen Plan. Ich habe ihn getötet und sie meine Frau. Easy, gibt es in der Literatur zu Kriminalfällen immer wieder.«

»Wie haben Sie ihn gefunden? Es war nicht seine Laufstrecke.«

Maja Klapproth sprach mit Doreen Stein.

»Wir hatten gerade ein sehr spannendes Gespräch mit Herrn Blum.«

»Na, dann ist Ihr Tag ja gerettet.«

»Darüber würde ich keine Aussage wagen«, gab Klapproth ehrlich zu. »Aber Sie können Ihren noch deutlich verbessern.«

»Wohl kaum. Herr Blum erzählt spannende Dinge – na wow! Mit mir können die nichts zu tun haben, denn ich kenne ihn nicht.«

»Das überrascht mich. Wir haben bei ihm ein Foto gefunden.« Maja drehte den Laptop so, dass Frau Stein das Bild sehen konnte.

»Aha. Zwei Menschen in einem Ballon.«

»In inniger Umarmung.«

»Und wenn schon. Das Fahren in einem Ballon macht glücklich und verbindet.«

»Frau Stein, wir wissen, dass Ihr Mann Sie verlassen wollte, dass er mit seinem Anwalt telefoniert hat, dass alles vorbereitet war. Wer gesteht, bekommt einen Bonus beim Richter. Das sollten Sie sich deutlich vor Augen führen. Wenn Sie für 25 Jahre ins Gefängnis gehen, wachsen Ihre Mädchen allein auf.«

»Mein Mann wollte mich verlassen. Gut. Warum nicht. Es sei ihm gegönnt – und mir auch. Was wäre schon passiert?«

»Frau Stein, Sie verstehen mich nicht. Herr Blum sitzt im Nebenraum und erzählt Herrn Nachtigall seine Version der Geschichte, in der Sie nicht gut wegkommen dürften.«

Schweigen. Trotzig.

»Und unsere Kollegin ist bei einer Freundin Ihrer Schwiegermutter, die ebenfalls einige interessante Details beisteuern kann. Im Moment können Sie sich nur selbst helfen.«

Schweigen. Unsicher.

»Herr Blum ging davon aus, dass seine Frau ein Verhältnis mit Ihrem Mann hatte. Ich kann verstehen, dass Ihnen die ganze Situation immer unerträglicher vorkam. Erdrückend. Da legt man sich leicht auf eine endgültige Lösung fest.«

Schweigen. Nachdenklich.

»Eine Scheidung haben sie ausgeschlossen. Der Belastung für die Mädchen wegen und nach genauer Analyse der finanziellen Folgen. Ihnen blieb praktisch keine andere Wahl.«

Dann: »Nun, wahrscheinlich liegen unsere Versionen weit auseinander. Seine Idee war, wir morden uns frei und führen dann ein entspanntes Leben. Hätte wirklich klappen können. Woher sollte ich wissen, dass noch ein Weib im Spiel war.«

»Woher wusste Blum, wo er Ihren Mann treffen konnte?«

»Ich habe meinen Mann belauscht. Er hat jemandem am Telefon erzählt, er würde heute eine neue Strecke laufen. Richtung Badesee und dann weiter ... Also habe ich diese Information an Christian weitergegeben. Er hat ihn abgepasst und alles erledigt. Am Abend, als alle Ihre Kollegen weg waren, bin ich mit ihm raus. Wir haben die Leiche geholt und im Vorfeld des Tagebaus abgelegt. Ein bisschen begraben, damit man nicht gleich was merkt. Danach bekam ich das Messer. Meine Mädchen haben nichts gemerkt, weil ich ihnen ein leichtes Schlafmittel verabreicht habe. Bei Constanze sind wir ähnlich vorgegangen, diesmal habe ich zugestochen. Wir haben vorher geübt, damit ich mit dem gleichen Schwung zustoße wie er. Schließlich wissen wir, dass der Rechtsmediziner aus den Wunden eine Menge herauslesen kann. Er kam nach dem Konzert, und wir haben Constanze in die Kanzel gesetzt. Die Brettchenschuhe haben wir in meinem Garten verbrannt.«

»Viktoria?«

»Sie hat belauscht, dass mein Mann die Scheidung einreichen wollte. Und als er ermordet worden war, hat sie mir gedroht, sie werde mich an die Polizei verraten, sollte ich auch nur einen Cent des Erbes beanspruchen. Also ... Christian hat ihr aufgelauert. Die Wangen tamponiert, Bart angeklebt, ich hätte ihn fast nicht erkannt. Der Zwischenfall mit dem anderen Jogger – eine Lachnummer. Er hat Viktoria zusammengefaltet und in einer Art überdimensioniertem Seesack verstaut. Ist ins Chakra, hat sie, nachdem alle weg sein sollten, an den Rand des Beckens gelegt und Handtücher drüber geworfen. Er wurde rauskomplimentiert. Irgendwann in der Nacht ist Viktoria elegant ins Becken gerutscht. Fertig.«

Still nahm Klapproth das Aufnahmegerät vom Tisch.
Eine Kollegin führte Frau Stein ab.
Silke würde das Protokoll tippen, Frau Stein es wahrscheinlich, ohne zu zögern, unterschreiben.
Sie wusste, wann ein Spiel verloren war.

Peter Nachtigall sah zu, wie Christian Blum abgeführt wurde.
Er hatte vollumfänglich und detailreich gestanden. Selbst die Herstellung der Brettchenschuhe genau erklärt. Die Anzahl der Stiche hatten er und seine Komplizin vorher festgelegt – auch die Stellen, die getroffen werden sollten, damit die Ermittler nur von einem Mörder ausgehen und in die Irre geleitet würden.
Couvier seufzte. »Schneller als erhofft. Weil sie einander nicht vertrauen konnten, misstrauisch davon ausgingen, der andere würde nur seine eigene Haut zu retten versuchen. Zwei Geständnisse, die wir nun auseinanderwickeln müssen. Aber der Ablauf ist deutlich geworden.«
»Das Motiv? Rache? Beenden einer unglücklichen Beziehung? Klargeworden ist das noch nicht. Da steckt noch viel Arbeit in dem Fall.«
»Kommst du mit zu Conny?«
»Gerne.«
»Dann fahr schon vor. Ich habe noch was zu erledigen.«

66

Der Polizeibeamte hatte Eric darüber informiert, dass er gehen könne.

Ein wenig erstaunt und seltsam traurig war er in seinen Wagen gestiegen, hatte dort gesessen. Nur so. Er wusste später nicht, ob er etwas gedacht hatte – vielleicht war in seinem Kopf nur Leere gewesen.

Irgendwann hatte er den Motor gestartet.

War losgefahren.

Die Dunkelheit umfing ihn rasch. Sie war nicht tröstlich wie sonst – auch nicht bedrohlich wie manchmal.

Sie war der Tod.

Er blieb im Auto, wartete, bis die Schwärze überallhin gekrochen war.

So musste sein Vater sich damals gefühlt haben.

Nutzlos.

Sinnlos.

Als er ihn im Garten gefunden hatte, war das Feuer längst aus. Nur der schwere Dunst von Brandbeschleuniger hing noch über der Stelle, Dampf stieg auf. In dieser sonderbaren Haltung, die man Fechterstellung nennt, lag etwas, das mal ein Mensch gewesen war. Ein Kopf war zu erkennen. Ähnlichkeit mit dem Mann, den er kannte, hatte er nicht.

Deshalb war sein Vater für ihn auch nie gestorben.

Blieb auf körperlose Art Teil seines Lebens.

Er war ihm nicht böse. Weder dafür, dass er sich getötet hatte, noch dafür, dass er in Kauf nahm, dass sein Sohn ihn finden würde.

Er hatte ihm immer alles verziehen. Seine Schwäche, seine Unentschlossenheit der Mutter gegenüber, die seine Kinder quälte. Ernsthafte Versuche, ihr das abzugewöhnen, gab es von seiner Seite nie.

Und nun war es an ihm, die Schwere des Seins aufzulösen. Seine Gedanken streiften Freddy, der ein wenig würde warten müssen, bis jemand vorbeikam, um ihn zu versorgen. Der neue Lyrikband – er lag ausgedruckt auf dem Küchentisch. Vielleicht würde sein Verlag ihn posthum veröffentlichen.

Ein schöner Gedanke.

Eric merkte nicht, dass ein anderer Wagen neben ihm hielt.

Erst als der Fahrer die Scheibe runterließ und ihn anrief, registrierte er den Störer.

»Was wollen Sie denn noch von mir?«

»Lassen Sie es sein!«

»Sie wissen nichts von mir. Woher sollten Sie auch nur ahnen, was ich vorhabe?«

»Ich weiß es, weil ich oft an dieser Stelle stand, mit genau diesen Plänen im Kopf.«

»Sie? Daran ist nicht ein Wort wahr!«

»Steigen Sie aus, Eric. Gehen wir ein Stück. Sie können mir glauben, mein Leben hatte auch Klippen. Manchmal erscheint es einem sinnvoll, sich in die Tiefe zu stürzen. Ich muss Ihnen eine vollkommen verrückte Geschichte erzählen. Wenn Sie Freddy nachher davon berichten, wird er Ihnen kein Wort glauben.«

Nachtigall stieg aus, öffnete die Fahrertür des anderen Wagens.

»Kommen Sie, Eric. Wir haben zu reden! Sie verlieren doch nichts. Ob Sie sich jetzt oder nachher umbringen, spielt für die Nachwelt keine Rolle.«

67

Spät in der Nacht war für Nachtigall die Welt wieder in Ordnung.

Conny schlief an ihn geschmiegt, der Kater lag am Fußende des Bettes, was er immer tat, obwohl er nur zu genau wusste, dass sein Platz vor dem Bett, nicht in dem Bett war. Seine grünen Augen beobachteten Nachtigall genau. Domino schlief auf der Kommode. Ein winziges Knäuel Katze, warm, weich und anschmiegsam.

»Ich weiß, du bist ein bisschen sauer, weil du diesmal in die Klärung des Falls nicht mit einbezogen warst. Aber drei Morde in drei Tagen ... da geht es hektisch zu bei uns. Jetzt wird aufgearbeitet, dann ist dieser Fall für uns abgeschlossen und geht über die Staatsanwaltschaft ans Gericht. Aber bevor du das merkst, bin ich längst mit einem neuen Fall beschäftigt – und du darfst wieder mit ran.«

Es sah aus, als wäge der Kater ab, ob er dieser Beteuerung Glauben schenken durfte. Er legte den Kopf jedenfalls nicht ab.

»Emile ist da. Vielleicht können wir ihn überreden, mit der Familie ein paar Tage zu uns zu kommen. Du magst die Kinder doch auch.«

Casanova gähnte.

»Ich bin auch müde. Aber schlafen geht trotzdem nicht. Weißt du, Maja hat wieder eine Nachricht von diesem Mörder bekommen. Hoffentlich war das nicht so gemeint wie beim letzten Mal. Jannik könnte Hilfe gebrauchen, der kommt in dem Fall Gräbendorfer See nicht weiter.«

Langsam schob sich der Kater höher, hatte schon die Knie seines Menschen erreicht.

»Du glaubst, es gibt eine Lösung. Das ist sicher wahr. Aber noch sieht es nicht so aus, als könne Jannik sie finden. Hoffentlich kann Maja schlafen. Ich habe es Conny noch nicht gesagt, aber morgen kommt die Technik und sucht im Haus nach versteckten Kameras. Von uns haben sie im Netz keine Bilder gefunden, aber das heißt nicht, dass es nicht so sein könnte.«

Nachtigall schob sich tiefer unter die Bettdecke.

Schlief ein.

Mit leisem Pling schaltete sich sein Laptop ein.

Hätte er hingesehen, wäre ihm aufgefallen, dass er sich in Majas Wohnung befand – und auch sein eigenes Schlafzimmer war zu sehen, die Katzen, Conny, die Bilder an der Wand.

Und er hätte sich plötzlich sehr unwohl gefühlt.

Aber er sah nicht hin.

68

»Wer hat die Opfer gefunden?«, fragte Klapproth, als sie zu Jannik Peters ins Auto sprang.

»Die Tochter, zwölf Jahre alt. Sie kam von einer frühen Trainingseinheit zurück nach Hause, schloss die Tür auf und entdeckte drei Leichen im Wohnzimmer. Gruselig.«

»Ihre Familie?«

»Vater, Mutter, eine Freundin.«

»Du liebe Zeit. Ist der Psychologe vom Interventionsteam vor Ort?«

»Ja. Die Kollegen haben die Rechtsmedizin verständigt. Nachtigall weiß auch Bescheid. Ist schon auf dem Weg. Es muss ein sehr auffälliger Tatort sein«, meinte Jannik Peters.

Kurze Zeit später stellte er seinen Wagen in einer langen Reihe von Einsatzfahrzeugen ab.

Absperrband flatterte knisternd im Wind, Kollegen schickten Schaulustige weiter, Blaulicht zuckte über die Häuserfassaden eines sonst friedlichen Wohnviertels.

Im Wohnzimmer starrten sie fassungslos auf das, was der Täter akribisch für sie vorbereitet hatte.

»So viel Stagging. Eine riesen Show nur für uns. Wurde etwas verändert?«, erkundigte sich Nachtigall mit gedämpfter Stimme, als dürfe man die drei Menschen nicht stören.

»Nein, natürlich nicht. Wir sollten alles möglichst unberührt lassen«, informierte der Kollege vom Erkennungsdienst. »Ihr solltet es so vorfinden, wie er es gewollt hat.«

Langsam umkreiste Klapproth die Gruppe.

Alle drei wirkten so, als könne man sie mit einem einfachen Fingerschnippen wieder zum Leben erwecken. Kein Blut, keine blau verfärbten Gesichter mit vorquellenden Augen, keine Spuren scharfer oder stumpfer Gewalteinwirkung.

Eine friedvolle Familienszene.

Der Vater saß auf der Couch.

Vertieft in ein Buch, das auf seinem Schoß lag.

Mit der rechten Hand beschwerte er die Seite, als müsse er verhindern, dass ein plötzlicher Windstoß sie umblätterte. Er trug einen Anzug, weißes Hemd, Krawatte und italienische Slipper.

Seine Frau hatte es sich im Sessel gemütlich gemacht.

Ihr Buch balancierte auf der wulstigen Lehne, neben ihr lag ein Marker, als wolle sie wichtige Stellen im Text anstreichen. Auch sie war formell gekleidet, trug hochhackige Schuhe und ein Kostüm.

Die Knie des Mädchens stützten ebenfalls ein Buch.

Seine blonden Haare fielen wie ein dichter Vorhang vors Gesicht. Sie trug Jeans und T-Shirt, nur Socken, keine Schuhe.

»Was zum Teufel ist hier passiert?«, fragte Klapproth entsetzt.

»Das ist nicht einfach zu erklären«, holte der Kollege des Erkennungsdienstes aus. »Das Einzige, was wir bisher wissen, ist, dass das Geschirr von der Familie nie benutzt, Kuchen so gut wie gar nicht gegessen wurde, Sahne nur beim Besuch der Großmutter auf den Tisch kam und der Fernseher der Familie fehlt. Das sind die Informationen, die uns die Tochter gegeben hat.«

»Soll das bedeuten, der Täter hat den Tisch gedeckt?«

»Genau können wir das nicht feststellen. Die Kleine steht unter Schock. Aber wir können es nicht ausschließen.«

»Wie sind die drei gestorben? Es sind keine Verletzungen zu sehen.«

»Wahrscheinlich Gift!« Dr. Pankratz kam aus der Küche ins Wohnzimmer zurück. In der Hand hielt er eine Spritze mit Kanüle. »Im Mülleimer liegt eine weitere. Der Täter hat nicht den geringsten Versuch unternommen, sie zu verbergen.« Er wies auf die Opfer. »Nach der Obduktion weiß ich – wie immer – mehr. Aber ich wollte das Gesamtbild so lassen, bis ihr es gesehen habt. Es entspricht dem, was andere Menschen vorschnell als krank bezeichnen würden.«

»Vorschnell?« Nachtigalls Stimme entglitt.

»Wir müssen die Angehörigen informieren. Jannik? Vielleicht finden wir ein Adressbuch oder dergleichen. Das Mädchen ist eine Freundin der Tochter. Wir müssen ihre Eltern verständigen. Weiß jemand, wie das Kind heißt?«

»Ich!«

Die zittrige Stimme gehörte zu einer älteren Dame, die sich bisher im Hintergrund gehalten hatte.

»Mein Name ist Ingrid Gasser. Ich bin die Nachbarin auf der rechten Seite. Das Mädchen heißt Katrin Mommsen. Ihre Eltern sind für eine Woche in Urlaub gefahren, und sie durfte so lange bei ihrer Freundin wohnen. Das haben die Familien öfter so gehandhabt. Mein Gott, wer tut so was?«

Sie begann zu schluchzen, und Klapproth legte ihr tröstend die Hand auf die Schulter.

»Gehen Sie nach Hause. Ich weiß, wo ich Sie finden kann, wenn sich weitere Fragen ergeben.«

Dankbar nickte die weißhaarige Nachbarin.

»Wo ist die Tochter?«, fragte Jannik.

»In ihrem Zimmer, die Treppe hoch, gleich links, zweite Tür. Die Psychologin ist bei ihr.«

Klapproth bedankte sich, wandte sich wieder den Opfern zu.

»Die Familie versammelt sich um den Tisch. Der Kuchen ist nicht angeschnitten, das Messer liegt daneben, wurde noch nicht benutzt. Warum?«

Jannik Peters zuckte mit den Schultern. »Die Familie ist ja noch mit Lesen beschäftigt. Sie wollten den Kuchen später anschneiden. Vielleicht ein Geburtstagskuchen.«

Maja Klapproth erstarrte.

»Ich habe heute Geburtstag«, wisperte sie tonlos. »Das Lesezeichen hat sicher einem aus der Familie gehört. Siehst du, hier lehnt wieder ein Foto. Vase mit Blume, das Lesezeichen liegt davor. Es ist genau die Blume, die er mir auf meinen Fußabtreter gelegt hat. Und die Blume, die in der Vase fehlt, steht in diesem Moment auf deinem Schreibtisch.«

Der nächste Fall für Peter Nachtigall und sein Team erscheint im Frühjahr 2022

DANKSAGUNG

Ich bin sehr froh, dass sich viele meiner Freunde und Bekannten Zeit genommen haben, sich mit mir über einige Details zu unterhalten. Mein Freund Stefan Rescher, der so viel über Wölfe weiß, als Revierförster die Jagd kennt und um die Argumente der Wolfbefürworter wie der Gegner des Wolfs weiß. Oder mein Freund Bartosz Lysakowski, der mit seiner Partnerin Anne sofort bereit war, ihr Haus in Casel als Handlungsort zur Verfügung zu stellen. Mein Sportfreund Alfred Engel, der den Tagebau kennt, wie kaum ein anderer.

Besonders dankbar bin ich meiner Freundin Waltraut Kliem, die immer ein offenes Ohr für mich hat und jederzeit bereit ist mir in ihrem wunderbaren Garten Asyl zu gewähren, wenn ich das Draußen und seine besondere Ruhe dringend brauche, die stets das passende Buch mit Hintergrundinformationen parat hat und gern mit einer virtuellen Mörderin Kaffee trinkt.

Aber natürlich würde aus einem Manuskript ohne Lektorat kein wirklich runder Text. Ein herzliches Dankeschön an Claudia Senghaas, die wie immer kompetent und sympathisch den Krimi durch- und bearbeitet hat.

Hauptkommissar Peter Nachtigall ermittelt:

1. Fall: Racheakt
ISBN 978-3-89977-674-4

2. Fall: Seelenqual
ISBN 978-3-89977-697-3

3. Fall: Narrenspiel
ISBN 978-3-89977-717-8

4. Fall: Menschenfänger
ISBN 978-3-89977-752-9

5. Fall: Wortlos
ISBN 978-3-8392-1026-0

6. Fall: Gurkensaat
ISBN 978-3-8392-1100-7

7. Fall: Spielwiese
ISBN 978-3-8392-1134-2

8. Fall: Kumpeltod
ISBN 978-3-8392-1374-2

9. Fall: Brandherz
ISBN 978-3-8392-1691-0

10. Fall: Todessehnsucht
ISBN 978-3-8392-1833-4

11. Fall: Spreewald-Tiger
ISBN 978-3-8392-2263-8

12. Fall: Spreewaldmord
ISBN 978-3-8392-2422-9

13. Fall: Gurkendeal
ISBN 978-3-8392-2573-8

14. Fall: Spreewaldkohle
ISBN 978-3-8392-2860-9

Historische Romane von Franziska Steinhauer:

Sturm über Branitz
ISBN 978-3-8392-1218-9

Die Stunde des Medicus
ISBN 978-3-8392-1501-2

Fluch über Rungholt
ISBN 978-3-8392-2016-0

Weitere:

Zur Strecke gebracht
ISBN 978-3-8392-1327-8

Wer mordet schon in Cottbus und im Spreewald?
ISBN 978-3-8392-1583-8

Der Werwolf von Hannover – Fritz Haarmann
ISBN 978-3-8392-2070-2

WWW.GMEINER-VERLAG.DE
Wir machen's spannend